麻生 幾

ASO Iku

ピースキーパー

PEACEKEEPER

SST
海上保安庁
特殊警備隊

Special Security Team, SST

幻冬舎

ピースキーパー

SST　海上保安庁特殊警備隊

「創像力、実行力、団結力」

ＳＳＴ三訓

主要登場人物

■海上保安庁　ＳＳＴ（特殊警備隊）

〈デウス〉　基地長（総指揮官）

〈グレイト〉　統括隊長

〈マスター〉　チームリーダー（コバートダイバー＝隠密潜水）

〈サン〉　副リーダー（コバートダイバー）

〈バイパー〉　オペレーター（船内制圧格闘）

〈スキッド〉　〃（メディック＝衛生）

〈ジョー〉　〃（ＥＯＤ＝爆発物処理）

〈ニトロ〉　〃（シーアサルター＝船内戦闘）

〈ゴースト〉　〃（狙撃手）

〈プロフェッサー〉　〃（ＥＯＤ）

■海上保安庁　本庁など

成瀬幸彦　長官
白鳥高志　警備救難部　部長
糸魚川康夫　〃　警備課長
鹿島夏梛　〃　警備情報課　情報統括
二条凜太郎　国際組織犯罪対策基地（コクタイキチ）基地長
吉岡匠　犯罪情報技術解析官
椹木葵　巡視船「あきつしま」通信士。〈バイパー〉の婚約者

■その他

赤座佐智子　クルーズ客船「卑弥呼」旅客
朝比奈裕美　スナック「スヌーピー」のママ

第1部

1

海に棲む魔物が呑み込むように、巨大な波濤《はとう》が襲いかかる。取締船《ボート》は大きく何度も跳ね上がった。全身に海水を浴びながら島津行成《しまづゆきなり》は両足を踏ん張って腹に力を込めた。速度を最速にセットした。波を砕くエネルギーは凄まじく、ボートはバウンドを繰り返しながらターゲットへ突き進んだ。

漆黒の闇に包まれる世界は叫びたくなるほど怖ろしい。体験したものにしかわからない。だが島津は不安に思うことはなかった。母船である水産庁漁業取締船からの無線によって導かれていたし、むしろこれからの過酷な業務のことで頭が一杯だった。強化プラスチック《FRP》製のボートは、島津とその部下である六名の水産庁漁業監督官たちを、数百メートルほど先の中国船籍と思われる、イカ釣り漁船へと急がせていた。午前一時過ぎ（日本時間）。日本海の新潟県沖の海域である。

「該船《がいせん》、距離、１２０（マイル）！」

島津が双眼鏡を覗きながら言い放った。

「今、（該船の曳航《えいこう》）速力、三ノット（時速約五・五キロ）くらい！」

島津がさらに強い言葉で報告した。

「ターゲット、青い船体、三名確認。ワイヤー（網を曳航している）視認《しにん》、操業《そうぎょう》確認！」

舷灯《げんとう》やマスト灯などを消したまま接近していたが、もはや強硬措置を取るタイミングだと島津は決断した。日本の排他的経済水域《EEZ》内において外国漁船が違法操業をしている事実は十分ほど前に赤外線カメラで撮影し、一キロの侵犯である証拠を入手していたが、あらためて確認が必要だった。

「操業確認に向かう。よーい、テイ！（照明をあてろ！）」

島津のその合図でボート上のハロゲンライトが点灯。眩《まばゆ》い光がイカ釣り漁船を鮮明に浮かび上がらせた。漁船の甲板《こうはん》には幾つかの集魚灯《しゅうぎよとう》が整然と並んでいる。総トン数はたかだか四十五トンくらいだろう、と島津は見積った。全長にしても三十メートルほどだ。

「該船、減速。該船の船尾側回れ」

島津がボートの操舵手に指示した。

「こちら日本の水産庁です。停船してください。完全に停止してください。こちらの声が聞こえますか？　聞こえたら手をあげてください。漁獲物はそのままにしてください」

拡声器でそう言い放った島津は中国語でも停船命令を発した。

漁船から一人の男が手を上げて反応し、停船したことで島津は満足そうに一人頷《うなず》いた。だから、その五分後に、銃で撃たれた上、拉致されるとは微塵《みじん》も想像していなかった。

そもそも漁業監督官に就任して以来、そんな経験は一度としてなかった。水産庁の漁業監督官は武器を携行していない。また母船である漁業取締船に機関砲などの装備はない。ゆえに、密漁船への立ち入り検査を行う際は〝説得〟という途方もない忍耐と努力によって任務を遂行してきた。誤解を怖れずに言えば、人間の〝性善説〟に賭けてきたとも言うべきか。

だが島津は、部下を誰一人として負傷させずにきた自らの実績を誇りに思ってきたし、密漁をする対象船舶を〝説得〟することに絶対的な自信を持っていた。

イカ釣り漁船の船尾にゆっくりとボートが近づくにつれ、島津は、おや？　と思った。

「おい、今の見たか？」

島津が部下にそう言って指さしたのは、漁船の船首方向だった。

「何か？」

部下が聞いた。

「船首付近から誰かが飛び込んだような……」

「飛び込む？　こんな外洋へ？　しかも夜中に？」

部下が戸惑った。

島津は部下たちを振り返った。

「何か妙だ。用心しろ！」

いつになく険しい表情でそう言ったのには訳があった。今し方、目撃した光景もさることながら、この漁船にはどこか妙な感じがしたからだ。日本の取締船からの摘発を受けることが明らかになったら、甲板上で慌てるか、放心状態となるのが彼らの常だ。しかし、こいつらは全員がこっちを向いて睨《にら》み付けている。その姿は不気味だった。

だから、いつもならボートに残って指揮を執るはずの島津は部下たちに先んじて自らが真っ先に動いた。ジュラルミン製特殊警棒を腰に着けたフックに装着し、耐弾性能があるポリカーボネート製透明防護盾を背負い、イカ釣り漁船に架けた梯子《はしご》を昇った。

事態が動いたのは島津が移乗して甲板に降り立った、その直後のことだった。

ハウス（操舵室）の方向から突然に飛び出してきた数名の船員らしき男たちが小銃を据銃《きよじゆう》

（銃をかまえる）しながら走り込んできて、いきなり島津の右足の大腿部を撃った。苦悶の表情でのたうち回る島津の両手を頭の後ろに組ませ、強引に跪《ひざまず》かせて頭を甲板に擦《こす》りつける。そもそも武装していない島津は抵抗する間もなかった。船員たちは島津の全身を漁網でぐるぐるに巻き上げるとハウス方向へとそのまま引き摺《ず》りながら連れ去った。

島津を救出しようと漁業監督官たちが怒声を上げながら急いで梯子を駆け昇る。だがイカ釣り漁船の船員たちは甲板に架けられた梯子を大型のボルトクリッパーで切断、梯子が弾けるように外れた。昇っていた漁業監督官たちはもんどりうって宙を舞い、漁船とボートの間に頭から落下し、激しく飛沫《しぶき》を上げて水面下に沈み込んだ。

2

「総員、気をつけ！」

〈グレイト〉の張りのある大声がＳＳＴ基地庁舎一階の「ホール」に鳴り響いた。〈マスター〉は、厳しい選考試験に合格した若い男たちの背筋が一段と伸びたことに気づいた。黒一色のアサルトスーツを着込んだ男が、三階まで吹き抜けとなった空間の北側に置かれた小さな指揮台に昇った。

ＳＳＴの総指揮官であるＳＳＴ基地長、〈デウス〉を初めて目の前にした「新人隊」の奴らはさぞかし驚いているだろうと〈マスター〉は想像した。

〈デウス〉の顔貌は、生粋の日本人であるにもかかわらずアメリカの映画俳優トム・クルーズにそっくりであるからだ。

それにしても、〈デウス〉というコールサインは、彼に関して伝わっている幾つもの伝説を思い出させる。まさにラテン語で言う「神《DEUS》」の如き存在だった。

新人隊の男たちが機敏な動きで敬礼をし、それに返礼した〈デウス〉は、彼等を見渡してから力強く頷いた。

目の前で緊張して整列している男たちには、肉体と精神の限界までを追求する「選考試験」の後、実戦的なスキルとあらゆる事態に動じない胆力《たんりょく》を体と頭に叩き込む一年間に及ぶ「新人隊」としての研修が待ちかまえている。この研修に合格して初めて隊員と認められる。その時、初めて毘沙門天《びしゃもんてん》がデザインされたワッペンと黒々としたアサルトスーツを貸与され、正式隊員と認められるのだ。

そして特科技能ごとに「各隊」が編成される。しかし実際の出動――「実動《じつどう》」は、その管理編制上の〝組み分け〟によっては行われない。任務によって「各隊」から呼び集めたタスクフォースチームがその任にあたるのだ。

〈デウス〉は、休めの体勢をとるよう命じ、全員がそれに従ったのを確認してから説明を始めた。

「日本を取り巻く現下《げんか》の厳しい警備情勢の中、当基地を自らの意思で希望した諸君らの勇気と決断に敬意を表したい」

〈デウス〉の言葉はよどみなく明快だった。

「四面環海《しめんかんかい》の我が国では脅威は常に海からやってくる。その〝脅威〟とは、どのような形で現実化するのであろうか。そして必然的に問われるべき、〝脅威〟に対処するために如何《いか》にあるべきか、それらを、実は、今、大いに危惧している」

一旦、言葉を切った〈デウス〉は全員をゆっくりと見渡してからつづけた。

「〃海からの脅威〃への我々の対処とは、本職は、大きく分けて二つの大きな柱から成《な》ると考える。武器を使用しての鎮圧《ちんあつ》という『攻撃型の対策』がまず一つ。また、爆発物や大量破壊兵器、化学兵器などの検索《けんさく》処理のような『防衛的な対策』――その二つが挙げられる。この両輪《りょうりん》の能力を伸ばしていくことが当基地の現在の大きな課題であり目標である」

〈デウス〉がさらに語った。

「このような状況の中、これから新人隊での研修を受けるにあたり、諸君らに対して次の三点を伝えておきたい」

新人たちの背が一斉に伸びたことに〈マスター〉は気づいた。

「第一、『郷《ごう》に入っては郷に従え』という諺《ことわざ》があるように、素直な気持ちでこの『基地』のやり方やルールに従ってもらいたい。これまで勤務してきた船《ふね》（巡視船）での業務や、他の部署でのことはこの一年間、一切を忘れてもらいたい」

第二に、〈デウス〉が口にしたのは、『不合理の合理』という言葉を憶えてもらいたい、ということに関する説明だった。

「ここでの基本的な研修と訓練の進め方は技術から入るのではなく、精神面や体力面から入ることとしている。大盾操法《おおだてそうほう》、レンジャー訓練、また長距離夜行軍など、この部隊の実動では実際に使わない研修もやることとなっている」

そして〈デウス〉がつづけたのは、SSTが派遣されるような事態とは、常に過酷で、かつ、思いがけないときに来るものであり、常に、眠れない、寒い、暑い、腹が減った、喉《のど》が渇《かわ》いたといった、極めて過酷《かこく》な状況下に置かれることが殆《ほとん》どであるということだった。このような状況下では、忍耐力《にんたいりょく》、胆力と持久力《じきゅうりょく》が最低限の能力として求められる。心が萎《な》えたり、疲労困憊《ひろうこんぱい》したりしてしまったら、戦う前に負けたことになる。

さらに〈デウス〉は、このため最初から技術を与えても精神面や体力面ができていなければ、その高い技術は砂上《さじょう》の楼閣《ろうかく》と化すであろう、と言い切った。

「したがって、一見不合理に見える研修も実は合理的に考えられていることを理解してもらいたい。つまり、諸君らがこの一年、目指す最大の目標は忍耐力、胆力と持久力、さらにチームスピリットを身につけることである」

最後の三つ目を話すにあたり、と付け加えた〈デウス〉は、あらためて「新人隊」の全員の顔のひとつひとつへ目をやってからつづけた。

「先に述べた警備情勢下、皆《みな》は心勇《こころいさ》んで当基地に着任したと思われるが、これだけは言っておきたい。我々、ＳＳＴは、命をなげうって戦う『決死隊《けっしたい》』でもなければ、死ぬことを前提とした『特攻隊《とっこうたい》』でもない」

〈デウス〉と目が合った隊員が、思わず唾を飲み込んだ。

「つまり、日本の特殊部隊として、ＳＳＴは決して敗れるわけにはいかない」

〈デウス〉の表情が厳しいものに変わった。

「つまり、殺害されてしまったら任務を達成できない。我々が殺されたら、つまり、負けるということは、それはすなわち海上保安庁組織の崩壊だけでなく、日本国の敗北を意味するのである」

再び新人隊員たちの顔を一人一人見つめてから言った。

「だからこそ、我々は絶対に負けられない」

「そのためにこそ、来年の三月に全員がこの一年間に及ぶ研修を乗り越え、今以上に素晴らしい人間になって、ここに立っていることを切に希望する。以上——」

「気をつけ！　敬礼！」

〈グレイト〉が声を張り上げた。

〈マスター〉は、〈グレイト〉のその姿を見て、彼についての数多くの伝説を思い出した。

中でも〈マスター〉のお気に入りの話は、〈グレイト〉が、ＳＳＴのアサルトチームのリーダーとして戻ってくる直前の一時期、海上保安大学校（広島《ひろしま》県呉《くれ》市にある幹部職員養成機関）で講師をしていた時の話だ。

〈グレイト〉は妥協を許さない厳しい態度から、学生たちから死ぬほど怖がられていた。しかもＳＳＴでは射撃がピカイチで、体力もナンバー1《ワン》であることも密かに伝わっていた。

しかしそこからある噂が学校中にひろまった。それはやがて単なる〝噂〟ではなく、真実であると伝承されていった。

《あの講師、ＳＳＴのミッションで、絶対に、最低でも、十人は殺している》

「オペレーション！　オペレーション！」

その時、庁舎のすべてに出動アラートが響き渡った。


日本海の上空は気流が複雑である。それもこれも気まぐれでヤンチャな偏西風のなせるわざだ。ある年は、偏西風の蛇行するベルトが下ぶれし、別の年は上ぶれする。それによって上空の気象状況は大幅に変わる。

巡視船「えちご」から発進したＭＨ９１６シコルスキーＳ76ＳＤヘリコプターはしばらくは安定した飛行を続けていたが、やがてガタガタやギシギシといった不協和音をまき散らしだし、そのうち機体が軋《きし》む不気味な音とともに、絶え間なく上下左右に激しく揺れ始めた。

ピッチ（真っ黒な）アサルトスーツを着込んでいる〈マスター〉は、第9管区海上保安本部の新潟航空基地に所属する機長、梨田《なしだ》雅治《まさはる》からの声をヘッドセットで聞いた。

「降下五分前！　ドアオープン！」

梨田機長の指示でホイストマン（隊員を降下させたり要救助者を引き揚げたりするウインチを操作する）の猪名《いな》川《がわ》清孝《きよたか》がスライドドアを開放した。気候変動のせいで異様なほど南下していたシベリア産の冷気の塊が、ドカンとばかりにキャビンに叩き込まれた。オペレーターたちは、すぐさまウエポンや装備、無線のチェックを実施。サムアップで梨田機長とコンタクトした。

五分前——何度聞いても緊張に襲われる。これから突っ込む対象船《たいしょうせん》では、被疑者がいかなる武装で待ち構えているのか分からない。つまり危険な場所へエントリー（突入）するわけである。海上保安庁では二次被害の可能性がある危険な場所への対処は慎重とせよ、との不文律がある。だがＳＳＴは逆である。危険だから行くのだ。ゆえに、五分前、という言葉は、その緊張を拭い去るために自らを奮い立たせる狼煙《のろし》だと〈マスター〉はあらためてそう思った。

オペレーターどうしが互いの装備のチェックを終えたことを〈マスター〉が目視で確認した時、梨田機長からの最新情報がヘッドセットに届いた。漁業監督官を銃撃して拉致した対象船、イカ釣り漁船は、東シナ海の海原を北北西へ、つまり中国大陸へ針路を向けて、逃走している——。

〈マスター〉は機体の揺れに耐えながら操縦席へと足を向けた。操縦桿を握る梨田と副操縦士に向かってサムアップを送った後、キャビンドアまで戻った。そして、猪名川とアイコンタクトして小さく、しかし力強く頷き合った。

その四分後、猪名川の声がヘッドセットに響く。

「対象船、後甲板、ＤＰ（降下ポイント）、インサイト（目視で確認）。降下一分前！　これより（ヘリの）誘導を開始する」

猪名川がホイスト装置を摑んで機外に身を乗り出し、目視で降下ポイントまでＭＨ９１６を絶妙に誘導してゆく。時速約五十五マイル（約百キロ）から急速に落ちる。それでも猛烈な風が叩き付ける。彼はこれまで数え切れないほどＳＳＴと一緒に訓練と実動を重ねてきた頼れる猛者だ。

「ＤＰまで、左舷、三十メートル」

ＭＨ９１６はイカ釣り漁船の左舷甲板へ急接近――。

「五メートル、二メートル、一メートル――。この位置にホールドぉ！　ＳＳＴ降下！」

猪名川の無線越しの叫びと同時に、ＭＨ９１６が速度を超急減速させてゼロにしてイカ釣り漁船の真上に到達した。

梨田機長が寸分の狂いなくイカ釣り漁船の降下ポイント直上でホバリングを安定させたと同時に、〈バイパー〉が渦巻き状にしていたロープをイカ釣り漁船の甲板に投下した。

「降下、降下、降下！」

猪名川がヘッドセットに叫ぶ。オペレーターたちがゼロコンマ数秒の間隔でヘリコプターから降下ロープに飛び移る。降下するオペレーターたちの距離もわずか数十センチしかない。耐摩擦性に優れた白色の「ロバテ」（人工皮革グローブ）と足の力で思いっきりロープを絞ってぐっと体に引きつけ摩擦抵抗を調整し、後部甲板上に両足が着くわずか一秒前に、両手の強い握力とグローブの摩擦力とで速度をゼロにして超高速で着地。〈マスター〉を含む七名のオペレーターすべてが後部甲板の狭隘《きょうあい》なポイントに降りきるまで五秒とかからなかった。

　高度約一万メートルを速度百二十ノットで航行する無操縦者航空機シーガーディアン。全長は、二十四メートルと決して小さくないが、姿は闇に隠れずとも余りに高高度でかつエンジンは低音であるがゆえ、イカ釣り漁船の船員がたとえたまたま空を見上げたとしても可視化できなかっただろう。

　対象船と認定されたイカ釣り漁船を何時間も前から追尾し捕捉していたのはこのシーガーディアンで、機首の真下に設置した海洋監視カメラが撮像《さつぞう》したリアルタイム映像を人工衛星を介して海上保安庁本庁にずっと送信し続けている。夜間は赤外線モードに切り換えられる。取り逃がすことはない。

　降下ポイントへ着地した〈マスター〉は、アサルトスーツに装着した幾つかのツールサックのうち、ファーストライン（腰回りの装備）のカイデックス・ホルスター（銃収納ケース）にホールドしていたグロック17ＧＥＮ５自動式拳銃を一瞬で抜き出した。被疑者が銃器を使ったとの報告がすでになされていたので当然の武装だった。

〈マスター〉は、ローレディの銃姿勢でハウスへと一直線にダッシュした。グロックにはフレームの下にシュアファイア社製のウエポンライトが装着され、スライド上面後部にはリアサイトの代わりにマイクロドット（小型光学照準器）がマウントされたカスタムモデルだ。

命懸けで最初に突入する最も危険なトップマン（突入1番員）に指名されている〈ジョー〉が、ハウスの右舷《うげん》ドアのすぐ手前にしゃがみ込んで〝取り付いた〟。〈ジョー〉は慎重に背を伸ばして窓からハウスの中へカッティングパイ（徐々に体を移動）を実施した。

船尾側の壁に背を向けている二名の船員が自動式拳銃を構えている。右舷側には血走った目をした白いTシャツの男。左舷側には黄土色の半袖シャツを着た男がしきりに周囲へ視線を送っている。

〈ジョー〉は右舷ドアノブを慎重にチェックした。

──施錠なし！

〈ジョー〉は電子式イヤーマフ型無線機（銃の発砲音や周りのノイズをカットする）のブームマイクに囁《ささや》いた。

「エントリー！」

〈ジョー〉はドアを蹴破るという誘惑に一瞬だけ駆られた。その方が勢いづく。しかし即座にその考えを捨てた。小型船舶は波で絶えず揺れており姿勢が不安定になるからだ。

〈ジョー〉は左手でそっとドアを開放した。目先に白いTシャツ姿の男がいた。だが銃は持っていない。ナイフだけだ──それを一瞬で確認した〈ジョー〉は、法執行機関としてのプロフェッショナルな判断を下した。銃器は選択肢から排除してウエポンを切り換え、ハンド・トゥ・ハンドの格闘術か対ナイフ格闘術へ瞬時に移行。さらにフラッシュバン（閃光音響弾）を投擲《とうてき》した。

眩い閃光を放ち大音響が上がる。〝白いTシャツの男〟の全身が硬直するのを視認した。ハウスにエントリーした〈ジョー〉はSSTが開発した〝船上の格闘制圧術〟である「腕刀斬《わんとうき》り」を発揮した。つまり自らの前腕の外側にある尺骨《しゃっこつ》部分を〝白いTシャツの男〟の頸部《けいぶ》（首）に叩き付けると同時に前方に〝押し斬った〟。〝白いTシャツの男〟は失神して力なくその場に崩れ落ち、一秒間でテイクダウンを成功させた。

〈ジョー〉のエントリーと同時に、左舷ドアからセカンド（2番員）の副リーダー、〈サン〉がエントリー。さらに〈マスター〉と〈バイパー〉がハウスの右舷ドアから突入した。

〈マスター〉はこの勢いと流れを止めたくなかった。グロック17GEN5をストレートダウンとしながらも脇下にタックイン（引きつける）して、他のエリアのクリアリングの速度を優先した。

突然、積み上げられた水タンクの背後から拳銃を構えた船員が〈サン〉の目の前に出現した。〈サン〉は反射的に天井からぶら下がる幾つかの集魚灯の陰に身を隠した。船員は拳銃を乱射した。ガラス構造の集魚灯が激しく砕け散る。

——正当防衛成立！

そう判断した〈サン〉は、船員に突進して一瞬にして距離を詰め、船員がトリガーを引くよりも0《ゼロ》コンマ数秒早く船員の拳銃を奪い一瞬で分解してディスアーム（武装解除）した直後、丸太のごとき左前腕で船員の頸動脈を〝押し斬り〟ながら抵抗不能状態にさせたままフックして体勢を前のめりに崩しつつ、足を払いその場に組み伏せた。SSTが独自開発した「カッティング」（腕力での排除）の技能である。さらに背後から迫ってきた別の船員には片手を大きく外側にスイングして壁に跳ね飛ばして叩き付けた後、ウエポンストライク（銃器の打突）で相手の肩を打撃。そして体勢を回転させると同時に左手で相手の体を払いのけ、サイドや後方に吹き飛ばす「スローイング」（アンノウンや低強度の脅威に遭遇した際、チームの動きを止めないために当該障害を迅速に排除する）という特殊技能で床にねじ伏せた。この一連の制圧術に使った時間はわずか二秒だった。これらの技能は、狭隘な区画、急勾配な階段や狭い通路などで運用するため、国内外のさまざまな警察と軍の格闘技、クラヴマガ、柔術、さらに合気道などのエッセンスをフュージョンさせたＳＳＴだけが使える唯一無二の格闘制圧術である。

後ろからさらに拳銃の銃口を向ける船員が現れた。〈サン〉はグロック17ＧＥＮ５で、躊躇なくＡライン（致死的ゾーン）である顔面の、鼻を中心とした左右十四センチ以内をサイティング（照準）した。だが、その射線の後方にもう一人の船員を発見。彼は武器は持っていない――。

〈サン〉は咄嗟《とっさ》に考えた。このグロック17ＧＥＮ５にはフランジブル弾を装塡《そうてん》している。目の前で照準している船員の体格と射角とを瞬時に分析し、このまま撃てばオーバーペネトレーション（貫通弾）による二次被害のリスクがありと判断した。コラテラルダメージ（副次的被害）を最小限にとどめる法執行機関だからこそのスペシャルな法遵守精神である。

〈サン〉はニーリング（前屈み）の姿勢をとり、下からの撃ち上げで目の前の船員に対してバイタルゾーンに照準したヘッドショットを行った。後方の船員への貫通被害を防ぐためだった。

〈ジョー〉の背後に続いていた〈バイパー〉の動線に、長さ八十センチほどのバカでかい青竜《せいりゅう》刀《とう》（中国の軍刀）を振り回す船員が立ちはだかった。

〈バイパー〉は、速度を緩めずに全身をしならせて相手の視線を混乱させながら間合いを一気に詰めた。そして男の下顎《したあご》にグロック17ＧＥＮ５のマズルガードを素早くウエポンストライクでパンチアウトして一瞬で昏睡させた。グロック17ＧＥＮ５のフレーム下部には特注のマズルガードが装着されており、さらにその先端には近接打撃用のセレーション（ギザギザ加工）が刻まれている。ゆえに打撃力は凄まじかった。

さらにその背後から、一人の船員がギザギザ刃のシース・ナイフを振り翳《かざ》し、奇声をあげながら飛びかかってきた。格闘制圧術のスペシャリストである〈バイパー〉はしなやかな身体《からだ》の動きで男の勢いをいなしながらグロック17ＧＥＮ５のウエポンストライクでその場に〝撃沈〟させた。

その横では〈ニトロ〉が、意味不明な言語で喚きながら刃渡りの長い刺身包丁を出鱈目《デタラメ》に振り回す男に素早く「腕刀斬り」をかましたその手を男の後頭部にフックして引きつけると同時に右足の膝窩《しっか》（膝裏）にローキックを加えて一瞬のうちに転倒させた。

オペレーターたちは、船舶という狭隘な空間、うねった海の上に特有の、常に足場が不安定な条件でアサルトを行うためのＣＱＣ《シーキューシー》（近接屋内戦闘）テクニックを次々と発揮していった。

ハウスを制圧してエンジンの駆動システムをすべてオフにしたオペレーターたちは、ハウスの下部に位置する船室から始めて、漁船のすべての区画とスペースへと急速展開してゆく。見過ごした空間があるとするとそこへ入ってまた次のエリアへ入った後、再び通路へ出て――ハウス、機関室、通信室、船室、調理室、魚倉《ぎょそう》、真水《まみず》タンク室、そして急冷室などすべての区画へ――動きを止めることなく、すべてはダイナミックエントリーであり、日本語で罵声を張り上げて威嚇しながら出現した相手がアンノウン（被疑者か人質か不明）でもとにかく格闘制圧術を使って床にテイクダウンさせてハンドカフですべて拘束していった。

〈バイパー〉が、船首の真水タンク室をクリアリングした時だった。隣に位置する床に、小さな扉があることを発見した。〈バイパー〉は直ちにその扉の右側にしゃがみ込んで取り付いた。

「なんて書いてある?」

姿を見せた〈マスター〉がそう訊いて、扉の上に貼り付いている中国語のプレートを指さした。

「冷凍室です」

目を輝かせて頷いた〈マスター〉は、ここに連れ去られた水産庁の漁業監督官がいる、と確信した。ほとんどのクリアリングが終わったにもかかわらず、他のオペレーターから、連れ去られた漁業監督官を発見した、という報告が届いていないからだ。

扉にはハンドルドアがあった。太い鎖が幾重にも巻かれている。ペンチなどの工具では太刀打ちできない状態だった。

〈マスター〉は人差し指で扉のハンドルドアに慎重に触れた。動かない! ハンドルドアにカギ穴が見える。施錠されている——。

〈マスター〉は急いでハンドルドアに耳をつけた。拳銃で撃たれたとの情報がある以上、撃たれた部位によっては緊急性があるからだ。

扉の向こうから呻《うめ》き声が聞こえた。日本語だとすぐに分かった。〈マスター〉は扉に向かって声をかけた。期待通りの反応があった。自分は水産庁の職員だと必死で訴える声が返ってきた。

〈マスター〉はハンドルドアの隅々を観察した。三個の蝶番《ちようつがい》によって左開きであること、さらに構造を視覚と指で触れて確認。フェイクとして爆弾が仕掛けられていないかを慎重にチェックする。

「ドアはエコー(爆弾)なし」

〈バイパー〉が報告した。

「ドアから離れろ！」

〈マスター〉がドアの中に向けて叫んでから、〈バイパー〉を振り返った。

「ブリーチング（強行突入口形成戦術）！」

〈バイパー〉はすぐにスリングで背負っているモスバーグ社製タクティカル・ショットガンを手にした。狭隘な船内で使用できるようにストックや銃身がコンパクトにカスタムされている一品だ。

〈バイパー〉は、何重にも巻かれた鎖に斜めのアングルをつけ、拳《こぶし》ひとつ分のスタンドオフをつけ（間隔を空け）た状態で、タクティカル・ショットガンのフラットノーズ弾を蝶番に三発ずつ速射した。

〈マスター〉が急いでドアをこじ開けた。バラクラバ帽を被っているにもかかわらず溢れ出してくる冷気が顔の皮膚に纏《まと》わり付いた。ドアの中へ〈バイパー〉が飛び込んだ。膝を丸めて震えている男の姿をすぐに見つけた。〈バイパー〉がその顔をさすってやった。氷のように冷たい。男は凍りかけていた。唇も濃い紫色である。チアノーゼのレベルが酷く危険な状態だった。

冷凍室に閉じ込められていた男は日本語で何事かを叫びながら、〈バイパー〉につづいて降りてきた〈マスター〉に抱きついてきた。だが、〈マスター〉は格闘制圧術を使って油まみれの床に男を強引にテイクダウンさせた。〈マスター〉にとって男はあくまでも正体不明者《アンノウン》でしかなかった。

〈マスター〉はすぐにセレクションを開始した。男が身につけているのは水産庁漁業監督官の出動服として見慣れた、高い防護性能のある防弾防刃救命胴衣《ぼうだんぼうじんきゅうめいどうい》であり、しかもメイドインジャパンと日本語で書かれたタグが付いている。〈マスター〉は最後に日本語で話しかけ、その応答の仕方によって初めて身分を確認した。

〈マスター〉はイヤーマフと一体化したブームマイクで救急救命士の資格を持つ〈スキッド〉を呼びつけてから、〈バイパー〉とともに冷凍室から漁業監督官の島津を引き摺りだした。すぐに到着した〈スキッド〉は、体温保温用のアルミ製エマージェンシーブランケットを広げて頭から被せるとすぐに全身を包《くる》んだ。

手際よい〈スキッド〉の姿に〈マスター〉は感心した。自衛隊での数ヵ月に及ぶ救急救命士養成課程を首席で卒業した〈スキッド〉は、さらに都内の大学附属病院の高度救命救急センターでの様々な臨床を経験した上、国内外のコンバット・メディック・チームとの合同研修を通じて、T3C《テースリーシー》（戦術戦闘重症者衛生）のスキルを完全に会得している。ゆえに〈スキッド〉からの「大丈夫だ」という言葉は神のそれだと〈マスター〉は信じ切っている。

男の大腿部の射入口と出血具合を確認した〈スキッド〉は穏やかな表情で大きく頷いた。出血は拍動性がなく、動脈が切断されている危険性はないと〈スキッド〉は判断した。

さらに背後に回って頭を支えた〈スキッド〉は聴診器で心臓と肺を観察した。そして出血している部位の手前、約五センチで止血帯《ターニケット》のマジックテープ式の固定具《ベルクロ》をしっかりと巻くことで血管を圧迫して止血する。そして聴診器と携帯式血圧計でバイタルサインを測った。心臓音に乱れはない。脈拍も安定している。血圧にも異常な低下はなかった。満足そうに小刻みに頷いた〈スキッド〉は、〈マスター〉に向かって小さな笑顔を投げかけてサムアップした。

「き、君たちが……あ、あの秘密の部隊か……」

大きく目を見開いた漁業監督官の島津がオペレーターたちを見渡しながら辿々《たどたど》しく訊いた。

だが、島津の右側に座る〈マスター〉は無表情のまま、

「海上保安庁《カイホ》だ。それだけでいい」

とだけ口にした。

背後から抱きかかえる〈スキッド〉は、聴診器を耳に入れたまま微笑んで言った。

「大丈夫だ。オレが助けてやる」


同じ時、イカ釣り漁船から南西の方角、高度三十メートルの上空でホバリングを維持している「みさご」のキャビンで、SR25狙撃銃によって対象船を照準する掩護射手警戒《エアカバー》の任務に就いていた〈ゴースト〉が、ヘッドセットの無線で〈マスター〉に緊急報告を入れた。

二十八歳の〈ゴースト〉が告げたのは、船尾に立てられたスパンカーの帆《セイル》の陰に、一人の男が体を潜ませている、という情報だった。

〈ゴースト〉はSR25のピカティニーレールにアタッチメントさせている六倍率のショートスコープの十字線《レティクル》の中に、〝不審な男〟を捕捉していた。〈ゴースト〉は、男が手にしているものに目が釘付けとなった。次の瞬間、男が少し体をずらした時、手の中にある物がはっきりと見えた。

――AK47！

そう判断した〈ゴースト〉は手首の小型タブレットでオペレーターたちの位置を素早く確認した。三十メートル以上離れている。隙を突かれる可能性はゼロではない。その間にも男は今

にも据銃しそうだった。その視線は、明らかにオペレーターたちを狙っている――。

〈ゴースト〉に躊躇はなかった。その決断は、ヘリコプター、ボート、船の甲板を含めた、海に存在するいかなる不安定なプラットホームであっても、精緻なスナイピングができるという自信が支えとなっていた。

〈ゴースト〉は「みさご」のキャビンから、ボーンサポートを強く意識しながらレティクルの中で照準し、SR25のトリガーを指切りで引いた。ミドルレンジからの抜群の射撃能力を保有するSR25から「300ブラックアウト7・62ミリ125グレイン」が放たれた。300ブラックアウト弾は長射程《ロングレンジ》の射撃からCQC（近接屋内戦闘）まで運用が可能であり、相手がボディアーマーを着用していても貫通する威力とフラットな弾道特性を有する優れものだ。

　発射された300ブラックアウト弾は、小銃を構えた船員のブッシュハットのひさし《プリム》を容赦なく吹き飛ばした。そしてつづけて指切りでのトリガーワークを繰り返し、船員の体のすぐ近くにあるものに片っ端から300ブラックアウト弾を撃ち込んでいった。〈ゴースト〉にとっては、あくまでも法執行部隊に許されている警告射撃だった。

　船員の前で木屑や金属片が何度も激しく舞い上がった。船員が悲鳴を上げて銃を放り出し、その場にへたり込む様子が、〈ゴースト〉が覗くスコープのレティクルの中ではっきりと確認できた。

〈ゴースト〉の無線誘導によってコバートダイバー（隠密潜水）を専門とする〈サン〉と、爆発物処理《EOD》を専門特技《せんもんとくぎ》とする〈ジョー〉が駆けつけてくる。二人はサバイバルナイフを突き立てようとした男を、SSTが独自に開発した船内制圧格闘術を使い、最小限のモーションでテイクダウンさせると同時に、ハンドカフを使って後ろ手で素早く拘束した。

さらに別のオペレーターたちがハウスと船室にもう一度足を踏み入れた。彼らはそこに存在するすべての書類、ノートパソコン、タブレット端末、スマートフォン、操舵システムのコンソールから取りだしたGPSデバイスを確保して防水加工を施したナイスフレームBVSリュックの中に急いで収納した。

機敏な動きで任務をこなすオペレーターたちの姿を俯瞰《ふかん》する〈マスター〉は、イヤーマフと一体化したブームマイクを唇に近づけた。

「対象船オールクリア。シエラ一名ダウン（被疑者一名射殺）、十名セキュア（十名拘束）、インディア一名レッド（負傷者一名重傷）、メディックパック（負傷者搬送）求む」

〈マスター〉が、隊内系無線で統括隊長の〈グレイト〉に対処概要を報告した。〈グレイト〉には、オペレーターが突入する「現場」ではなく、後方の巡視船や管区海上保安本部に設置される「作戦指揮部」で、SSTが執行するミッションのトータル・コーディネートを行う任務がある。この時は、イカ釣り漁船から離れた海域で巡視船「えちご」の〝最上階〟にある航海《こうかい》船橋甲板《せんきようかんぱん》にある「OIC《オーアイシー》」（指揮所）、さらにその一区画に設営された「現場指揮部」に詰めて、船長へのアドバイスを行っていた。

無線を終えた〈マスター〉は、ミッションコンプリートしたことを〈グレイト〉に伝えたが、なぜか苛立《いらだ》っていた。

〈マスター〉はこの船に存在する船員たちに大きな違和感を抱いていた。これまで見てきたような、一般的な外国漁船の乗組員の風体《ふうてい》とはまったく違っているからだ。漁船の乗組員ならば、頭に使い古したタオルを巻き、油や汚れにまみれた衣服を着て、あるいは胸までのビニール製の合羽《かっぱ》であるサロペットを穿《は》き、長靴を履いている――そんな姿が相場である。しかし、オペレーターたちが捕らえた男は、黒っぽい編み上げ靴に、アサルトスーツをイメージさせる黒いシャツとズボンで、頭髪も短く刈り込んでいる。

〈マスター〉はイカ釣り漁船のハウスに再び足を踏み入れた。〈サン〉が、開き直った風に床に足を投げ出してだらしなく座り、「自分が船長だ」と名乗る四十代くらいの船員を聴取している、その光景をじっと観察した。

「〈マスター〉、この船、強い違和感があります」

そう言ってきたのは船内格闘術のスペシャリストである〈バイパー〉だった。

「こんなちっぽけな船でも、ちゃんと機関士が配置されているのが常識です。だから船長が機関系の仕事をすることは有り得ない。なのに、この、船長と主張する野郎には頭皮までこびりついている油の臭いがあり、薄汚れた着衣が船長のイメージとはかけ離れている」

「つまり、十二人目の本物の船長がまだ船内のどこかに隠れているということか？」

「自分もそう思う」

ステルス・ダイバーを特技とする副リーダーの〈サン〉が話に入ってきた。

「洗浄された食器と歯ブラシの数、また作業工程表に書かれている名前――それらをチェックしたが、どちらも十二名分あった。つまり、現在、一人を見つけられていないことになる」

「まだ誰かが隠れてる？　有り得ない！」

そう吐き捨てた〈バイパー〉がつづけた。

「二度も検索を徹底しました。その結果、とにかく奇妙なのは、一見、漁船のように思わせて、それを裏付けるものがなにもないこと。釣り上げたイカはないしエサも見あたらない。製氷機はあるが氷がないどころか、そもそも壊れていて電源が入らない。しかも驚くことに竿《さお》もない。そのくせハウスにある無線機は日本製の最新型です――」

「とにかく間違いないのは、こいつは明らかに嘘をついているということだ」

そう言った〈マスター〉は、ハウスの床に座る〝自称船長〟の前に跪き、髪の毛を摑んで目の前に引き寄せた。

「この船の目的はなんだ？」

男は唾を吐き捨てた。

「お、お、前たち……死ぬ……」

〈マスター〉は、辿々しい日本語を口にした男の顔を覗き込んだ。カッと見開いた眼は血走っている。

――様子がおかしい。

男の眼は、さらに飛び出さんばかりに剝《む》き出しとなり、下顎呼吸も激しくなった。額の血管は赤く膨張し今にも破裂しそうだ。

〈マスター〉は辺りを見回した。五感を研ぎ澄ませて異質な音や臭いを捜した。

だが何も感じない。

もう一度男へ視線をやった。男は、お経のような文言を口にし始めた。

――まさか……。

「発見しました！」

〈スキッド〉が駆け込んできた。

「機関室に隣接した部屋の床に隠し部屋があり、そこに燃料ドラム缶を五缶、発見！」

〈マスター〉は電子式イヤーマフ型無線機のブームマイクに叫んだ。

「全員！　イーバック（海中へ退避）！」

〈マスター〉は、拘束した船員たちを連れて行こうとした。だが彼らは頑なに拒否し、強引に連れて行こうとしても身動きしない。〈マスター〉はオペレーターたちを見回した。それぞれがイーバックしている。オペレーターたちをカウントして全員が退避したことを確認した〈マスター〉は海へと飛び込んだ。

「沈め！　爆圧がくる！」

〈マスター〉が叫んだ。オペレーターたちが海面下に入った。

その直後だった。イカ釣り漁船が轟音《ごうおん》とともに爆発した。すべてが同時に吹っ飛び、船は瞬く間にオレンジの炎に包まれた。

潜行しながらもオペレーターたちは動きを止めることはなかった。多くの実動を経験している教訓に基づき、特別にメーカーにカスタムさせた特注の装備が役立った。〈マスター〉を始めとするオペレーターたちが迅速に海にダイブし潜水回避機動ができたのは、カスタム軽量化した「プレートキャリア」（防弾ベスト）の背面にアタッチメントしているモールスシステムで固定されたレギュレーター付き小型空気ボトルが精神的な余裕を与えたからだ。しかもそのプレートキャリアの両肩周りが深く抉《えぐ》れるようにスイマーズカットにされており、自由に両手を使って迅速に潜行できた。そして、プレートキャリアの前面に装着していたV型空気ボトルのマウスピースを島津の口にくわえさせた。

また、爆破したイカ釣り漁船から安全距離を確保した後に、小型膨張式救命胴衣《ぼうちょうしききゅうめいどうい》を作動させ、海面に浮上。安定的な姿勢でドリフトしながら、炎上する漁船からの新たな脅威に備え、瞬時かつ正確なアイソセレススタンスでグロック17GEN5を据銃《きょじゅう》した。アブノーマルなコンディションが発生したにもかかわらず臨機応変かつタクティカルに対応している部下たちの姿を見届けた〈マスター〉は、海中を潜水機動しながらも大いに満足した。

空へ登る龍のようなオレンジ色の炎が〈マスター〉の瞳の中で揺れている。発生した火災は回りが早く、濛々《もうもう》とした黒煙を上げている。早くもその炎は船全体を舐め尽くそうとしていた。しかし漁船には救命ボートどころか浮き輪などの救命用具が使われている様子はまったくなかった。

やがて船員と思われる俯《うつぶ》せ状態の身体が漂ってきた。明らかに死体だった。〈ジョー〉がそこへ向かおうとした。

「ジョー！　近づくな！」。〈マスター〉が怒鳴った。「死体にフェイクのエコー（爆弾）があるかもしれない！」

その言葉の背景には、かつて韓国の法執行機関が北朝鮮船舶から落下した船員たちを救おうとした時、死体にフェイクされた爆弾によって死傷した事例からのケーススタディがあった。

〈マスター〉は、沈没しそうになっているイカ釣り漁船を見つめながら、大きなわだかまりをあらためて抱いた。船長の謎を含めて、船内の様子に納得できないことが溢れるほどあったからだ。

そしてこの爆発にも、これまでの実動の経験から〝証拠隠滅〟の疑いがある。つまり、この船は〝イカ釣り漁船〟にあらず。漁業とはまったく別の目的をもった、ある種のミ、ッ、シ、ョ、ン、シ、ッ、プであって、それを隠蔽するために自沈《じちん》を図った——。

その時、〈マスター〉の視界に、ほんの小さな眩い光が一瞬だけ入った。顔を上げて空を見つめた。雲が晴れたことで太陽から放たれた幾筋もの陽光がルネッサンス絵画のように一直線に海に注ぎ込んでいる。〈マスター〉の視界に再び〝光〟が入った。それは高度一万メートル以上を飛行する無操縦者航空機シーガーディアンのボディが陽光に一瞬だけ反射したものだと〈マスター〉は悟った。

「九時方向！　リブ（ボート）、接近！」

笑顔でそう声を上げたのは、負傷した水産庁の漁業監督官の気道を確保しながら後ろから首に腕を巻き付けて洋上に漂う〈スキッド〉だった。

十マイル離れた巡視船「えちご」から急行しているリブの船外機の音が徐々に大きくなってくるのを感じながら〈マスター〉は思った。

――この実動は、ミッション、ノンコンプリートだ。

3

イカ釣り漁船事案の報告書を書き終えて〈デウス〉に提出しようとした〈マスター〉は、彼の部屋の前で奇妙な光景を目にすることとなった。いつもなら開け放たれている基地長室が固く閉ざされているのである。

オペレーターたちの〝大部屋〟――事務室にある電光掲示板には在庁を示すランプが灯っていたはずだ。しかしドアに耳をつけても囁き声さえも聞こえない。

その時、背後に気配を感じて振り向いた。いつになく神妙な表情をした〈ゴースト〉がモノ言いたげな表情で立っている。彼がそうしている意味を察した〈マスター〉は自分から歩み寄った。

だが〈ゴースト〉は、目配せして、場所を変えたいと訴えている。〈マスター〉はさっきまで報告書と睨めっこしていた〝大部屋〟に一緒に戻っていった。広い空間の片隅に〈ゴースト〉を連れていった〈マスター〉は、「どうした?」と声をかけた。

「さっき、思い出したんです」

〈ゴースト〉が真剣な表情で声をひそめた。

「スコープの中で視認した、甲板上で不審な動きをしていた男たちに注目していました。ハウスの陰になっていて確かではありませんが、そいつらは、一人の背の高い男を三人がかりで右舷、船首方向に連れていったように見えました。その背の高い男は胸に黒いリュックを抱えていたようにも見えましたが、確かにそうか、と聞かれれば正直、自信がありません。しかも、その男はバスタオル様《よう》のものを被っていたので顔貌もわかりません。ただ――」

「ただ? なんだ? 言ってみろ」

〈マスター〉は先を急がせた。

〈ゴースト〉は自分の右手を上げて見せた。

「この右手の、甲《こう》のここに、小さなタトゥーのようなものがあったような気がします」

〈ゴースト〉が指さしたのは、自分の右手の甲だった。

「帰投してから記憶を頼りにまず絵に描いてネットで画像検索してみたところ、これじゃないか、と思いました。ただ、それにしても、確かではありません」

〈ゴースト〉はスマートフォンの画面を見せた。

「なんだこれは？」

巨大な仏像が横になって寝ている画像があった。

〈マスター〉が訊いた。

「あやふやな記憶を頼りに検索でヒットしたのは、涅槃仏《ねはんぶつ》です。釈迦が入滅（釈迦の死、もしくは理想の地に入ること）する様子を仏像として表したものです　主にタイ国で多く見られます」

〈マスター〉は、この事実に繋がるものを頭の中で捜したが、レセプトするものは見つけられなかった。

だからこそ〈マスター〉はわだかまりを抱いた。

「あの時、イカ釣り漁船事案で検挙した船員たちをチェックした時、そんな特異点がある奴がいたか？」

「いえ、自分は見ていません」

「いなかったよな……ということは、どういうことだ？」

「あの時、十二人目の人物、つまり〝本物の船長〟がいるのではないか、そんなことが疑問に浮かびました。ですから――」

「その〝涅槃仏の男〟がそうだと？」

〈マスター〉が眉間に皺を刻んだ。

「しかし、あんな気象条件で、単独で海に飛び込む奴なんていませんよね」

〈ゴースト〉が残念そうに言った。

二人の間にしばらく沈黙がつづいた。

「分かった。ありがとう。明日、〈デウス〉を通じて本庁に照会してみる。それより、早く帰れ」

去って行く〈ゴースト〉の背中を見つめながら、奴の観察眼にはいつも驚かされると思った。狙撃手は何もターゲットをヘッドショットするだけが任務ではない。オペレーション中の情報収集も重要な任務の一つである。その点、〈ゴースト〉は様々な情報を、ルーム・エントリーを敢行するオペレーターたちに与えてくれていた。

だが〈ゴースト〉について特筆するならば、やはり狙撃能力がズバ抜けている。それには心から敬服し、その技能にも心酔していた。

ＳＳＴの全員はすべての特科技能においてスキルが高い。だが、奴は狙撃では突き抜けている。ズバリ言えば、〈ゴースト〉は特殊部隊で最も高い評価が与えられる名誉な称号「タクティカル・マークスマン」に相応《ふさわ》しいと、元狙撃手だった〈デウス〉も絶賛しているほどだ。

ヘリコプター、リブボート、巡視船など、本来安定すべき射撃のプラットホームが激しく揺れていても三百メートル以内であれば、〈ゴースト〉はバイタルゾーンへの狙撃を実現させる。しかも自分の体を巧みに隠匿した上でのスナイピングである。ゆえに、やられた方にとってはまさに〝存在しない相手《ゴースト》〟となるのだ。だからオーストラリア軍からこのコールサインを頂くこととなったのである。

だが、私生活のことを言えば、彼は若くしてすでにバツイチである。それも四歳の娘とも離ればなれとなった。それが〈ゴースト〉の唯一の〝弱点〟と言えた。飲み屋で娘の話を口にする度に涙ぐんでひどく酔っ払ってしまうのだ。

結婚した当初は、その妻、琉奈《るな》との仲の良さはSST内に鳴り響いていた。外出時、周りを憚ることなく身体をぴったりと寄せ合ってキスしながら歩くので、マンションの住人から、子供の教育上よくない、と苦情がきたこともあったほどだ。

離婚の理由について〈ゴースト〉ははっきり言わないが、青森県出身の琉奈が知り合いがいない中で孤独感に苛まれたとの噂は耳にしていた。

いよいよ〈マスター〉も自宅に帰ろうとして〝大部屋〟から出て階段を駆け下りた時、基地用のスマートフォンが振動した。

〈デウス〉からのチャットメッセージが届いていることを示すポップアップが見えた。

さすがに溜息が出た。まだ何かあるのか——。自分の身体が悲鳴を上げていることが分かった。

〈マスター〉はセキュリティを解除してチャットメッセージを開いた。

帰りそびれた〈マスター〉が足を向けたのは、数年前、本庁舎に増築する形で建設した第二庁舎の一階、アイスバス（熱中症対策用冷却室）と隣接する、ドアに「Z」とだけ記された個室だった。そこは、音響的にも、電子的にも、そしてもちろん定期的に盗聴点検もされている、「クリアランス・レベルA」という最高保秘環境であると認定された部屋だった。

「Z」の個室には〈グレイト〉の姿もあった。

〈マスター〉が席に着くなり、イカ釣り漁船事案へ対処した慰労の言葉もなく〈デウス〉が話を始めた。

「つい二時間ほど前、『コクタイキチ』（国際組織犯罪対策基地：密輸や密航など国際的な組織的犯罪を摘発する捜査機関。協力者を運営する極秘捜査や海外の治安機関との共同作戦を行う場合もある）が、お前たちが入手した資料に重大関心を寄せているとの情報が入った」

〈デウス〉はホッチキスで留められた数枚の紙の資料を〈マスター〉の前に置いた。

イカ釣り漁船事案の対象船から〈マスター〉たちが押収し、第9管区海上保安本部に引き渡した中に、一台の日本製の衛星電話があった。その中のデータはすべて消去されていたが、本庁の「犯罪情報技術解析官」がデジタルフォレンジック（電磁的記録解析システム）を使って三ヵ月以内に行われた通話の発着信履歴を驚くほど短時間ですべて復活させた。その中で、調査対象とすべきである、と犯罪情報技術解析官が特定したものがあった。それが今、お前が見ているそれだ、と説明した。

「水産庁の職員が撃たれたという事態を重く見た本庁もハッパをかけられて迅速な調査を行ったようだ」

〈グレイト〉が付け加えた。

〈マスター〉は資料の中にある衛星電話の発着信記録を見つめた。発着信記録のどちらも同じ番号が赤い蛍光ペンで塗られている。特徴的であるのは、ちょうど一ヵ月に一度、ある時間帯で相互の通話の〝ラリー〟が頻繁に行われていることだ。しかし今日にかぎってみれば、この一時間ほどの間に頻繁に電話をかけあっている。その最初の時間は、〈マスター〉が記憶する限り、〈マスター〉たちがファストロープでイカ釣り漁船に突入した時間とほぼ一致していた。

〈デウス〉が説明をつづけた。その電話番号をさらに犯罪情報技術解析官が衛星電話の通信キャリアに対して正式な捜査事項照会として確認したところ、架電相手は、北海道札幌市中央区に存在する、あるオフィスビル五階の南側、六十度範囲だという事実がわかった——。

　そこから先の調査は、第9管区海上保安本部の警備情報課がその〝五階南側六十度範囲〟を調べたところ、「長瀬《ながせ》商会」という名称の会社のオフィスが置かれていることが判明したという。

　その時、〈マスター〉の脳裡にふと浮かんだ光景があった。〈ゴースト〉が報告してくれた〝涅槃仏の男〟。

「注目すべきはここから先だ」

〈デウス〉がさらに言うには、「長瀬商会」の法人登記簿には、代表取締役社長として、長瀬康輔《こうすけ》、年齢五十二歳なる表記があり、「主な事業」の欄には「化学剤の製造」とだけ記されていて、漁業に関連する表記はない。さらに、警備情報課が本庁経由で官庁間協力の名の下に東京国税局から取り寄せた「長瀬商会」の税務資料には、水産物の取り扱いがまったく含まれていなかったのである。税務資料にある主な事業は、旅行業から始まり、人材派遣業や産業廃棄物処理事業のほか、食品飲料、非破壊、化学製品の各検査など多角的なビジネスを展開していることがわかった。

「で、『コクタイイキチ』はなぜ関心を？」

〈マスター〉が素朴な疑問を口にした。

　それについての説明を始めたのは〈グレイト〉だった。

「実は、昨日、在日アメリカ大使館《ベイタイ》に配置されている『SOCOM《ソーコム》』（アメリカ陸海空海兵隊の特殊作戦部隊の総元締《そうもとじ》め）の『リエゾン』（連絡官）から、コクタイイキチ基地長に対し、長瀬康輔に関する『T2《ティーツー》』（非公式ライン）による、ある要請《リクエスト》が飛び込んだ」

〈グレイト〉によれば、その要請の中身は、長瀬康輔が所有する、現在、北海道海域を航行中の個人用クルーザー『エメラルド・ルナ』を急ぎインターセプトし、乗船している同人の身柄を拘束し、引き渡して欲しい、というものだった。

「なるほど。つまり、コクタイキチの基地長、二条《にじょう》さんから、〈デウス〉に相談があった、そういうことですね？」

そう聞いた〈マスター〉の脳裡に、〈デウス〉と海上保安大学校同期である二条凜太郎《りんたろう》の顔が浮かんでいた。熊のように毛深い二条という男は、非常にクセのある男で、決して笑わない目をしているというのがもっぱらの評判だ。海上保安庁の〝裏歴史〟を築いてゆく男だという噂も耳にしている。

理解したふうに頷いた〈マスター〉だったが、一瞬、わだかまりを抱いた。ＳＯＣＯＭは指揮下にある『ＪＳＯＣ《ジェイソック》』（統合特殊作戦コマンド）になぜオペレーションを命じないのか？　ＪＳＯＣは、暗殺、擬装、欺瞞、拉致など、ありとあらゆる行動を敢行するあれほどの柔軟な組織なのに――。しかも、ＳＳＴとＪＳＯＣにこれまで関係がなかったわけではないが、一義的に相手を求めるのなら自衛隊であろう。ミリミリ（軍隊＆軍隊）の方が話が早いはずだ。

そのわだかまりを解決したのは〈グレイト〉の言葉だった。

「対象船、エメラルド・ルナが存在する北海道近海の海域は、ロシア、北朝鮮、そして中国が近い、いわば火薬庫のど真ん中だ。そんなところでアメリカのＳＦ（特殊部隊）がオペレーションをやれば、戦争へのトリガーを引くことになりかねない。そこに至らなくとも事態を複雑にし、軍事的緊張を高める状況――つまりニューヨークの安全保障理事会議場の傍らにあるピカソ画ゲルニカ前のカフェで交わされる用語で言えば、ハイ・プロファイル（高度で複雑な外交上の緊張状態）に陥る可能性もある。ゆえに我々に白羽《しらは》の矢《や》が立った、そういうことだ」

〈マスター〉は、〝白羽の矢が立つ〟という諺《ことわざ》の本来の意味にネガティブな事実が込められていることを思い出した。

「知っての通り、海上自衛隊には、日本船舶を臨検する権限はない」

〈グレイト〉が付け加えた。

頷いた〈デウス〉が続けた。

「よって残されたのは、『軍』ではない法執行機関である我々だ。中国側と遭遇する前に、エメラルド・ルナを捕捉の上、長瀬康輔の身柄を確保されたい――そのリクエストがＳＯＣＯＭからコクタイキチにあり、そこから二条がアンダーでオレに相談をもちかけてきた――そういうことだ」

〈グレイト〉が説明を加えた。

「ただ、本庁での結論は出ていない。磯山《いそやま》次長（海上保安庁のナンバー２）が反対してる」

反対の理由について〈グレイト〉が解説したのは、磯山次長曰く、長瀬康輔は日本の法律を犯したわけでもなく、現在のところ日本の安全保障を脅《おびや》かすエビデンスもない。ゆえに司法権を行使しての身柄拘束は無理だということだった。

しかも、中国海軍艦船とエメラルド・ルナが現在航行中の海域は、日本のＥＥＺではなさそうだ。たとえそうであったとしても日本の法律では裁《さば》く根拠がない。なぜなら、ＥＥＺでの規制は魚介類を含む海洋生物と海底油田などのエネルギー関連に限られているからだ――磯山次長は強くそう主張しているという。

「何を逡巡《しゅんじゅん》する必要があるんです？　日本国としてやるべきです！」

〈マスター〉が語気強く言った。

大きく頷いてから〈デウス〉が言った。

「本庁のことはいい。こちらはそのつもりで対処し、急ぎ当該海域に前進する」

常にSSTの存在意義を優先に考える〈デウス〉らしい言葉だった。本庁や本部の幹部から「そんなことでは出世できんぞ」と注意されていることを〈マスター〉は知っている。

そんな彼の姿勢は、基地に視察に来る「お偉方」への対応を見ればすぐにわかる。場合によっては、「お偉方」にボディアーマーを着せてキルハウス（近接戦闘訓練施設《CQB》）に入れて、隊員が実弾射撃する的の横に立たせる場合もある。〈デウス〉自身はTシャツ一枚の出で立ちで、居酒屋の暖簾《のれん》をくぐるかの様に銃弾が飛び交うキルハウスに共に入り込み、ウロウロ自由に歩き回る。

オペレーター隊員たちはと言えば、「お偉方」と〈デウス〉との間を縫って——まるで〈デウス〉とオペレーターたちが意思を交わしているかのように——その横や前を通過し、または〈デウス〉の肩ごしに標的へ弾丸を叩き込んでいく。

しかし悪ふざけでやっているわけではない。「隊」の運用の最終的なデシジョンメーカーとなる「お偉方」にはどれほどの覚悟が必要なのか、それを国家の安全保障に関わるイザという時、思い出して現実的な決断をして欲しい——その信念に基づいてのことなのだ。

「マスター、お前がリーダーとなって特別チームを至急編成しろ。ただし、これだけは指示する。『CBRN《シーバーン》』（化学・生物・放射線核）と『EOD《イーオーディー》』（爆発物処理）のオペレーターを必ずアサルター（戦闘要員）にアタッチメントしろ」

「その男、長瀬康輔なる野郎は、何をやらかそうとしているんです？」

〈マスター〉が訊いた。

「SOCOMから共有された情報には、長瀬康輔は、正業《せいぎょう》を営んでいる裏で、大規模テロに使われる可能性が高い大量破壊兵器の調達に関わっている可能性があるという内容があった」

「大量破壊兵器？　なんですそれ？」

〈マスター〉は勢い込んで訊いた。

「アメリカは明確にしなかった」

「了解です」

〈マスター〉は力強く頷いた。もとより異論があるはずもない。すぐに頭を切り換え、人選のことで頭が一杯となった。

「それでいつ出発ですか？」

〈マスター〉はこともなげに訊いた。明日の朝の出発なら、これから帰宅して風呂に入って、夜食を食って、酒を呑んでもせめて三時間の睡眠時間はある、と計算した。

「今、すぐだ」

〈デウス〉が言い放った。

何かを言いかけた〈マスター〉は口を噤《つぐ》んだ。

「本庁に成瀬《なるせ》長官を筆頭とする対策本部、第1管区海上保安本部《イチカン》に本部長が指揮を執る現地対策本部、指揮船に指定された巡視船『えさん』船長が仕切る現場指揮部——それらがすでに立ち上がった。すべてお前たちを待っている」

一気にそう捲《まく》し立てた〈デウス〉の顔をまじまじと見つめた〈マスター〉は、数年前、〈デウス〉から聞かされたことを思い出した。

九州南西海域で発生した不審船事件の時、〈デウス〉たちは、四十八時間一切の睡眠をとらない中での訓練から帰宅し、冷蔵庫の麦茶を飲んだその直後、基地長から緊急呼集がかかり、再び基地に戻された。そしてそのまま航空機と巡視船を経由して不審船に対するアサルトへ向かったという話を――。

そんな相手に不満を口にできるはずもなかった。

「確認させてください。長瀬康輔は本当に今、エメラルド・ルナに乗船しているんですね？」

「第1管区海上保安本部からの最新報告によれば、昨日、マザーポートである小樽港マリーナから出航した。また、本庁警備情報課によれば、シーガーディアンが空中追尾中で、五分前の更新情報では、該船は南西の針路で航行している」

〈マスター〉がさらに質問を投げ掛けようとした時、部屋の外に設置されているスマートフォン預かり箱から、〈デウス〉が呼び出し音として設定している懐かしいフォークソングが聞こえた。〈デウス〉はすぐに部屋を出た。

戻ってきた〈デウス〉の表情は強ばっていた。だが、その反応は〈マスター〉にとって嫌なものではなかった。オペレーターとして心躍らされる刺激的なニュースの時は決まって〈デウス〉はそんな表情を見せるからだ。

「長瀬康輔の容疑が見つかった」

〈デウス〉によれば、長瀬商会は、長年にわたってオーバーステイの外国人を複数雇っていたという〝縦書き〟にできる（公判請求可能な）被疑事実を第9管区海上保安本部《キユウカン》が突き止めたという。通報した先の出入国在留管理局がさっそく令状を請求し、その身柄拘束に関して官庁間協力が間もなく海上保安庁に寄せられる見込みだとした。

「最後に重要なことを二つ示す」

〈グレイト〉が身を乗り出した。

「まず一つ。コバート・オペレーション（隠密作戦）とせよ。長瀬康輔の生命にかかわる可能性もある」

「了解です」

「もう一つ、現地の気象条件がすこぶる悪い。外気温は零下二十度前後になっている。低体温《ていたいおん》症《しょう》に十分気をつけろ」

「了解」

「よし、急げ。直ちに出動整列を行う」

〈デウス〉が気合いを入れるように両手を叩いた。

4

一九九三年

本郷健流《ほんごうたける》は、京都《きょうと》府舞鶴《まいづる》市の市立病院の産科病棟で、二十八歳の父と二十六歳の母との間に第一子の長男として誕生した。

母はなかなか母乳が出ず、乳児の頃は粉ミルクで育った。とは言っても小学校に入学するまで病気らしい病気はほとんどせず、本当に親孝行の子だ、と父方の祖父に褒められて頭を撫でられた記憶がある。

何歳頃からかは定かではないが、本郷は幼い頃より将来の仕事への、ある強い想いがあった。それだけは記憶にはっきりとある。とにかく毎日の遊び場である海が好きだった。だから海に関係する仕事がしたかったのだ。

その想いの原点を探すのは簡単だ。海上自衛官だった父への憧憬の念があったからである。毎日、制服で出勤し、夕方に同じ姿で帰宅する父が大好きだったし、自慢だった。船に乗って何ヵ月も会えない時は毎日、港の岸壁に体育座りをしながら父を待ち続けた。父への思いは単なる憧憬ではなく、強さへの憧れだと気づいたのは中学生になった時だった。

父はいつも自分の中で強さの象徴だった。自分も、父のように、強くなりたい、と小さい頃から思った。でも、どうすれば強くなれるのか。強いとは、勉強ができるということなのか、ケンカに強いということなのか、運動会の徒競走で一等になることなのか、社会的に高い地位を得ることとなのか――。強いって何だろう、という疑問を中学校、高校に入っても常に抱いていた。

ただ引っ越しがやたらと多いのは大変だった。長崎県佐世保、青森県大湊と海上自衛隊基地のあるところあちこちに父は転勤し、自分もまたその度に学校を変わった。お陰で小学校は四回転校。友達と離れて寂しかっただろう？　とよく聞かれる。だが正直、友達との別れが悲しいというより、次の学校への不安の方が大きかった。別れはそのうちに慣れる。しかし転校は方言は違うし、そもそも新しい土地で誰も知らない。そのことがいつも安心できなかったことを今でも思い出す。しかし、海上保安庁に入って、自分の子供たちに同じ思いをさせるようになるとは小さい時は思いもしなかった。

父が鹿児島《かごしま》県鹿屋《かのや》市の海上自衛隊航空基地に転属した時、高校三年生を迎えた。大学は国立の九州大学に挑戦した。だが不合格。単身で博多市内の予備校に通い、寮にも入った。夏頃だったか、夏休みで一時帰省した時、両親が自分のために生活を切り詰めていることを知った。親への負担が申し訳なく、早く自立したいとの思いが強くなった。

浪人後の大学入学試験では二つの国立大学に受かった。だが両親の苦労を考えると、給料をもらいながら大学生活が送れる海上保安大学校に惹《ひ》かれるようになっていた。もともと海で働くことへの憧れが幼い頃よりあったし、海上保安大学校についての安易な期待もあった。パンフレットを見ると、ひとクラス五十人くらいの大学である。きっとアットホームな環境で毎日が楽しい学生生活を送れるのだ、と最初は思っていた。

だが現実は違った。規律が厳しく、時には理不尽な上下関係や躾《しつけ》教育があった。特に、女性の先輩から、挨拶をしない、指示に従わない、といつも叱られるのは辟易した。

しかしそれでも、退屈な授業を除けば海上保安大学校での生活は嫌ではなかった。海上保安庁の幹部になるための教育や実習を受けて少しずつ自身の成長も感じる中で、子供の頃からの疑問であった「強さとは何か」について、あらためて考えるようになった。

そして大学時代は、「強さ」とは、〝死ぬ気で頑張ること〟だと確信していた。だから、真夜中の呉《くれ》市繁華街の片隅で、酔った男たちにまとわりつかれている女性を見かけた時はすぐに行動に出た。立ち向かってきた相手をたたきのめしたが、ふと足を取られ反撃を喰らった。しかしそこで死ぬ気で頑張った。すべての体力を使い果たしても戦いつづけた。そして駆け付けてきた警察官に突きだした。

また、こんなこともあった。部活動でのカッター競技（手漕ぎボートを十四人で漕いでタイムを争う海上保安大学校の伝統行事）で、仲間の一人が途中でダウンして動けなくなった。それまで一位だったのにどんどん抜かされてゆく。本郷は怒鳴り上げた。もっと熱くなれ！　死ぬ気で熱くなれ！　その言葉で仲間は覚醒した。そして奇跡的な大逆転で優勝したのだ。

その経験から、自分なりの〝真実〟が本郷の中で生まれた。〝死ぬ気で頑張ればなんとかなるし、すべてが上手くゆく！　それこそが「強さ」の究極の姿だ〟――。

そんなある日、海上保安庁の専門職の中にSSTという特殊部隊があることを噂で耳にした。途端にその世界に強い憧れをもった。ただ当時、SSTは海上保安レポートを始めとする海上保安庁が発行するいかなる公刊物にもその名称さえ記されたことがなかった。つまり〝存在秘〟であった。

しかし〝特殊部隊〟という言葉の響きは、本郷にとって、〝強さ〟の極限的な象徴に思えた。

そして間もなくして、鳴門《なると》道秋《みちあき》という教官から、SSTの前身部隊として「プルトニウム輸送護衛任務」というミッションとその護衛を行った「警乗隊《けいじょうたい》」というベールに包まれた伝説の部隊にまつわる噂話を聞くこととなった。

本郷は、新聞などで、「警乗隊」の任務について概略だけは知っていた。

一九八八九年のことだ。日本の原子力発電所での発電によって出た核燃料廃棄物を、フランスの再処理工場へ運んで処理を行い、プルトニウムを精製。そしてそれを日本の原子力発電所で再び使うという計画があった。だがプルトニウムは核爆弾の製造にも転用できるシロモノ。輸送中に、核ジャックを狙うテロリストから守る必要があった。そのため、海上保安庁は、全国から「プルトニウム輸送船警乗隊」として十三人の海上保安官を極秘に抜擢して訓練し、編成した。その十三人の海上保安官は、多くの海上保安官の間で『伝説の十三人』もしくは『サーティーンズ』という密やかな名で崇《あが》められることとなった——公刊物などから本郷が知っているのはそのレベルだった。

だが鳴門教官は、しつこく尋ねる本郷に根負けして、ある日、その日の訓練がすべて終わった時、ここだけの話だ、として語ってくれたのだった。

「警乗隊は、アメリカ海軍特殊部隊シールズから対テロ戦の神髄《しんずい》を叩き込まれた。その訓練は、法執行機関の部隊としては常軌《じょうき》を逸《いっ》する凄まじい内容であり、CQC（近接屋内戦闘）、狙撃、EOD（爆発物処理）の技能のほか、捕虜となった場合の対処など、当時の海上保安庁では想像もつかないテクニックを伝授された」

鳴門教官の話はそれだけでは終わらなかった。

「訓練の中には、長期間飼育したウサギをナイフで刺殺して解体し、その血液を顔に塗りたくって胆力《たんりょく》を鍛える、という凄まじいものまであった」

鳴門は、別の機会でも「警乗隊」について、あくまでも噂話だが、として本郷だけに声を潜めて語ったことがあった。

「警乗隊は、プルトニウム輸送船がテロリストに占拠されそうになったら、輸送船を自沈させ、自決するよう密かに命令されていた。これは秘密だ」

SSTこそ、小さい頃からの強くなりたいとの想いを結実させるのに必要な存在だと本郷は確信していった。

——どんな部隊なんだ？　知りたい、行きたい、なりたい！

そして海上保安大学校三年生の時に書かされた海上保安官の拝命を受けての希望職種の欄に

は、たった一言、「ＳＳＴ」とだけ記入したのだ。

海上保安大学校を卒業した二十三歳の冬、四ヵ月間の研修を終えて真っ先に配属された「初任地」は、ＳＳＴではなかった。海上保安庁の規則として、まずは巡視船に乗っての現場というのが常識だったからだ。

愛知《あいち》県の名古屋《なごや》海上保安部に所属する巡視船「みずほ」の主任機関士としての任務に就いた。主任という立場は、「海上保安学校」（京都《きょうと》府舞鶴《まいづる》市にある、各部門のスペシャリスト養成機関）の卒業者、八名前後の海上保安官を統率する立場にあるが、「みずほ」の機関科幹部の中では一番の下っ端だった。ただ〝統率〟と言っても、それらはすべて本郷より年長者である。中には最年長の五十五歳の海上保安官も含まれているのだ。

そして「みずほ」での勤務を始めて二ヵ月後のことだった。本郷の一生を左右するほどの苛烈な悲劇が彼の目の前に出現したのだった。

二〇一六年　春

一匹《いっぴき》の白い兎《うさぎ》が舞った。

軽やかで鮮やかな舞いだった。深く暗い藍色《インディゴダーク》の波間に見えるそれは、〝白い兎〟が無邪気に舞いを楽しみながら歌を奏でているようにも見えた。

船長の背後に立つ航海科員と、海上保安大学校を卒業してわずか四ヵ月前に研修を終えた二十三歳、主任機関士である本郷健流を含めた十名の「航海当直者」たちは、肉眼でその白い兎の舞いを見つけるまでは、淡々とルーティーンの業務をこなしていた。

しかし間もなくして広い海原の色は濁った深みを増して、たくさんの白い兎が、いたるところで舞い始めた。ついさっきまでは、実に穏やかな、白波が立たず、陽《ひ》の光にキラキラと耀く、べた凪だった。やがて〝白い兎〟の舞いの躍動は大きくなり、徐々に不気味な舞いへと変わっていった。〝白い兎〟たちはいずれもが尖った牙を剝き出していた。

海上保安庁が保有する数ある巡視船のうち、ヘリコプターを搭載できることからＰＬＨ《ピーエルエイチ》型と分類されている「みずほ」の船長、岩佐《いわさ》省吾《しょうご》には、視察に訪れた与党の国会議員やお偉いさんに向かって、いつも口にするフレーズがある。

〝伝説の巨大海獣《クラーケン》が巨体をうねらせながら跳ね上げて引き起こす大波がぶつかってきたとしても、この船は微動だにしませんよ〟

そう言って大声で笑い飛ばした後、岩佐はつづけて種明かしをする。つまり〝巡視船に備わっている減揺《ゲンヨウ》タンクなどの横揺れ防止システムがあるお陰でクラーケンの脅しにも屈しない〟と楽しそうに語るのだった。

だが、今、船橋《せんきょう》エリアの中央に立つ岩佐船長の表情は厳しかった。

シートベルトを外して立ち上がった岩佐は、大海を見下ろす船橋のフロントガラスの前に歩み寄った。

「予報と違う。荒れるぞ」

岩佐は眉間に深い皺を寄せて言った。船長の背後に立つ本郷を含む機関科員を合わせた十数名の「航海当直者」たちも、肉眼でその白い兎の舞いをはっきりと確認できるまでになっていた。

白い兎が舞う――すなわち白波が荒っぽく立ち始めたことは、穏やかだった海がうねりを伴って時化《しけ》が酷くなったことを意味している。つまりは海難発生リスクが高くなったということだ。

操舵室の広い窓に、強い雨が音を立てて打ち付け始めた。ワイパーが音を立てて激しく唸《うな》る。船体もごく緩やかに揺れ始めた。幾つもの横揺れ防止システムを完備した巡視船が〝揺れる〟というのはよっぽどのことである。

一時間ほど前に、第4管区海上保安本部から衛星を経由した通信によって届けられた気象と海象に関するデータによれば、この海域は二時間後には強い雨になるがそれまでは晴天のはずだった。しかし、気まぐれな大自然は、コンピュータの分析を嘲笑うように、今になってもなお無法者の一面を見せることがある。

窓の近くに設置されたフックに掛けられているUHF周波数帯の「船舶電話《せんぱく》」の呼び出し音が船橋に鳴り響いた。卓上電話タイプの船舶電話を手に取ったのは、航海当直者たちを束ねる航海長、市原大智《いちはらだいち》だった。かけてきた相手は、名古屋港を見下ろす第4管区海上保安本部の「OP《オーピー》センター」（運用司令センター）を仕切る最先任の「当直班長」の檜木健史《ひのきたけし》だ。

語気強い声で檜木当直班長が口にしたのは、今から十分前、OPセンターに直接入電した「118番」（海上保安庁の緊急電話番号）通報の内容だった。

愛知県南部の知多《ちた》半島沖の海域内で、観光用のプレジャーボートが転覆。要救助者が発生しているため、至急、現場へ急行し、要救助者の救助を実施せよ、との指示を滑舌良く口にした。

檜木当直班長はつづけて、対象船の諸元を説明した。突然の高波を受けて転覆したとする船は、個人所有で船種船名はＡＮＧＥＬ・ＤＯＬＰＨＩＮ《エンゼル・ドルフィン》、総トン数十五トン、全長六・二一メートルという小型のプレジャーボート。船質は繊維強化プラスチック《ＦＲＰ》、ガソリン機関の百四十・五七キロワット。船長は三十三歳。二ヵ月前に二級小型船舶操縦士の免許が交付されたばかりである——。

　海難発生事案の対象船、プレジャーボートの船員は、まず持ち主である船長一名と、家族連れなどの観光客の八名。近くの海域で野生の数百頭が生息していると言われるミナミハンドウイルカのウォッチングを、有料で行う目的でマリーナを出航したのは一時間ほど前の午後二時七分頃。その十分後、大量のイルカの群れを見つけたので、船首を南方向に向けて機関を停止し、観光客たちがイルカウォッチングを行うために漂泊《ひょうはく》を開始した。

　天気は晴れ、風向は北、風力２、視界は良好。海象としては、波高は〇・三メートル、潮汐は下げ潮の中央期で、水温は約十一度だった。本郷が気になったのは海水温の低さだった。そんな中に投げ出されたら、早期に救出しないと低体温症になってしまう。

　そして、第９管区海上保安本部からの情報によれば、その二十分後の同三十七分頃。気象と海象が激変。そして異変が襲ったのはその直後だったという。突然に発生した大きな波がプレジャーボートを船首方向から襲い、大量の海水が船内に流入。足元にどんどん溜まってゆく海水を避けるために乗員数人が左舷船尾部に移動した直後、時間にして同四十分頃、プレジャーボートは左舷側に急激に傾斜し、完全にひっくり返ってしまったのだという。

　プレジャーボートに乗っていた者はすべて海に投げ出された。船長と一部の乗員は近くを航行していた五百トンクラスの貨物船によって救助されたが、海象がさらに不良となってきたことから、まだ乗員数名が救出できないままであるらしい。

船橋のすぐ背後にある「ＯＩＣ」（指揮所）の広いエリアに岩佐船長が移動すると、すでにそこには巡視船ナンバー2の運用司令長ほか指定要員たちが揃っていた。

ＯＩＣの中央に置かれた巨大な机の上に何枚もの海図が並べられ、救助作業の準備が検討されてゆく。しかし誰も大声を出すことなく走り回ることもなかった。数々の修羅場をこなしてきた彼らは、情報の集約に始まり、管区保安本部との連絡もつつがなく、かつ要領よくことを進めていた。

その五分後、次報として第9管区海上保安本部のＯＰセンターが「みずほ」に伝えてきたのは、要救助者は計五名。その中には、両親とともに乗船していた小学校四年生の女児が含まれているという。その情報は、ＯＩＣの空気を一気に緊迫させた。

最大船速にあたる時速22ノット（時速約四十キロメートル）で、〝白い兎〟が憎たらしいまでに乱舞する波濤を激しく切り裂き現場へと急行していた「みずほ」は、海難対処命令を管区保安本部から受けてから約三十分後、船橋の上部に設置されている「遠隔監視採証装置」が針路三十度の海面上で対面漂流物を捕捉。その映像をＯＩＣにある大型ディスプレイで見つめた航海長の市原は、すぐにその映像を数十倍にズームインすることを隣接する船橋に立つ航海当直者に指示、赤茶けた船腹を天に向けたプレジャーボートらしき対面漂流物が大きく映し出された。航海当直者の一人としてＯＩＣにいた本郷は、その瞬間、それが対象船だと確信した。

本郷は一度腕時計へ目を落としてから、船橋の先に見える空と洋上へ視線を送った。ガラス窓に音をたてて激しく打ち付けるほどの大雨で辺りは薄暗くなっている。本郷は、遠隔監視採証装置と並べて設置されている「赤外線監視装置」が捉えている画像をＯＩＣのディスプレイに映し出すように命じ、航海当直者たちとともに転覆しているプレジャーボートの周辺を急いで捜索した。

本郷が声を上げたのは五分ほどしてからだった。

「ここだ！　要救助者《ようきゆうじよしや》！　幼い男児！」

ＯＩＣで準備を急ぐ救助部署要員たちがディスプレイの前に集まった。赤外線監視装置が捉えた画面の十字線《レティクル》の中心部分に、円状のものにしがみつく小さな人影が映っている。徐々に拡大する映像を見つめる本郷の目が釘付けとなったのは、荒い波にもまれるポニーテールにしている長い髪と小さな顔だった。

「いいえ、女の子です！」

本郷が急いで訂正した。

赤外線監視装置から急いで離れた本郷は、船橋の右側に立つ船長に状況を報告した上で、即座に起案したこれからの手順について船長の了承をとると、航海当直者たちを振り返り、

「エンジン、停止！」

と指示をして船内交話マイクを握った。

全甲板《ぜんこうはん》の全区画で本郷の野太い声が響き渡った。

「要救助者、一名発見！　対象は浮き輪らしき物に捕まる女児。本船《ほんせん》、ただちに救助にあたる。警備救難艇、降《お》ろし方《かた》用意！」

本郷がさらにつづける。

「降ろし方、業務処理1班。さらに揚収《ようしゆう》方、業務処理２班――」

要救助者の救助任務を直接担当する「業務処理２班」の指揮を執《と》る任務をあらかじめ指定さ

れていたのは本郷だった。

本郷を班長として編成された業務処理2班は、降りしきる雨の中で濃紺の出動用作業服の上に黄色の防水衣《カッパ》を着込み、船首楼甲板《せんしゅろうこうはん》のほぼ中央にある、白い警備救難艇が吊るされた下に集合した。

そこにはすでに警備救難艇の揚降《ようこう》担当の海上保安官たちが集まっており、警備救難艇を固定している固縛索《こばくさく》を外し、船底弁《せんていべん》を閉める作業を行った後、揚降指揮者とボディトーキー（無線機）で連絡をとりあっていた。

「警救艇《けいきゅうてい》、降ろし方、用意よし！」

「舷側《げんそく》まで降ろせ！」

揚降指揮者の命令により、警備救難艇を船首楼甲板の舷側の位置まで降下させると、暖機運転を始めるために機関科職員二名が身も軽く警備救難艇に飛び乗った。エンジンをいきなりフル回転させることはシステムに損傷を与えかねない。

だが、激しい雨に打たれながら本郷は、警備救難艇が海面に降ろされるや否や、船尾にあるエンジンに取りついて作業を進める若い機関科員を見て怒鳴った。

「エンジンチェックはしなくていい！」

「えっ?!　どういうことです？」

手で雨を避けながら機関科員が訝《いぶか》った。

「そんなことしてたら女の子は助からない！　すぐ行け！」

戸惑う機関科員たちには構わず、本郷は重ねて指示した。

「揚収班、乗艇《じょうてい》！」

警備救難艇に乗り込んだ七名の業務処理２班の海上保安官たちは、「みずほ」の側壁に寄り沿って重心を低くする体勢をとった。

「海面近くまで降ろせぇ！」

船橋からの命令が再び飛ぶ。

警備救難艇が海面近くまで降ろされた時、本郷が作業手順を連続して命じた。

「安全ピン、外《はず》せ！」「レバーピン、外せ！」

警備救難艇が海面に着水したのを確認した本郷が連続して言い放った。

「もやい索《さく》、離《はな》せ、エンジン起動！」

警備救難艇がゆっくりと巡視船を離れて行く。要救助者を救う揚収班として警備救難艇に乗り込んだのは、若い二名の機関科員と、陽《ひ》に灼《や》けた赤黒い顔をした五十がらみの四人の海上保安官だった。

彼らはいずれも数年前まで、地球の反対側で遠洋マグロ漁船に乗っていたという、海を知り尽くした猛者たちだった。海上保安庁では一時期、〝船乗り〟の数が少なくなって巡視船で定員割れをした時があり、漁船の船員を中心に臨時募集したことがあった。

ＯＰセンターから指示された座標を基に、女の子が漂っているポイントへ揚収班を乗せた警備救難艇が近づく。

「目視《もくし》で発見！」

そう声を上げたのは本郷だった。

「あそこだ！」

全身がずぶ濡れになった本郷が指さした七十メートルほど先に、小学校低学年くらいに見える女の子が浮き輪の中で首から上だけを海面に出し、ぐったりと頭を傾けた状態で波間に漂っている――。

女の子が本郷たちの警備救難艇に気づいたのか、うっすらと弱々しく目を開けた。

「大丈夫、すぐに助けるからね！」

本郷は女の子に向かって叫んだ。

その時、女の子が小さく微笑んだのが本郷の目に入った。

しかし女の子は手を振ろうとしたのか、浮き輪にしがみついていた二本の腕のうち一本を離してしまった。女の子と浮き輪のバランスが崩れ、女の子の姿が一瞬、波間に消えた。

「急げ！」

本郷は、潮と雨が混ざったものを口から吐き出しながら、操舵手の機関科員に声を上げた。

その時突然、二基のエンジンが鈍い音をたてて同時に停止した。同時に大波が警備救難艇を襲った。揚収班たちは頭からびしょ濡れとなった。

本郷はハッとして女の子が流されていった方向へ視線を送った。

女の子の姿が波間に見えた。しかし徐々に離れてゆく。顔をくしゃくしゃにした女の子の姿が目に入る。涙声で必死に助けを呼ぶ声も聞こえた。

だが、本郷たちが乗った警備救難艇は動力が失われ、為す術《すべ》もない。しばらくして「みずほ」からやってきたバックアップの警備救難艇とロープを繋いで曳航《えいこう》されながら、本郷を含む海上保安官たちは必死になって女の子を捜し求めた。

やっと肉眼で女の子を捉えることができたのは、捜索を始めてから一時間も経ってからのことだった。波に揉《も》まれて遠くへ流れ去ってゆこうとする浮き輪を、本郷を含めた海上保安官たちが目一杯に手を伸ばして摑んで警備救難艇に引き寄せた。

だが、女の子は瞼《まぶた》を閉じて身動きもしない。警備救難艇の中に揚収した本郷が女の子を激しい雨から守って抱きかかえた時、彼女の手と足は氷のような冷たさだった。

本郷は橈骨《とうこつ》動脈で脈を取った。だが何の感触もなかった。本郷は必死に心臓マッサージを行った。研修で習ったとおりに、か細い肋骨《ろっこつ》を折らないように慎重に、何度も必死につづけた。

心臓マッサージを始めて二十分もした頃だった。赤黒くて太い手が本郷の腕を摑んだ。

本郷が振り返ると、それまで黙って見つめていた、かつて遠洋マグロ漁船の漁師だった五十二歳の海上保安官が、歪めた顔を大きく左右に振った。

女の子を雨からさらに守るようにして腕の中に入れた本郷は、叩き付ける雨に負けじとぎゅっと抱き締めた。女の子の額も頰も、そして半袖のブラウスの先にある細い腕も白く透き通るように見えた。

本郷が直面したのは、女の子が低い水温と気温による低体温症で心肺停止状態になってしまったという悲しむべき現実だった。

顔に容赦なく打ち付ける雨を乱暴に拭い、ふと女の子の掌《てのひら》へ目をやった時だった。

本郷の息が止まった。

女の子の右手の人差し指の爪が掌に食い込み、そこから出血していた。どれほどの苦しみがあれば、か弱い子供が爪が掌に突き刺さるほどに指を握り込めるのか。低体温症で気を失う前、この子は極限まで苦しんで亡くなったのだ……。

巡視船「みずほ」の全区画で船内放送が響き渡った。

「連絡する。本郷機関科主任、直ちに第二公室に来られたし」

六畳ほどの病室にあるベッドに寝かせられた女の子の下で膝を立てて座り、びしょ濡れとなった頭を抱えながら目に涙を浮かべていた本郷は、最初、その船内放送の内容を頭で理解できなかった。

だが、何度か同じ船内放送を聞いて、やっと気づいた本郷は、力なく立ち上がって俯き加減に病室を後にし、船首楼甲板から階段をひとつ降り、上甲板にある第二公室へと重い足取りで向かった。

第二公室に足を踏み入れると、ついさきほどまで一緒に警備救難艇に乗っていた——いずれも本郷よりも遥かに年上の——元遠洋マグロ漁船の漁師だった四人の機関士たちが厳しい表情で腕組みをしてテーブルを囲んでいるのが目に入った。巡視船では、各科の科長クラス以上の者は「第一公室」で食事をとり、それ以外の海上保安官は、そこから後方約三十メートルの位置にある「第二公室」で食事を行うことが習わしだった。

「みずほ」の最高齢五十五歳の板垣完爾《いたがきかんじ》がタオルで頭を乾かしながら、テーブルを挟んだ目の前の椅子を無言のまま顎をしゃくって示した。

本郷が椅子に座っても四人の男たちは腕組みをしたままじっと睨み付け、無言のまま動かない。

「あんたのせいでな、女の子を救えなかったんや。わかっとんのか？」

赤黒い顔をした板垣が押し殺した声で言った。

「はい。わかっています。自分が、警備救難艇のメンテナンスをきちんとやっておけば——」

「そこやない！」

板垣がそう怒鳴ってつづけた。

「なんで、プロセスに従ってやれへんかったんや？　暖機運転をなんでせえへんかった？　せやからエントラ（エンジントラブル）したんや！」

「要救助者である女の子をいち早く助けたい、救命したい、死ぬ気でそう思ったからです！」

本郷は声を張り上げてつづけた。

「とにかく要救助者の女の子を最優先で、死ぬ気で助けたい、その思いだけでした！　それに――」

「じゃかましい！」

そう怒鳴って立ち上がった板垣に、背後から近づいた同じマグロ漁師だった同年配の機関士が、両手で抱えてきた大きなタライを素早く手渡した。受け取った板垣はタライ一杯に入った水を本郷の頭の上から一気にぶちまけた。

全身をびしょ濡れにした本郷は一瞬、何が起こったのかわからず、目をパチクリさせて板垣を見上げた。

「本郷主任、あんた、保大《ほだい》（海上保安大学校）時代、たいそう熱い男やったらしいな」

本郷は否定しなかった。すべてのことは――特にそれが困難であればあるほど気合いで対処する、気持ちでゆくんだ、死ぬ気でやれば何でもできる！　それがモットーだった。

「早く助けるんや！　という思いだけが先に立っとったから失敗してもうたんや。業務処理2班の指揮官として、幹部として何の戦術もなかった。その結果、あんたはな、助けられるはずの女の子を助けられへんかったんや」

本郷はそこまで言われて黙ってはおれなかった。

「自分に責任があることは認めます。ですが、死ぬ気で行ったら何でもできる、決死の覚悟でゆけば困難を乗り越えられる、その思いでした」

「死ぬ気？　アホかボケ！」

板垣が怒鳴り上げた。

「ええか、若い幹部殿――」

板垣は本郷の胸ぐらを摑んで立たせた。

「死ぬ気で行く、決死の覚悟で行く、っつうことはやな、ぜんぶの思考がそこで止まってしもうとるんや。わからへんのか！」

大きく息を吸い込んだ板垣がつづけてその言葉を言い放った。

「ヒッシカサツはあかんのや！　アホ　ボケ！」

「ヒ？　ヒッシカサツ……」

口から水を吐き出しながらそう口にした本郷は激しく目を彷徨《さまよ》わせた。

「そんなことも知らんのか、大学出のおぼっちゃんが――」

板垣は鼻で笑ってから、つづけて言い放った。

「必ず死ぬことを厭《いと》わずの必死《ヒッシ》、可能の可《カ》、殺すの殺《サツ》――。つまり死ぬ覚悟でやればなんでもできる――『必死可殺《ヒッシカサツ》』や」

板垣は、戸惑う本郷を尻目につづけた。

「中国の軍事思想家、孫子《そんし》の言葉や。保大出《ほだいで》（海上保安大学卒者）やったら知っとるやろ」

板垣がつづける。

「ええか。そもそもな、戦《いくさ》でな、死ぬ覚悟で向かって来る奴を殺すのは、ほんま簡単なことやねん。そいつ死ぬ気なんやろ。せやったら苦労せずに殺せるやん。死ぬ気でやったらなんでもできる、決死の覚悟でゆけば困難を乗り越えられる、と考える奴はな、アホやん。せやかて、そいつら、そこで思考が停止してもうとるからや。なんも役に立てへん。つまりアホボケナス！」

本郷は唾を飲み込んで板垣を見つめた。

「あんたがな、将来どっかで、該船《がいせん》のタチケン（立ち入り検査）でな、銃器を持ったマルヒ（被疑者）と相対した時、そのマルヒにとってな、死ぬ覚悟で！　みたいなあんたを、殺《や》るのはほんま簡単なことや。死ぬ気で来る奴ほど思考が停止しているから、一番、容易《たやす》く殺しやすいねん」

板垣が本郷の髪の毛を摑んだ。

「死を覚悟することこそが物事を超越して目的を達成できる――そんな考えやから、アンタはあの女の子を救われへんかってんや！」

二杯目として運ばれてきた水を受け取った板垣が再びぶっかけてから、本郷の目を覗き込んだ。

「そもそも、アンタの士官《しかん》としての立ち振る舞いがなってへんねん。アンタが一番の指揮官なんや。せやったら仕切りをもっときちんとやってオレたちに指示をせんか！」

最後にそう吐き捨てた板垣は、どこから調達したのか、本来持ち込んではいけないウイスキーの角瓶のキャップを開けると、本郷の頭の上で逆さまに向けた。本郷の全身がウイスキーでまみれ、角瓶が空っぽとなったところで板垣は言った。

「女の子を救われへんかったアンタは、今、死んだ。これはその儀式や」

激しく頭を振ってウイスキーの飛沫《しぶき》を辺りに振りまいた本郷は、カッとして目を見開いて板垣を凝視した。

「なんや、その目は。甘っちょろい色しとるわ」

板垣はそれだけ言うと、〝元マグロ漁師〟の仲間たちとともに、部屋の照明をすべて消して第二公室を後にした。

誰もいなくなった第二公室の、通路から漏れてくる儚《はかな》い灯りの中で、本郷は立ち尽くしたまま身動きしなかった。

本郷はカッと目を見開いて、暗い虚空を見つめた。

女の子の冷たくなった顔を見つめていた本郷の目は今、新たな光を湛えていた。自分が抱き締めた、冷たい女の子の顔と掌に突き刺さった爪と滲んだ血は、今でもこの目に深く刻まれている。

その日から、本郷は自分なりの哲学と思っていたことのすべてを頭の中から排除した。

本郷は愕然とした。死ぬ気で実動を頑張る、命を懸けて任務にあたる――その本当の意味とはいったい何か。それまでの本郷は、覚悟を決めて必死で頑張ればなんとかなる、それが強さだと信じて疑わなかった。しかしそれだけでは解決できないこと、救えない命があることを今、実感したのだった。

それから三ヵ月後、女の子を見つめたのと同じ目は、名古屋海上保安部で直属の上司にあたる警備救難課長の諸星淳《もろぼしじゅん》に向けられていた。

諸星は、その日だけでも十度目となる怒鳴り声を上げた。

「とにかく許さん！」

諸星は開口一番そう言い放った後、転属希望申請書と題された一枚の紙を、部屋の入り口で突っ立ったままの本郷に向かって投げつけた。本郷に動揺はなかった。諸星の反応は予想していたものだったからだ。

「プレジャーボート海難事案で、要救助者を救えなかった、そのことから逃避しようとしているんじゃないのか？」

「SSTで仕事をしたい、理由はそれだけです」

本郷はキッパリとした口調で否定した。

「いいか――」

諸星は身を乗り出した。

「保大出は、様々な分野を経験し、組織を支えるジェネラリストでなければならない。そして海上保安庁を引っ張ってゆくんだ」

「分かっています」

「それだけじゃない」諸星がつづけた。「専門的な世界へゆけば組織の中では上に行けない。オレはな、お前の将来を思って言ってるんだ。分かんねえのか」

「ありがとうございます。課長のお言葉は理解しています」

「ならなぜだ？」

「行きたいからです」

諸星は鼻で笑ってから大きく息を吐き出した。

「本当にそれでいいのか？」

諸星は醜く顔を歪めた。

「考えてもみろ。機動救難士や特殊救難隊の世界ならみんなから拍手を送られ、公然と讃えられてヒーローになれる。その一方で、ＳＳＴは極秘扱いゆえに誰からも称賛されない。それどころか、ＳＳＴなんてそもそも究極は人を殺す〝汚れ仕事〟で――」

そこまで言って諸星は、さすがに言い過ぎたと思ったのか口を噤んだ。

「希望を変えるつもりはありません」

諸星の表情はさっと怒りに染まっていった。

「オレが、これだけ、こんなに言ってもか？」

本郷は大きく頷いた。だがその頷きの裏で、大きな疑念が体の奥から立ち上がっていた。課長や部長は、ＳＳＴのことをほとんど知らないはずだし、正しい理解もない。彼らの言葉からそれは明らかである。なにも知りもしないのに、行きたい、と思っている者になぜ反対するのか。

「最後に聞く。本当にそっちへ行くのか？」

諸星が右眉を上げげながら押し殺した声で訊いた。

「はい」

本郷は躊躇《ためら》わずに即答した。

諸星の顔が徐々に歪んでいった。そして感情をぶちまけた。

「出て行け！」

ＳＳＴに正式入隊するための「新人隊」に入った時、コールサインが与えられた。正式隊員の先輩が決めてくれた。〈マスター〉。想像もしていないネームだった。だが辞書を見てはっとした。「師匠」という意味があったからだ。それほどオレは素晴らしいのか、そこを評価してくれたんだ、と素直に喜んだ。

だが数日してその名付け親の先輩が明かしてくれた。お前は映画「スター・ウォーズ」に出てくる「マスター」役に似ている、と言われたのである。複雑な思いで帰宅してから身重の妻に尋ねた時、妻はこう言った。「どのマスター？」。妻はネットで検索した映画「スター・ウォーズ」の画像集を見せてくれた。それを見て驚いた。「マスター」というのは、映画では超能力を発揮する者を指す代名詞である「ジェダイ・マスター」のことだった。中には妖怪のようなジジイもいたし、イケメンもいた。結局、先輩から、どのマスターであるかを聞く機会はなかった――。

憧れだったＳＳＴの〝公式ゲート〟に足を踏み入れたはいいが、正直言ってキツかった。丸太を担ぐなどの体力的なことだけではない。新人教育はベテラン隊員が担当した。彼らは、人間に対してこうしたらこうくるだろう、ということをよく知っていて、あえてそこを突いてくる。つまり体力面と精神面の両方で追い詰めてくるのだ。

そして正式隊員になったらなったで、膨大なメニューが待っていた。コバートダイビング、狙撃、ＥＯＤ、ＥＯＤダイバー、ＣＢＲＮ《シーバーン》（化学・生物・放射線核）テロのそれぞれにおいて様々な資格を取らされる。例えば、高圧ガス製造保安責任者（丙種化学）、火薬類取扱保安責任者、ガストーチブリーチングのためのガス溶接資格などを習得してアサルトに臨む。

そして訓練は、実際の出動――「実動《じつどう》」を繰り返す中で行われた。例えば、今回の実動で船内の通路の先をこういうふうに右に行ったが、左ならどうだったか――という訓練を繰り返しやった。そこには失敗という概念はなかった。状況に合わせた戦術を常に考えること、それが重要だと教え込まれた。

そんな頃、〈マスター〉なりの「哲学」を持ちたい、と思った。もはやその時は「強さ」への憧憬は微塵に砕け散っていた。何しろ、体力も知力も遥かに自分を超える者ばかりだったからだ。

先輩たちは口にこそ出さないが、それぞれの哲学を持っているように見えた。しかし〈マスター〉は正式な隊員になって一年を過ぎても、それがなかなか見いだせなかった。

その思いは日に日に強くなった。そしてある日、当時、指導チームリーダーを兼務する第1アサルトチームのリーダー〈デウス〉が、基地からほど近い繁華街にあるスナック「スヌーピー」に新しい隊員を連れて行ってくれた。

店では、「隊」の諸先輩が仲間たちとけんか腰で持論を展開していた、そんな喧騒の片隅のカウンターで、〈マスター〉は新人である立場を忘れ、〈デウス〉に向かって遠慮なく言葉を投げ掛けた。

「SSTでいることの意義とは何です？」

〈デウス〉は、怒鳴り合う後輩たちへちらっと視線を向けてから口を開いた。

「なら逆に聞く」

〈デウス〉は真顔でつづけた。

「オレたちが真に果たすべき使命とは何だ？」

思ってもみない余りにも〝当たり前〟の質問に、〈マスター〉は咄嗟に言葉が出なかった。

「ピースキーパーだ」

〈デウス〉が言った。

「ピースキーパー？　何ですかそれ？　オレたちの任務は海上における不法行為の摘発やテロリスト制圧、つまり『治安の確保』のはずです」

〈マスター〉が訝る表情を向けた。

「今、お前が並べ立てたことは、すべて通過点に過ぎない」

戸惑う〈マスター〉を尻目に〈デウス〉がつづけた。

「今、日本が置かれた安全保障環境を常に頭に入れておけ」

〈デウス〉はグラスを呷ってから、こう言った。戦争という手段を通じて日本の国益を奪おうとする国は、いきなり軍事侵攻を選んだりしない。必ずその前に『口実』を作為するために『グレーゾーン』で〝現状変更〟を仕掛けてくる。しかし自衛隊の投入はできん。ミリタリーを先に現場に出した方が、相手に「開戦の大義」を与えることになるからだ。戦争になれば、双方、何万人という無垢な人間が死ぬ。勝っても悲惨の極みだ。得るものなど一つとしてない――。

「つまり、これこそがSSTのエンドステート（最終目標）だ」

〈デウス〉はそう言い切ってから険しい表情を見せた。

「ただし、これはオレなりの哲学だ。何のために自分の正義を使うのか、お前なりの哲学を持て。そうでないと、本当に生きるか死ぬかの時、たとえお前が生き延びても、社会に戻れなくなる」

〈デウス〉のその時の言葉を実現できているのか、〈マスター〉は実は、今になっても確信を持てずにいる。

だが、これだけの確信はあった。正式隊員となって過酷な実動を重ね、現場での〝戦い〟を繰り返すことで、人間の弱さ、醜さ、汚さを見つめつづけてきた。そしてそういった猛者たちとの邂逅《かいこう》によって、今、亡くなった女の子を見つめたあの時の頼りない「目」は、徐々に現在の〈マスター〉の「深く澄んだ双眼」にディゾルブ（二重写し）していった――それだけは確信を持つことができる。

5

現在

〈マスター〉の「双眼」が、今見つめているのは、「エメラルド・ルナ」への突入オペレーションを行うために基地一階ホールで出動整列をしている、六名のオペレーターたちだった。

空港までの行路では目立たないように海上保安官の一般的な濃紺の制服を着込んで出動整列に臨んでいるが、彼らが醸し出すオーラは凄まじかった。

〈マスター〉の隣に立つ〈デウス〉と向かい合って姿勢良く立っているのは、副リーダーの

〈サン〉だった。イカ釣り漁船対処から戻ったばかりで、しかもこの深夜に緊急呼集をかけられた者のうち、最初に基地に姿を見せた。彼の名前は、〈デウス〉に手渡したメモの冒頭にあげていた。

彼の性格は、隅々までよく知っている。実家は複数の系列病院を経営する一族であり、隊で唯一、メルセデス・ベンツ、それも最新モデルGクラスのゲレンデに乗っている。一見すると完全な遊び人風だ。命懸けの日々を暮らしている過酷な特殊部隊の隊員であるなど到底想像もできない。

にもかかわらず、大病院の事業を継いで医者になることを彼は嫌った。「正義の味方」になることを選び、高校を卒業後、〝舞鶴〟（海上保安学校）に入校したのだった。

裕福な家庭で伸び伸びと元気に育ったからか、まさに太陽のように明るく、屈託のない笑顔と素直な性格が特徴の好青年である。チーム全体のムードメーカーで後輩からも上司からも慕われている。だからコールサインもそこから〈マスター〉が名付けた。

それでいて、〈サン〉は基地長の〈デウス〉やリーダーの〈マスター〉にも遠慮せずタメ口で話す。とにかく上の者に対して物怖じをせず、バシバシ言いたいことを言う。ただ、嫌味がないので嫌われない不思議な男、それが〈サン〉だった。

しかし任務における〈サン〉の特筆すべき点は、コバートダイバーとして高度なスキルを持つ体軀《たいく》であり、レスラーのように大柄だが動きは素晴らしく機敏である点だった。

〈マスター〉が、チーム編成表に次に書き込んだ名前は、〈サン〉の隣に立つ〈バイパー〉である。

彼について真っ先に指摘しなければならないのは、特殊格闘のスペシャリストということである。格闘技教官として、〝SSTの格闘〟を引っ張り、次の指導者を育成している。特に狭隘な空間での徒手格闘は、オールジャパンのチャンピオンをも打ち負かすレベル。非番の日や休日は地元の総合格闘技道場で、成人や子供たち相手にボランティアでインストラクターをしている。小柄だが、全身がバネでできている体操選手のような体軀をしているのだ。それでいて持久力も超絶したものを持っている。

普段は無口だが、他人にも自分にも厳しい。その上、ヤクザも顔負けの強烈に怖い顔と眼孔をしている。だからなのか、後輩からは死ぬほど恐れられている。

だが〈バイパー〉は、幹部職員への道を目指さないと若くして決断していた。その訳を〈マスター〉は本人から聞いたことがある。すると「上に立ちたくないんです」とあっさりと言い抜けた。早い話、幹部になって巡視船での勤務に就いたり、海上保安本部でパソコン一台を相手にデスク作業に就いたりなんてまっぴらで、一生、SSTの現場で生きてゆきたいという本音も口にした。結婚も二の次だ。SST《ここ》ではおしなべて結婚が早いし、二十代で複数の子供に恵まれている者も多い。海上保安庁のほかの業種と比べてもその傾向はかなり顕著だ。

その理由について〈マスター〉はこう考えていた。死と隣り合わせの危険な任務に就いている人間だからこそ、DNAを早く継《つ》いでゆきたいという命ある生物としての本能が働き、早いうちに家族を求める――。

そんな中で、〈バイパー〉は珍しくも三十代半ばにして未婚であった。ただ、彼女はいる。第3管区海上保安本部の横浜海上保安部所属の巡視船「あきつしま」の通信科に所属する通信《つうしん》士《し》、椹木葵《さわらぎあおい》だ。

〈バイパー〉は彼女を紹介した〈マスター〉以外には誰にも知られていないと本気で思っているが、実はほとんどのオペレーターたちにバレている。しかも、そこにSSTの伝説が新しく作られたこともまた〈バイパー〉だけが知らない。あのいかつい顔――それも街を歩いているだけで近くにいた幼い子供が泣き出すほど――の男に、あれだけの美人の彼女がなぜいるのかと――。

三人目のオペレーターとして、〈バイパー〉の隣に立つ〈ジョー〉の名前を編成に加えた時、〈マスター〉は、コテコテの大阪生まれ大阪育ちである、あのアホを気に入っていることを思い出した。

SSTの宴会で褌《ふんどし》姿で行う演芸のクオリティーの高さは、SSTの中で引っ張りだこだった。SSTの隊員に求める性質について、素直なのがいいか、素直じゃないのがいいか、と問われれば素直の方がいい。教官や先輩からのアドバイスをきちんと聞いて、余計な先入観を持たず、まず自分でやってみる。それで、自分に合う、合わないを決めてゆけばいい。その点から も〈ジョー〉はスキルをどんどんあげていった。

しかし、現実は、最初から先入観がある奴が割と多い。映画かなにかで得た先入観を優先させてしまって教官の指導をあまり聞かない奴もいた。そいつは教官の言うことを信用しないというよりも自分の考えを曲げないタイプだった。やがて適性がないと判断され、結局は「新人隊」の時に自ら辞めていった。

〈ジョー〉のＩＥＤ（即席爆弾）のハンドエントリー（ニッパなど幾種かのツールと手作業だけで爆発物をディスアームする特殊技法）の技術は世界でもトップレベルである。かつてオーストラリア特殊部隊コブラのEODチームへと修業しに行った経験を持つが、その際、司令官から〝俺の娘をお前にくれてやってもいい〟と言われるほどだった。妻である瑛沙《てれさ》との結婚前、チームには内緒でそのコブラチームの司令官の令嬢とメールのやりとりをしていたつもりだったが、それもまた実はオペレーターの全員にバレていた。

四人目として〈マスター〉がリストに書き込んだのは、出動整列の一番右手に立つ〈スキッド〉だった。

戦場やテロ現場の最前線で適用する事態対処医療の隅々まで会得したタクティカル・メディックで、救急救命士の資格を持つ彼の口癖は「大丈夫だ。オレが治してやる」である。

SSTでは、犯罪者から撃たれた場合の、止血、自己治療、出血管理と事後措置ができる能力をオペレーターの一人一人が訓練を通して身につけている。

ただ、日本の法律では救急救命士が行う活動には限界がある。例えば肺を損傷した際の緊張性気胸を処置する胸腔穿刺《せんし》は医師の指示がないと許可されない。また失血死を防ぐために腕にカテラン針を穿刺して輸液のルートをとることも単独での実施は禁止されている。しかし仲間と人質の命を救うためであれば法律を犯しても処置を行うと密かに決心しているのが〈スキッド〉だ。だからそのため常に辞表をゴーバッグに入れていた。

一見すると甘いマスクをしているが、その坊主頭から〝滑《すべ》る〟という意味の〈スキッド〉というコールサインは納得できる。

しかし、実は、命名された理由は坊主頭にあらず。数年前の実動の時に発生したある〝不祥事〟の話だ。作戦が終了し、太平洋の上空をヘリコプターで基地へ帰投する際、彼は急激で強烈な尿意を催した。基地に着くまでどうにも我慢できなさそうだ。すると突然、飛行中にもかかわらずキャビンドアを開け、スキッド（ヘリコプターが地面に接着する時に使う降着装置）に両足を揃えて立ち、広大な海原に向かって「立ち小便」をするという豪快な行動をとったのだ。ところが風圧で小便が飛び散ってそれがキャビンにまで流れ込み大顰蹙を浴びることになり、ヘリ訓練禁止処分となった。その行為が由来だった。

〈スキッド〉はとにかく体が強い。フィジカルが強く、単純に言えば体力がある。全身もルネッサンス期の彫刻みたいな――イベントでしか通用しないマッチョではない――美しい筋肉の塊だ。

メンタルにしても頑丈だ。情熱も隠そうとはしない、表に出すタイプだ。だから居酒屋では延々と熱っぽく〝語る〟ことも多い。それでいて弱音ひとつ吐いたことがない。だからアイアンメンタル（鉄のような精神状態）と、多くの後輩たちから呼ばれていた。

趣味と言えば、飲み歩くとか、パチンコとかではなく実に健康的で、休日はいつも釣りに出かける「釣り好き」である。にもかかわらずなぜか釣りの腕は悪い。それでもごくたまに釣れる時もある。その時は、休日でも基地にわざわざ持ってきて、本庁舎二階の厨房に入って自分で捌《さば》いて芸術的なセンスで皿に盛り、当直をしている仲間に刺身を振る舞うサービス精神に長《た》けている。

だがそんなアイアンメンタルの〈スキッド〉にも〝弱点〟がある、と〈マスター〉はいつもからかっていた。

〈スキッド〉の唯一の家族であって三歳年下の妹、桜子が、今春、水族館へ就職していた。この兄妹には悲しい過去があった。〈スキッド〉が中学校三年生で桜子が小学校六年生の時、交通事故で両親が亡くなり、同乗していた〈スキッド〉は軽傷で済んだが、桜子は重傷を負って車椅子生活を余儀なくされることとなった。頼れる親戚もいなかったことから一緒に同じ児童養護施設に入ることとなった。しかし、互いに養子縁組を希望する里親が現れたことで、二人は離ればなれとなって寂しい生活を送ることになった。だが仲の良かった二人は、それからも連絡は欠かさなかった。

そして〈スキッド〉が海上保安庁に入って自立した時妹を引き取り、桜子が就職するまで彼女を支え、二人暮らしをつづけていた。

そんな〈スキッド〉は、基地を離れると話題にするのはいつも妹のことばかり。それも任務の時と比べものにならないほど相好を崩すのだ。

一階のホールに集まった、「エメラルド・ルナ」への実動に臨むオペレーターたちを前に、〈デウス〉の表情はいつになく硬く、かつ緊張していた。いつもなら、訓示の最後に、〝やり過ぎるなよ〟と余裕をもって言うところ、今回はそんな雰囲気はまったくない。眉間に深く皺を刻みながら真剣な眼差しでオペレーターたちへ視線を送った。

その理由は、コクタイキチ基地長との個人的な関係から自らぶっこんだオペレーションであることへの責任の重みを感じているからかもしれないと〈マスター〉は思った。

「本事案は、国際犯罪、もしくは国家犯罪に関わる対象の可能性もある。つまりいかなる火力が待ち構えているかわからない、困難なミッションだ。それでも基本は同じだ。一度決断したら決して動きを止めるな！」

いつになく力強い言葉で檄を飛ばした〈デウス〉だったが、オペレーターたちの中に特別な高揚感や気概を表に出す者はいなかった。いつもの眼差しで〈デウス〉の言葉を受け止めて頷いた。

ただ〈マスター〉だけは深刻な表情をしていた。それもこれも、本庁警備情報課からつい今しがた入った最新情報が原因だった。

それによれば、「エメラルド・ルナ」を追尾しているシーガーディアンが、一時間前、留萌《るもい》港から北西約五マイル、武蔵堆《むさしたい》海域で、「エメラルド・ルナ」が航行を停止していることを把握したというのだ。しかも奇妙なことに、投錨《とうびょう》しているとか、遊弋《ゆうよく》しているといった雰囲気もない。つまり潮にただ流されている状態に近いという。

そして〈マスター〉を何より緊張させたのは、針路を北に変えたエメラルド・ルナが存在する海域の厳しい気象情報だった。本件事案の海域を担任（管轄）する第1管区海上保安本部によれば、現地の海域の気温は予報値で氷点下十五度、水温は零度近く、風速十五メートル以上で吹き荒れるしけ模様。波は五メートル、うねり六メートルというから過酷な気象条件である。しかも吹雪《ふぶき》で視界は最不良という。テレビのニュースでは史上最強の寒波到来か、と騒いでいる。

それだけではない。さらに〝爆弾低気圧〟も近づいていた。それに巻き込まれてしまえば、〝低気圧の墓場〟と呼ばれるオホーツク海へ引き摺り込まれる危険性がある。

本来ならそれはオペレーションには危険なコンディションである。アメリカ軍の特殊部隊でさえオペレーションに二の足を踏むだろう。

――オペレーターたちのいずれかが低体温症に陥り生命を落とすことになるかもしれない……。

〈マスター〉の思いは悲愴《ひそう》だった。ＳＳＴの実動回数は一切を公表せずマル秘扱いにしているが、実は、百件をゆうに超えている。しかし、今回の実動は過去に例を見ないほど過酷なオペレーションとなるはずだと〈マスター〉は直感した。原因は〝イカ釣り漁船〟にいたような武装集団がいる可能性があるからではない。むしろ壮絶な気象条件が〝敵〟だった。

6

何も見えない。闇だとか黒いとかではない。そんな表現ができるのはどこかにかすかな灯りがあるからである。しかも星や月の光をまったく通さない厚い雲が夜空を埋め尽くす中、水深五メートルを潜水しているのだから尚更だ、と凍てつく海面下を潜行する〈マスター〉はあらためて思った。

とは言っても光はわずかだがある。両手で握るナビゲーションボードの画面の微小な光だ。リブリーザー（閉鎖回路式自給式潜水器）からの純酸素《じゅんさんそ》も余裕をもって肺で楽しんでいる。酸素ボンベを使うスクーバは酸素を吸っているという安心感があった。

しかしそれでも、今日はいつもと違うことがあった。とにかく寒い！　冷たい！　氷点下での訓練は確かに積んできている。だが、この海の冷たさといったら格別だ。ドライスーツを着ているので、短時間であれば体温を保持できるが、問題は、予期せぬコンディションの変化が発生することだ。

最も恐れるのは、長時間、海中での待機を余儀なくされた時に起きる「シバリング」（低体温から生じる自分の意思では止められない体幹や四肢の大きな震え）という医学現象だ。体幹や四肢の大きな震えは自分の意思では止められない。極寒の中、迫り来る低体温症の恐怖との戦い――その精神的恐怖とプレッシャーが〈マスター〉を襲った。

今から約一時間前、巡視船「えさん」の飛行甲板に接着したシコルスキーS－76Dヘリコプター「くまたか」からリブボートに乗り換えた〈マスター〉たち計七名は、高波を乗り越えて深夜の海を突き抜け、上空一万メートルを飛行する無人偵察機シーガーディアンの赤外線監視によるリアルタイムのインフォメーション・サポートを受けながら、対象船、「エメラルド・ルナ」を目指した。

そして、シーガーディアンがリンク通信で誘導する通り、暗闇に乗じて「エメラルド・ルナ」まで五マイル（約八キロメートル）に接近したポイントでボートから漆黒の海にダイブ。そこからはリブリーザーによって隠密潜水を続けてきた。

低体温症の恐怖と戦いながらナビゲーションボードだけを頼りにファイナルポイントまで到達した〈マスター〉は、血液に酸素が発生しないようゆっくりと浮上すると、慎重に目から上だけを海面上に晒した。フェイスペイントで真っ黒に塗っているのでまったく目立たないであろうことは確信していた。

〈マスター〉の八十メートルほど先にあるのは、漆黒の闇に微かに見え隠れする灰色の物体だ。だが、辺り一面に降り注ぐ雪が余りにも激しい。視界が極端に劣悪だった。ただそれでもシルエットだけは何とか確認できた。エンジンは稼働していない。船内の照明はまったくない。しかも人気《ひとけ》さえなかった。

〈マスター〉は、基地を出発前に調べた「エメラルド・ルナ」の各種画像と主要装備に関するデータを思い出した。モデルはフランス製モーターヨットの大型クルーザーエクシード55。排水量117トン、最高速度55ノット、幅62メートル、そして長さが26・6メートルもある。船体の材質はチーク、CRP、カーボンファイバーなど。バウデッキ（船首エリア）、メインデッキ（中央エリア）と、スターンデッキ（船尾エリア）のそれぞれには三つのキャビンがあり、〝海の別荘〟とメーカーがPRするのも納得できるほど、豪華で広大な空間が広がっている。

海面から鼻から上を覗かせた〈マスター〉はゆっくりと辺りを見渡した。降りしきる雪の中で視界が極端に悪い。相変わらず四方には色彩がほとんどなかった。上空にはエアカバーをしてくれるヘリコプターも狙撃手もいない。このミッションは、コバートエントリー、つまり〝スーパー隠密〟だった。

〈マスター〉が、六名のオペレーターたちにハンドサインを送った。対象該船への接近を再開することを告げた。その時だった。潜水用無線機のイヤホンに、SST隊内系からの連絡が入った。

相手は、エメラルド・ルナから十マイルの海域で漂泊《ひょうはく》している巡視船「えさん」の「OIC」（指揮所）に立ち上がっている現場指揮部、そこに派遣されている〈グレイト〉からだった。〈グレイト〉は淡々と言った。対象船がいる海域が間もなく、尋常ではない猛烈な雪と風、そして激しい時化《しけ》となる。

海上保安庁では通常、気象条件が悪化した場合は、二次被害を警戒してすべての業務は中止となる。しかしSSTがコバート・オペレーションを行う時はむしろ喜ばしい。気象条件が悪化すればするほど夜間のオペレーションは目立たなくなる、つまり戦術的に有利になるからだ。

ただそれでもタイムリミットはある。時化がおさまるのを、時間をかけて待つわけにはゆかない。夜が明けると姿を晒すことになるからだ。

〈グレイト〉と連絡をとった直後からさらに猛烈な風が吹き荒れ始めた。降りしきる雪は横殴りとなった。視界は二メートルである。ホワイトアウト状態といってもよかった。氷のような強風と身を切り裂くような寒さに耐えることに加えて、激しい潮の勢いに流されないように身体を必死に安定させながら、うねりにも耐えるという過酷なストレスがオペレーターたちを襲った。大きくうねる波は、浅深度潜水を行うダイバーにとっても姿勢保持が極めて難しく、深度管制や方向維持を困難とする。オペレーターたちのフィジカルの疲労感とストレスが通常の実動の三倍に達していることを〈マスター〉は自覚した。

オペレーターたちは体温を奪われながら、「エメラルド・ルナ」に到達。しかし自分も含めた全員がシバリング状態に陥っていることに〈マスター〉は気づいた。しかもその時点で〈ニトロ〉が「失神」しかけていることを〈スキッド〉からの小声の無線で教えられた。

「ニトロ、医者で治せ」

そう告げた〈スキッド〉は、〈ニトロ〉の顔面を数発本気で殴りつけた。〈ニトロ〉は激しく頭を振って覚醒した。だがそのお陰で口の中が血だらけとなった。シーアサルター（船内戦闘）としてはSSTでナンバー1である〈ニトロ〉は、血をペッと吐き出してニヤリとして言った。

「歯医者はキライだ」

辺り一帯が真っ白に霞んでいてホワイトアウト寸前だった。「エメラルド・ルナ」を面前にしても全体像がほとんど見えない——。

　潜水で身体を沈ませるために必要だった、腰に巻くウエイトを外したオペレーターたちは、「エメラルド・ルナ」の船尾へと音を消して移動した。本来なら、対象船が漁船であり、そこへのコバートエントリーを行う場合、幾種類かの秘匿機材を使う。

　例えばその一つは、カーボン素材でできた軽量伸縮式ポールに繋がれたチタン性フックをわずかな音ひとつたてずに昇ることだ。だが今回は必要なかった。「エメラルド・ルナ」の船尾のトランサムスペース（一番後方の空間）は大きく海へと開かれ、そこから長さ約一メートル海側に突き出たトランサムステップがあったからだ。そこは普段なら、寝そべってアルコールを楽しんだり、脚を海に浸しながらカップルが身体を寄せ合ってまどろんだりするためのアウト・デッキ・スペースになっている。ステルス・ダイバーチームのオペレーターたちにとって、トランサムステップは海面との差がほとんどないので移乗するには好条件だった。

〈マスター〉は〈ジョー〉に向かってハンドサインを送った。「ダイビング・インフィルタレーション（潜水からの船内進入）を開始せよ」と命じたのである。

　命令を受けた〈ジョー〉は、発達した全身の筋肉をフルに使ってトランサムステップの前に回り込んだ。先日のイカ釣り漁船事案と同じく今回もまたトップマン（突入1番員）だ。〈ジョー〉が発揮する爆発的な瞬発力はトップマンにこそふさわしい才能だと〈マスター〉は考えていた。

　だが、トランサムステップを前にして、〈ジョー〉は想像していなかった光景に直面することとなった。氷雪が重なって凍り付いているのだ。〈ジョー〉は吹雪を両手で遮《さえぎ》った上で「エメラルド・ルナ」の全景へ視線をやった。何度か瞬きをしてやっと分かった。トランサムステップだけじゃない。「エメラルド・ルナ」そのものが氷の世界に被われて真っ白だった。

これではいくら鍛え上げられた肉体でもそのままの移乗は難しい。かと言って、氷をカチ割ることもできない。割れる時に発生する音によってコバート・オペレーション（極秘作戦）が成り立たなくなるからだ。

〈ジョー〉は、背負ったリュックから、ベッカータックツール（なたの形をした大型の万能ナイフ型ツールでブリーチングでも使用）を取りだし、雪山登山で使うピッケルのようにトランサムステップを氷結《ひょうけつ》させている氷塊《ひょうかい》に真上から突き立てた。そして上腕の筋肉を限界まで駆使してそれを繰り返しながら、狙撃手の技能であるストーキングテクニック（超低速匍匐《ほふく》歩行）も併用して、イグアナのようにトランサムステップを慎重に昇りつづけ、海から忍者が忍び込むような圧迫感すら感じられる緊張感の中で、ダイビング・インフィルタレーションを完了させた。

〈ジョー〉につづいて同じ技能を使ってボート内に忍び足で進入したオペレーターたちは、コバート・オペレーションのためにサプレッサー（消音器）を装着したヘッケラー&コッホ社製のHK416アサルトライフルを据銃していた。ストックやグリップは個人用にカスタム化され、防錆とマット加工も施されている。

HK416をローレディの銃姿勢にして背を低くした七名のオペレーターたちはトランサムステップを上がり、なんとか、スターン・デッキにあるキャビンに無音で「侵入」した。オペレーターたちは震える手でHK416をローキャリーに構え、ミーニング（背を低くしてしゃがみ込む）姿勢で、お互いが背中を寄せる円陣隊形を形成し、三百六十度の警戒態勢を保ちつつ、息を潜めて十分ほど体温の回復を待った。シバリングの中では精密な射撃やミッションが困難となるからだ。

「あやうく冷凍人間になるところだった」

〈バイパー〉が囁き声でジョークを言った。

しばらくそのままの姿勢で息を殺した。そして視線の先でずっと見通せるスターン・デッキ、メイン・デッキとバウ・デッキの隅々を観察した。また、この大型クルーザーのトップとも言うべきフライ・ブリッジに通じる階段とエンジンルームハッチと右舷側のドアとメイン・デッキに設置されている階段の下を強く意識した。

長瀬康輔の顔写真を手にした〈マスター〉はゾッとした。寒気ではない。気象環境からでもなかった。船内の有様が原因だった。

ホームページで見たゴージャスでラグジュアリーであるはずの風景が一変していた。すべての窓が開け放たれ、激しい風雪が容赦なく吹き込んでいる。ライトスタンドや調度品はすべて床に乱雑に倒れて凍り付いている。コの字形の応接セットのクッションはそこらじゅうに転がっており、竜巻に吹き上げられたような異常な形状に捲《めく》り上がって激しく宙を乱舞している。船内に吹き荒れる風の音が、獣が上げる断末魔の雄叫びのように聞こえた。

人の気配はまったく感じない。しかもここに揚がってから嫌な予感がしていた。血液の臭いがするのだ。砂を嚙むような、舌にへばりつく生暖かい感触——。

〈マスター〉はハンドサインを駆使して、あらかじめアサインしていたそれぞれの検索エリアへとオペレーターたちを放った。オペレーターたちはハイキャリーで据銃しながら船内をくまなく展開し進んだ。メインキャビン操縦席に始まり、フライブリッジと三つのキャビンや独立式シャワーコンパートメントの隅々まで捜した。だが、長瀬康輔の姿はどこにもない。第1管区海上保安本部の事前の調べでは、契約している船長は乗せず、長瀬康輔自身が操船して出港したという。

だがそのうち、メインキャビンの階下にあるマスターステートルームをアサインされていた〈バイパー〉から、「ジョー！　至急、こっちへ来い」という無線が入った。

〈マスター〉が、タクティカルヘルメットに採証作業用の小型カメラをマウントしている〈ジョー〉とともに階段を降りてそこへ辿《たど》り着くと、テーブル、椅子やソファの他、数々の調度品が激しく散乱していた。

ダイニングに足を向けた〈マスター〉は唸り声をあげた。食卓らしいテーブルには、半分ほど麺が残ったパスタ、生ハムやサラダが皿に残り、赤ワインのボトルも少し減り、グラスにはなみなみと注がれている――。

〈マスター〉は、ここで起こった光景をイメージしてみた。長瀬康輔は食事最中、何者かにここで襲われ、海に落とされた――。

すべてのエリアにいるオペレーターからの「クリア！」という報告を受け、〈マスター〉は無線を使って部下に命じた。あらゆる紙の文書、パソコン、USBメモリー、光ディスク、スマートフォン、GPSコンソールなどを掻き集めて収納し、速やかにここから離脱する、急げ、と。だが、パソコンは二台発見したもののCPUがドリル様《よう》のもので何ヵ所も穴が開けられて破壊されており、書類にしても焼却された痕跡があり、大したものが残っていないと――。

オペレーターたちの撤収作業を見つめながら〈マスター〉は、大きなわだかまりを抱いていた。

例えば、航行中のクルーザー船に乗り移って一人の成人男性を拉致することや、CPUの徹底的な破壊からはプロの手による犯行をイメージさせられる。その一方で、船内をこのように乱雑に破壊したりすることは、やり口が一致しないのだ。

夜が白みかけた頃、眩い照明灯を放つ十数本の棒受網《ぼううけあみ》を左右に突きだした小型漁船が中国吉《きつ》林《りん》省の最南部と接する北朝鮮の最東部の羅津港《ラジン》にゆっくりと入港し、朽ちかけた小さな漁船の反対側の桟橋に接岸した。もやいで船体を固定した後、黒い大きなリュックを背負ったサングラス姿の男が中から降り立った。

男は一度、振り返って船長に向かって深々と頭を下げた後、踵を返して短い桟橋を大股で進み、すぐ先にある岸壁の階段を軽い調子で駆け上がった。

五十メートルほど先にある賑やかな商店街をしばらく歩き、二つ目の角にある北京ダック料理店の先を左折した。そして少し歩いたところに建つ五階建てのビルの観音開きのドアを押し開いた。

一階の通路の一番奥まで進んだ男はそこにあるドアをノックもせずに中へ入っていった。キッチンから出てきて出迎えたのは、真っ赤なワンピースが今にもはち切れそうに太った――下《した》顎《あご》が発達して眼が細い――中年の女性だった。彼女は、無表情のまま、左手の掌を上に向け、男に向かって差し出した。男は、国家主席の顔が印刷されたくしゃくしゃの札をジャケットの胸ポケットから何枚か無造作に摑み、女の手の中に握らせてやった。北朝鮮の国境の街だが人民元が歓迎されている。

「いつもの通り二人だ」

男は女の耳元で、中国語で囁いた。

女は今度は右の掌を突き出した。苦笑した男はさっき渡したのより少し多めの金額を右手に置いてやった。

エレベーターで上がって指定された部屋に入った男はまずジャケットの中の肩からぶら下げたホルスターからシグザウワー226自動式拳銃を抜き出し、新しい弾倉と入れ替えた。そしてスライドバックを引いて一発目が薬室に入ったことを確認してからベッドまで歩き、枕部分の下の奥に挿《さ》し入れた。

それが男のいつもの癖であり、ここまで生きてきた証《あかし》だった。

ノックの音がした。「ハオダー」（いいよ）と中国語で応じた。

ダウンジャケットの下にいずれもチューブトップに短パン姿、ポニーテールとショートカットの二十歳前後に見える二人の眼の細い女が現れた。二人とも無表情でくっつき合って身を硬くしている。

ベッドの端に二人の女を座らせた男は、冷蔵庫から取り出したアサヒスーパードライのロング缶を一人で飲み干すと、サングラスは外さずに上着を脱ぎ去って二人の女に飛びかかった。

女たちは逃げようとはしなかった。それが彼女たちのビジネスだからだ。全裸になった三人が絡み合う。そのうち女もすっかり割り切ったのか嬌声を上げるようになった。それに気をよくしたのか、男は、ソファに投げ出していたジャケットから数枚の札を摑むと二人の女の上にばらまいてやった。

歓声を上げる女たちを再び抱き寄せた男は自らの性欲を吐き出すために暴れまくった。途中でショートカットの女が男の右手の甲に彫られたタトゥーを見て、〝かわいいね、いつ彫ったの？〟と甘えた声で聞いてきた。男は、五年前、と言っただけで体中を駆け巡る本能に従った。

しばらくして満足した男はそのままベッドの上に汗だらけで突っ伏して、荒い息を整えた。

その直後のことだ。男の首にかかったシーツの端を細い手がそっと捲った。突然、男の右手がその細い手を強い力で摑んだ。細い手は男の手から強引に逃れた。その反動で細い手が顔を上げた男のサングラスを払い飛ばした。男の細い眼が、細い手をしたショートカットの女を睨み付けた。いきなりだった。その女が右手に隠していたナイフが男の胸に向かって振り下ろされた。だが男はあと数センチのところで女の手を押し留めた。そして両足で女を蹴り飛ばした。ベッドの下に落ちた女はすぐに反転して再びナイフをまっすぐ男に突き立てようとした。だが各国の格闘術を会得している男に敵うわけもなかった。

ナイフを握った腕をとられて締め上げられると、女の手からナイフがこぼれ落ちた。すぐに拾い上げた男はそのままの動きで女の頸《くび》に刺し込んだ。強い拍動とともに血液が流れ出し、その場に倒れ込んだ女は間もなくして絶命した。もう一人の女は余りのショックで悲鳴を上げることもできず、慌てて服を身につけると急いで部屋を出ていった。

血の海に横たわる女の持ち物を男は調べた。スマートフォンの待ち受け画面は、一人の中年の女性を挟んで小学生くらいの二人の小さな女の子が笑顔で身を寄せ合っている写真があった。しかもその下には、赤い文字で「复仇！」（復讐！）という中国語が乱暴な肉筆で書かれている――。

左端の女の子は今の女にどこか面影がある。右端は記憶にない。しかし中央の女性に見覚えがあった。港町から内陸へ八十キロ、ハルピン市にある「ハルピン管理処理中心」という工業施設で働いていた女性社員で、一時《いっとき》、可愛がっていた愛人である。しかし男が彼女にとって屈辱的な仕打ちをした一週間後に自殺した。ただそれだけの話である。

赤いワンピースの太った女の元へ行った男は、その耳元で何事かを囁いた。女はオーバーなアクションをしてロシア語で罵声を浴びせかけた。同じくロシア語でなだめすかした男は、リュックから二つのドル札束を拾い上げて女の胸元に押し込んだ。それで女の罵声は止まった。ブツブツ何事かは言い続けたが事情を受け止めたようだ。

枕の下から回収して一旦、ズボンの後ろポケットに挿し込んでいたシグザウワー226をもとあったホルスターに戻した男は、その売春宿からいち早く退避した。

駅まで辿り着くまでの間、男はスマートフォンを使った。

三回の呼び出し音の後で応答した相手は、まず、安全な電話なのか、としゃがれ声で聞いてきた。男は、渡されたデバイスを使っていると応え、今自分の身に起きたことを正直に申告した。相手は、愚か者め！　とおぞましい言葉を連発して罵《ののし》った。

男はさらに、それにしても奇妙なことがある、と付け加えた。相手は、なんだ？　と急《せ》かした。ハルピン管理処理中心で愛人にしていた女は、確か、天涯孤独で、結婚経験もなく、出産した子供もない、と言っていたはずだ――。

そのことを口にすると、相手は、しばらく黙り込んだ後、澄んだ声で言った。

「すぐにそこを去れ。あとのことはこっちで処理する。それより、すべては無事に終わったんだろうな？」

「つつがなく」

男は即答した。

「いいか、敵がいる」

相手が言った。

「敵？」

「ナガセの件だ」

男は黙った。

「ミハイル、警戒しろ」

相手は再び、しゃがれ声に戻ってそう言うと一方的に通話を切った。


「深く尊敬する『Xi《シー》』。あらたな『係数《けいすう》』が発生しました」

しゃがれ声が言った。

「李《リー》、それは進行中なのか？」

「いえ、処理いたしました」

「なら何が『係数』なんだ？」

「敵がいます」

「敵？」

「西側です」

「それなら、大丈夫だ。君も分かっているはずだ。なにしろ我々の元には――」

「分かっております。大事を前に考え過ぎかもしれません」

「ぐっすり寝たまえ。美味しい物を食べたまえ。いいお酒をたしなめ。そしてたまには若い女を召し上がれ」

「ありがとうございます」

李がかしこまって言った。

「いよいよだな」

「その前にもうひとつあります。明日の夜です」

「そうだった。とにかく君には期待しているよ。何より重要なのはハルピンだ」

「ご期待に沿えることをお待ちくださいませ、尊敬するＸｉ《シー》」

「李、君は実に頼もしい」

その言葉を最後に電話を切った男は、助手席に座る秘書に言った。

「明日の夜、私はどこにいる？」

「ハッ、会長」

秘書は慌ててスマートフォンのスケジュールを捜した。

「明日の夜は、共産党中央政治局のチャン常務委員との――」

「断ってくれ」

「かしこまりました」

秘書は驚くこともなく言った。

「この間、日本のＮＨＫを見ていたら途中で切れた。修理をしてもらったが明日の夜は本当に大丈夫なんだろうな？」

「ハッ、会長、念のために、技術者をご自宅のお近くに待機させせます」

「ありがとう」

「ハイ、かしこまりました。あっ、到着いたしました」

黒塗りの乗用車が広い車寄せにゆっくりと滑り込んだ。

急いで回り込んできた秘書が後部座席のドアを開くと、目の前には二十人の男女の社員がかしこまって勢揃いしていた。

後部座席を出た白髪の男は、社員たちに軽く頷いただけで、力強い歩行でガラス張りの玄関へと向かった。そこにもさらに二十人の社員たちが待ち構えていた。その途中で歩みをやめた男は目の前の五十階建ての高層ビルを眩しく仰ぎ見た。


三十畳ほどの広大な会長室に入った男は、執務机には座らずに窓際に立った。

そして、眼下に広がる北京市街を見下ろしながら、一ヵ月ぶりの相手の声をスマートフォンで聞いた。

「悪い話が先か、良い話が先か、と聞かれれば、まず悪い話がいいね」

ネイティブイングリッシュの声は年齢よりもずっと若く感じられた。

「敵がいるんだ」

Ｘｉ《シー》が言った。

「敵？」

Ｘｉ《シー》は、自分が今、推測していることを口にした。

「にわかには信じがたい」

鼻で笑う声がした。

「私はそういった兆候をすべて潰してここまできた」

Ｘｉ《シー》が語気強く言った。

「わかった。調べる」

「アンクルサム、フィードバックしてくれるね？」

Xi《シー》が約束を求めた。

「もちろん。まず今日だね」

「そう、まず今夜だ」

Xi《シー》がそうつづけた。

「二つの耀く星《デゥオ・ステラ》、永遠に」

「まさしくそうだ、デゥオ・ステラ、フォーエバー」

7

妻と子供がまだ寝ている早朝に自宅のマンションを出て、基地に〝出勤〟した〈マスター〉は、本庁舎裏の駐車場にバイクを停め、二階の事務室に足を踏み入れた。それもこれも、本庁から警備情報課の「情報統括」という幹部職員が朝一番でＳＳＴ基地に来訪し、イカ釣り漁船事件とエメラルド・ルナ事案に関する捜査の事情聴取をしたいとの要請が入っていたからだった。

場所は、日頃の業務を行っている〝大部屋〟の一角で十分だろうと〈マスター〉は考えていた。その「情報統括」が女性だということは訊いていたので、せめて礼儀として自分の机くらいはきれいにしておこうと早めにやって来たのだ。

だから一生懸命にデスクを片付けていたわけなのだが、〈グレイト〉が姿を見せると笑って言った。本庁の「情報統括」は、保秘環境が「クリアランス・レベルA」に認定されている部屋での会議を求めている。よって、お前のクソ机を使うはずもねえよと。その〈グレイト〉の、デリカシーのない言葉はともかく、〈マスター〉は妙に思ったことがあった。刑事事件捜査の事情聴取で、なぜ最高レベルの保秘環境を要求するのか。

〈マスター〉が呼ばれたのは、想像したとおり六畳半ほどの広さの窓のないコンクリート打ちっ放しの「Z」の個室だった。

インターフォンが鳴って〈デウス〉が対応し、ドアを開けると若いオペレーターが緊張気味に立っていた。〈デウス〉が「ごくろうさん」と短い言葉をかけると、若いオペレーターに代わって、長い黒髪をポニーテールにした一人の女性が姿を見せた。

部屋に通された彼女は、黒いジャケットとスカートの身なりを正してから〈マスター〉と相対するパイプ椅子に腰を落とした。

挨拶もそこそこに鹿島夏椰《かしまかや》は真剣な眼差しで口を開いた。

「今回はお部屋の件ではお手数をおかけして大変申し訳ございません。先週、本庁に対するサイバー攻撃が探知されました。実被害《じつひがい》はありませんでしたが、これら資料を庁外に出すに際しては、慎重にも慎重を期したまでです」

終始静かな雰囲気の夏椰は、アタッシェケースの中から、「指定区分　秘」という赤色の囲みと文字とが印刷された資料を手にして、そこから束になった写真を取り出した。

「皆さんが対処された対象船、イカ釣り漁船には、やはり十二人目の男、つまり本物の船長がいた可能性が出てきました」

夏椰はそう言ってまず一枚の写真を〈マスター〉の前に置いた。

「シーガーディアンが撮影したものです。ただしクリアランスの問題でサニタイズ（秘密レベルを下げる加工）していまして、少々、画素が粗いのはご理解ください」

夏椰の説明が終わると、〈マスター〉はさっそく目の前の写真を手にした。

そこには、あのイカ釣り漁船の前甲板に、胸に黒っぽいリュックを抱え、タオルのような白い布を被った性別不明の人物が背中を向け、その周りを三人の男たちが囲んでいる姿があった。

「次です」

夏椰が二枚目の写真を滑らせた。

同じ構図だが、さっきの画像とはどこか違う。〈マスター〉は隣に一枚目の写真を並べた。

一目瞭然だった。さっきタオル様のものを被っていた人物が二枚目にはいなくなっていた。

だがその人物を囲んでいる三人の男はそのままの格好で同じ位置に立っている。

「両方の時刻を見てください」

夏椰が促した。

〈マスター〉は目を近づけた。それぞれの写真の右下に時刻が印字されていて、二枚の写真の時刻が十秒違っている。タオル様のものを被っている男が存在している方が十秒だけ早い。

そこまで誘導された〈マスター〉は彼女の意図が分かった。

「つまり、この人物は十秒間のうちに海に落ちたと？」

「でも周りの男たちの様子に変化がまったくないことから、この人物の落下が事故ではなく、また突き落とされたものでもなく、意志を持っての飛び込みだったと考えるのが自然です」

「ちょっと待った」

〈マスター〉は苦笑した。

「あの時は結構、時化ていたし気温も低かった。しかも陸地と相当離れた外洋だ。飛び込むなんて自殺するのも同じだ」

「いなくなった人物は、こちらの計測では百八十五センチ。検挙された中にそんな被疑者はいましたか？」

夏梛は、〝消えた男〟の上に指を置いた。

〈マスター〉はじっと見つめた。だが十分ほどしてからやっと、

「見ていない」

と諦めた。

「わかりました。ありがとうございます。では、次のお方をお呼びくださいますか」

「次？」

〈マスター〉が訝った。

「そうです。次の隊員、いやこちらではオペレーターって呼ぶそうですね。では次のオペレーターの方を呼んでください」

「いや、私が、いなかった、と言っているんです。それで終わりです」

〈マスター〉が拒絶した。

「いえ、お一人ずつ、全員からお聞きするためにここに来ました。本件は警備救難《ケイキユウ》部長から特殊警備対策室長へ協力要請済みですのでご理解ください」

夏梛は引かなかった。

「どんな指示があろうとも、彼らと私はいわば〝クローン〟です。すべてを共有している。だから答えは同じですよ」

〈マスター〉がキッパリと言い放った。

「クローン？　とにかく何とかご協力を頂けませんか？」

「それより」。〈マスター〉は身を乗り出した。「そちらに送ったイカ釣り漁船とエメラルド・ルナで集めた資料の分析はいつ鑑定結果が出るんです？」

「あなた方のイッシューではありませんよね」

夏梛は初めて笑みを浮かべた。それもぎこちなく――。

「ノロいよ」

〈マスター〉は独り言のように小声で呟いた。

「今、なんと？」

夏梛は右眉を上げた。

「もうそこでいい」

二人のラリーを見かねて止めたのは〈デウス〉だった。

「鹿島統括、他の者は業務で忙しかったり、ここにはいなかったりと、残念ながら、急に全員に、と言われてもご要望に沿えません。聴取の方法はあらためて相談するとして、今日は――」

〈デウス〉は腕時計を見つめた。

「なんならせっかくですから、すぐに帰るっていうのもアレでしょうし――」

気を遣ったのは〈グレイト〉だった。

「お気遣い、ありがとうございます。ですが今日は日帰りの予定でして、その後、東京でスケジュールもありますので――」

立ち上がった夏梛はそれだけ言うと〈デウス〉が開けてくれたドアの向こうに消えていった。

席に戻った〈デウス〉は、怪訝な表情を作った。

「妙な話だ。彼女は非常に優秀で、特に長官からの評価がすこぶる高いとの噂を聞いていた。だから、あれだけの質問のためだけにやってきたとは到底思えないんだが……」

「自分にとっては、単に融通がきかない奴、それだけにしか見えませんでしたが」

「いや、非協力的なお前の姿を見て、極秘情報を共有できない相手、そう彼女が判断して早々に切り上げた可能性もある」

「なるほど」

〈マスター〉が真顔で頷いた。


最寄りの駅までの輸送支援を受けながら、トヨタのプリウスの後部座席に座る鹿島夏梛は苛立っていた。それは〈マスター〉という名しか明かさないなど、終始一貫していた尊大な態度ではなかった。そういった輩は本庁では掃いて捨てるほどいるので扱い方は慣れている。怒りの矛先は自分自身だった。

――喋りすぎた。

そのことだ。インテリジェンスに身を置く者として、さきほどの会合を思い返すと、余計なことを口にしてしまったのは、一度や二度ではなかった。

だがそれでも途中で話を切り上げたのは正解だった。〈マスター〉という男が信用できないということではない。情報共有という世界には、相性、という属人的な部分も重要である——それは夏椰が自分で見つけた〝真理〟だった。

それでもあの時、SSTと共有したかった情報は重大な事実に関することだった。それは、もはや〝偽のイカ釣り漁船〟というオブジェクトではない。「エメラルド・ルナ」というクルーザー船に関することだ。

例えば、「エメラルド・ルナ」が小樽マリーナを出港する直前から出港して小樽湾を出るまでの約三十分間、その周辺半径二キロに存在するすべてのスマートフォンのモバイルネットワークのみならずWi-Fiも含めあらゆる通信が使えなくなったのである。お陰でスマートフォンの各キャリアには苦情が殺到。だがいずれでもシステムに異常が見つからず大いに困惑することとなった。

小樽海上保安部は、何者かが強力なジャミング電波を発報した疑いをもった。それを疑うだけのエビデンスがあったからだ。

小樽港付近ではほとんど見かけたことのない黒いトレーラーが周辺を何度も行き交いしていた。しかもナンバーは関東エリアのものだった。その報告を受けた時、さすがだ、と夏椰は思った。昔より営々と先輩たちが引き継いできた〝浜廻り《はままわ》〟という海上保安庁ならではの情報収集システムが稼働した賜だった。いつの時でも港とその周りの異変をいち早く把握するために巡廻を怠らない——その〝浜廻り〟の魂が引き継がれているのだ。

〝浜廻り〟の成果はそれだけではない。青森《あおもり》県の八戸《はちのへ》海上保安部からの報告にしてもそうだ。青森県三沢市のアメリカ第5空軍基地にある異変があったことを、市民の協力者から入手した。

空軍機が万が一、離着陸に失敗して海に墜落でもすれば捜索にあたらなければならないので、その警戒は日々怠っていない。

　その〝異変〟とは、エメラルド・ルナ事案の直前のこと。バカでかい大型輸送機C5《シーファイブ》ギャラクシーが三沢基地に飛来。そこから、マリンスポーツ用とは思えない大型の船外機を装備した、総トン数が二十トンほどの小型船舶に加え、二台の黒いトラックと十数名の男たちが同時に降ろされた。

　そして、その翌日には、その小型船舶が津軽海峡を疾走するのを青森海上保安部の巡視船「おいらせ」が視認して撮影。参考情報として本庁へ送ってきた。「おいらせ」は、同じ小型船舶が北海道の西側を北上していったということも参考続報として伝えてきた。

　ただ、当該の小型船舶は小樽湾内での目撃情報はない。小樽保安本部でも把握できなかった。

　夏梛は、これら〝浜廻り〟からの情報について、すべてアメリカ軍の活動であったと仮定し、その戦略について、SSTの専門家に意見を訊いてみたかったのである。

　夏梛は頭を切り換えた。彼らの〝土俵〟で会ったことが悪かった。だから自分のペースに持ち込めなかった。今度は、本庁に呼びつける――夏梛はそう決断した。しかし時間の余裕はない。気に食わなかったのは「エメラルド・ルナ」に長瀬康輔がいなかったことである。

――物語はまだ始まったばかりだわ。

　夏梛はそう確信していた。

第2部

1

神奈川県横浜市の観光客が集う赤レンガ倉庫からほど近い第3管区海上保安本部ＯＰセンター（運用司令センター）。真正面の壁を占領する巨大なマルチモニターに、携帯電話を使った118番通報の着信を告げる赤色のアラート表示が点滅している。緊急事態の発生であり、ＯＰセンターに詰める要員たちに緊張が走っていた。

発信元の現在地を示す地図とその電話番号もマルチモニターに示されている。その直前に並ぶ「通信卓《つうしんたく》」と呼ばれるデスク群に座る、二十四時間当直体制下の「通信担当」たちの動きが活発となった。発信元は、房総半島沖を航行する苫小牧発名古屋行きの内航カーフェリー「ジャパン・オーシャン号」。

海難事故が発生した船は、遭難装置のボタンを押すか、沈没したら自動的に、遭難信号の警報が発せられてマルチモニターに「ＭＡＹＤＡＹ《メーデー》」の英語表示が映し出される。だが、今、ＯＰセンターに届いている通報は事故ではなく、事件の発生だということだった。しかも、ジャパン・オーシャン号からの第一報の内容が辿々しく聞こえにくかったことから通信担当たちは事態をよく飲み込めずにいた。

それを察したかのように、ＯＰセンター要員の全体の動きを俯瞰《ふかん》する一番後方の「上席運用官卓」に座る当直班長、小澤大祐《おざわだいすけ》がワイシャツの袖を腕まくりしながら船舶電話の黒い受話器を握った。

「ジャパン・オーシャン号、さきほどの第一報の内容を再確認させてください」

小澤班長はゆっくりとした口調でつづけた。

「本社の守衛室に、ジャパン・オーシャン号に爆弾を仕掛けた、との脅迫電話が入った、そういうことなんですね？」

「ほ、ほ、本社だけじゃありません。さ、さきほど、船内交話を使って船橋にも脅迫メッセージが——」

男の声が最後に上擦《うわず》った。

その時、通信卓の通信担当から、ジャパン・オーシャン号を運用する会社の責任者と電話が繋がった、との報告がOPセンターに響き渡った。小澤班長は通信担当に向かって、詳細を聴き取ってくれと身振りだけで指示した上で船舶電話に戻った。

「今、本社からの連絡が入っているので確認しますが、そちらの詳しい状況を教えてください。いつもと違っていることがありますか？」

「実は、車両用スペースで、さきほど——」

相手がそこまで口にした時、通話が突然、切れた。

「ジャパン・オーシャン号、ジャパン・オーシャン号——」

小澤班長が何度も呼びかけたが反応はなかった。

小澤班長は、マルチモニターに映る巨大なマップへ急いで視線を送った。ジャパン・オーシャン号が航行する海域を行き交うすべての船舶が「AIS《エーアイエス》」（船舶自動識別装置）によって表示されている。そこにはそれぞれの船の位置を表すドットに並列して、船名、船舶の種類と船舶電話の番号も並べられていた。

小澤班長は、面前のディスプレイへ目をやり、そこにあるジャパン・オーシャン号の一番近くを航行する「第3むつ丸」というバラ積み船舶を見つけると、「船舶《せんぱく》電話」ですぐに呼び出した。

「もしもし、こちら、海上保安庁の第3管区海上保安部、運用司令センターの小澤と申します。電話をさせてもらったのは、貴船《きせん》、勝浦沖《かつうらおき》(千葉《ちば》県勝浦市)にいますよね？　貴船前方に、カーフェリーって見えますか？　見える？　じゃあ、その船が、ジャパン・オーシャン号という船、カーフェリーなんですが、しっかり走ってますか？　ゆっくり走っている？　トラブルを起こしている様子はありますか？　ない。わかりました。結構、風は吹いてますか？　十五メートル。了解しました」

女性職員がノートパソコンの画面を小澤班長に見せた。そこには、青色のボディに白い稲妻のデザインが入っているジャパン・オーシャン号の静止画像があった。

「青色の船体に白いラインです。見える？　間違いない？」

OPセンターの女性職員から小澤班長の前に資料が置かれた。そこには、ジャパン・オーシャン号に関する排水量などの諸元の他に、小澤班長にとって関心があることが記述されていた。ジャパン・オーシャン号を運営する本社によれば、当該のカーフェリーには、旅客百二十六名が搭乗し、車両積載量としてトラックが三十二台、乗用車二十一台――。

通信担当が駆け込んできて、書き殴ったメモを小澤班長に手渡した。

〈ジャパン・オーシャン号の運営本社、山本専務取締役からの聴き取り。脅迫電話の内容↓「ジャパン・オーシャン号の車両用スペースに爆弾を仕掛けた。特定の時間に爆破する。イタ

ズラではない」 金銭等の要求事項なし〉
別の通信担当からの追加メモには、〈電話の音声は変声機を使ったような声〉という記述があった。
小澤班長は、そのメモの上から、〈緊急事態発生。対策本部要員を非常呼集〉と書き殴って背後に立つ若い職員に託した。

坂口圭佑《さかぐちけいすけ》は五十台以上の車両を収容できる、カーフェリー「ジャパン・オーシャン号」の最下階、第3甲板にある広大な車両用スペースに貨物トラックを入れてエンジンを切った。車両用スペースは三分の一ほどが様々な種類のトラック、工作車両や乗用車で埋まっている。それほど混んでいないことに坂口は安堵した。

サイドブレーキをかけ、助手席に置いている小さなバッグから紙タバコを取りだす。百円ライターに火をつけると、ニコチンとタールが含まれた煙を肺いっぱいに吸い込んだ。上階のデッキ（フロアー）にゆけば喫煙場所はないに等しい。

明日からは彼にとって半年ぶりの長期休暇だ。今度は三日間はとれるだろうと踏んでいる。社長の正式な許可はまだとっていないが、来月からの連続勤務を申し出れば、断り切れないだろうという目算があった。なにしろ長距離輸送のドライバーは人手不足の時代である。〝売り手〟が強い時代なのだ。

ゆったりとした揺れを感じた。カーフェリーが出航したのだ。ポケット灰皿でタバコを消した坂口は、トラックの運転席から降りた。ラウンジへと向かうために車両用スペースを横切った時、ふと視界の隅に違和感を覚え立ち止まった。

車両用スペースの二つほど先のブロックにリアドアが大きく開いたミニバンが停まっていた。顔を左右に振ったが辺りに持ち主らしき人物はいない。空調換気口からのゴォーという大きな音が、不気味に静寂さを強調しているように感じた。

リアドアの中にあるバゲージルームを覗いた。坂口は、アッという声を上げて後ずさりした。目の前の光景が信じられなかった。急いで辺りを見渡した。映画かドラマの撮影かと思ったからだ。だがそれらしい人影や機材はなかった。

坂口は、自分が今、目にしているのは到底、現実世界のものとは思えなかった。

男がうめき声を上げげた。何かを喋ろうとしているのか。でも猿ぐつわをされているので、声がくぐもって聴き取れない。坂口は恐る恐る男の顔に耳を近づけた。

「何があった？」

坂口の声が掠《かす》れた。

男は身もだえた。何かを言おうとしている。わかったのはそれだけだった。

――これは何かの犯罪だ……。

坂口は慌ててスマートフォンを取りだした。警察に通報するためだ。

「何をやってる！」

背後からの突然の声で坂口は飛び上がらんばかりに驚いた。慌てて振り向くと、五十メートルほど先で、ブルーの制服を着たジャパン・オーシャン号の警備員が警棒を手にして緊張した面持ちで身構えている。

「さっき、この船に爆弾を仕掛けたという電話が入った。お前の仕業か！」

「いや……オレは別に……。さ、さっき、あそこにゾンビが……」

遠くの車を敢えて指し示しながら坂口は辿々しく言った。今、自分が見たことによる余りの恐怖で、巻き込まれたくないという感情が先走り、思わずウソをついてしまったのだった。警備員たちが顔を見合わせている間、坂口は悲鳴を上げて逃げ出した。警備員たちは、ミニバンのリアドアの中へ視線を向けることもなく、坂口を追いかけていった。

プールの水面《みなも》を通して男が揺らめく。

そのシルエットが動いたのはしばらくしてからだった。平泳ぎで水を掻《か》く。余計な部分がないしなやかに発達した上腕筋《じょうわんきん》と大腿筋《だいたいきん》が左右対称で生み出す推進力は凄《すさ》まじかった。両手と両足をひと掻きする度に五メートルも前進した。さらに全身の筋肉もバネのようにしなることで推進力がアップし、無呼吸潜水での泳力はアスリートの領域を遥《はる》かに凌駕《りょうが》した。あっと言う間に五十メートルを泳ぎ切った男は息継ぎもせずにターンを行って、さらに潜水での泳ぎを続行した。だから拡声器で何度も呼びかける大声もしばらく男には聞こえなかった。いや正確に言えば、聞こえていたが聞こえないフリをしていた。

だが、目の前に何かが投げ入れられたことで驚いた男は、SST基地の訓練用の五十メートルプールの水面から首を出した。目の前に浮かんでいたのは、プールの水で満タンとなった負荷訓練用のポリタンクだった。

SST基地別館一階にある深さ五メートルのプールは泳力や潜水能力を鍛えるためだけに用意されたものではない。高さ十五メートルもの天井には、青空を望む開閉式のガラス戸がある。

屋上にはリアルを追求してホイストまで付いた模擬ヘリコプターがあり、そこからファストロープと吊り上げの訓練が毎日実施されているのだ。

「ジョー、逃げるなよ」

〈マスター〉がプールの縁からなかなか上がろうとしない〈ジョー〉に向かって大声で怒鳴った。

〈マスター〉が語りかけた〈ジョー〉は、ＥＯＤスペシャリストで、「隊」に所属してから六年の経験を積んだオペレーターである。

「デウスを待たせるな」

〈ジョー〉は首を竦《すく》めただけで応じた。

突然、〈マスター〉が白いＴシャツと濃紺の出動用作業ズボンのまま頭からプールへと飛び込んだ。〈マスター〉は、〈ジョー〉の頭の上から覆い被さって首の動きを両足で固定した。そして足元の水中で〈ジョー〉が必死にもがいて浮上しようとするのを阻止した。

ギブアップを示す〈ジョー〉のハンドサインを認めた〈マスター〉は両足の力を抜いて〈ジョー〉を解放してやった。

民間マンションの四階にある〈ジョー〉の自宅のリビングで、〈デウス〉は毛足の長いブルーの絨毯《じゅうたん》に額《ひたい》を擦《こす》りつけて土下座していた。

「奥さん、彼は厳しい仕事のストレスを発散しているだけです。不義を働いているなんて絶対にありません。今一度、離婚だけは考え直して頂きたい。お願いします」

〈デウス〉の隣では、当事者である〈ジョー〉が神妙な表情で正座し、さらにその右側に、アサルトチームのリーダーである〈マスター〉が、正座をして木質フローリングの床に、文字通りひれ伏していた。

〈デウス〉みずからが、梅田《うめだ》（大阪キタのエリアにある繁華街）のケンズカフェ東京で買い求めてきた、口の中で蕩《とろ》けるガトーショコラには目もくれず、〈ジョー〉の妻、瑛沙《てれさ》は、〈デウス〉と自分の夫の顔を真剣な眼差しで何度も見比べている。

「ご家族のために、私が責任をもって彼を教育します。約束します」

〈デウス〉が顔を上げて声に力を込めた。

「ありがとうございます」

瑛沙が一度、頭を下げてから〈デウス〉を見据えた。

「基地長さんたちにわざわざお越し頂いているそのお気持ちは感謝していますし、浮気をしていないということもわかりました。ですが——」

一度、言葉を切ってから瑛沙がつづけた。

「私自身、夫の本当の仕事を、結婚式の前日に初めて聞かされました。正直驚きましたがそれ以来、しっかりしなきゃと心に決め、そして覚悟もしていたつもりです。でも——」

背後の襖《ふすま》が開いてパジャマ姿の小さな女の子が目を擦りながら、よろよろと姿を現した。三歳の一人娘の栞那《かんな》だった。瑛沙は愛娘を膝の上に座らせて抱き締めた。

「ごめんね、かんなちゃん、こんな夜に来ちゃってね。すぐに帰るからね」

そう言って謝ったのは〈マスター〉だった。

だが栞那は体を丸めてママの胸の中で眠り込んだ。

「でも、私が離婚を決意したのは――」

瑛沙は話を再開した。

「その覚悟とはまったく別なんです。基地長さんにわざわざお越し頂いて、こんなこと言うのも申し訳ないんですが、正直言って限界です」

瑛沙はそう一気に捲《まく》し立てた後、パンツのポケットから大量の名刺を取りだすとカーペットの上に無言のまま叩き付けた。散乱した名刺は、いずれも市内にある「ラビット」という店名のキャバクラ店のもので、複数のキャバクラ嬢の源氏名の横に手書きの携帯電話の番号が書かれてあった。

〈マスター〉は、瑛沙の想いの重みを十分に理解していた。だから、キャバクラくらいは許してやって欲しい、という思いを腹の中に沈めた。

「瑛沙さん、お気持ちは十分にわかります。彼は仕事の激しいストレスを家族にぶつけないために外で解消しているだけなんです」

〈デウス〉のその言葉を今度は〈マスター〉が頭を下げたまま継いだ。

「コイツの頭は家族のため、瑛沙さんのため、いつもそれだけです。ただそれを口に出せない」

あなたのご主人はつい数日前、武装して抵抗する漁船に飛び降りて、命懸けのトップマンとして犯罪者を制圧した――口が裂けてもそんなことは言えない。

「ですのでキャバクラに行くのは――」

「キャバクラはともかく！」

〈マスター〉の言葉を途中で遮《さえぎ》った瑛沙がさらに自分の気持ちを解放した。

「土日の休みも朝から夜まで『基地』に行ってしまい、たまに家にいるかと思えば銃器の専門書ばっかり読んで子供はほったらかし。夜は夜で、ひとり外出して酔っ払って夜遅く帰ってきて何の会話もないまま布団にバタン――」

瑛沙の感情は止まらなかった。

「そんな時に、脱ぎ散らかしたズボンのポケットの中からキャバクラ嬢の何枚もの名刺が溢れ出て、シャツにはキスマークと強いフレグランスの香り――」

顔を上げた〈マスター〉が何かを言おうとしたのを瑛沙が身振りで制した。

「翌朝は、訓練だ、とだけ言って家を出て行く――。これが家族のためにですか？」

ブルーに黄色のストライプが入ったネクタイにダークスーツという慣れない格好で絨毯に額を押しつけている〈マスター〉は、〈ジョー〉という男の私生活面の余りの不器用さに溜息をつきたかった。

「しかも、この男、どこかの女と付き合っています」

「いや、それだけは絶対にありません」

〈マスター〉は思わず顔を上げた。そのことについて最近、〈ジョー〉に面と向かって問い質した。しかし、〈ジョー〉は否定した。そこは嘘をつかない男だと信じた。

「しかも数ヵ月前も、突然、一ヵ月も留守なんて、普通、信用できますか？」

「いやそれはもう」

〈マスター〉が反論しかけた。

瑛沙は追い打ちをかけた。

「お言葉ですが、信用できません。きっと、その女のところに入り浸っていたんです」

瑛沙には悪いがキャバクラ通いを責めるつもりは〈マスター〉には毛頭ない。問題は、そういった場所には、中国、北朝鮮、ロシア、また韓国の情報機関が仕掛けるハニートラップのリスクがあることだ。日頃から口を酸っぱくして忠告しているのに、このバカはどこまで分かって行動していたのか――。

〈マスター〉にも、現役の看護師の妻・雪菜《ゆきな》と、五歳の娘と二歳の息子という二人の子供がいる。

昔こそ、〝SSTは我が命〟〝オレの生きる哲学のすべてがSSTだ〟――のような家庭を顧みない生活を送っていた。だが今では、家族の支えがいかに重要かということを悟り、考え方を切り換え、少なくとも休日くらいはできるだけ一緒にいることを心掛けている。妻は、一ヵ月の実動から戻ってきても多くの言葉をかけてこない。〝武装して銃口を向ける犯罪者〟と対峙する生死の境に飛び込む過酷な任務に疲れ果てて帰宅しても黙って迎えてくれる妻にどれだけ支えられてきたか。いやそれを言うなら、呑んだくれて道路に寝転んで朝を迎えても、ささやかな小言だけで許してくれてきた、と言うべきか――。

海上保安大学校を卒業後、すぐに愛知県で結婚し、妻は妊娠したまま自分は特殊警備隊に入って大阪へ引っ越した。副隊長の頃、第一子、第二子が生まれたがいずれも実動があり立ち会えなかった。妻は大阪での生活は初めてだった。

ある日、買い物から泣いて帰って来たことがあった。訊くと、たこ焼き屋の前で、何を買おうかと迷っていたら、たこ焼き屋の店主から、「買うんか、買わんのか、どっちや！」と怒鳴られたという。その後、「SST」の妻たちが何かと世話を焼いてくれ、そのショックは徐々に薄らいでいったようだ。

ただ結婚生活のすべてで妻には相当な苦労をかけたのは真実だ。昔は、飲み会となると半端じゃなく、夜中の三時に半裸で道路に寝そべっていて回収にきてもらったりも一度や二度のことではない。仕事の話はほとんどしないし、過酷なミッションがあっても話題にもしない。

ただ記憶に残る限り、一回だけ、こんなことがあった。潜水訓練をした直後のことだ。当直明けの朝、家に帰ってウトウトしながら寝そべってテレビを観ていると、突然、ザーと音が聞こえた。最初、雨かと思った。だが窓を開けると外は晴れている。さすがに病院にすぐに行った。妻も「嫌な予感がする」と言って珍しく病院までついてきた。診察が終わった時、深刻な表情をした医者が責めるように言った。

「仕事でこんなことに？」

医者は眉を顰《ひそ》めてつづけた。

「どんな仕事をしてはるん？　両耳の内耳が激しく損傷してるで」

だが〈マスター〉は苦笑するだけだった。

「どんな仕事か知らんけどな、このままやったら、まったく耳が聞こえなくなるで」

その時、妻が叫んだ。

「お父さん！　いったい職場でなにやってるの！」

〈ジョー〉の気持ちもよく分かっている。ＳＳＴの若い隊員にとっての最大の関心事は、まず自分のスキルを上げること。その責任が彼らに重く伸《の》し掛かっていることだ。スキルアップは基地でしか成立しない。つまり、早い話が、とにかく、やっぱりこの部隊が好きということでもあるのだ。

数年前のあるとき、オペレーターたちと家族との関係で大きな変化があった。

一九九六年の部隊発足以来、SSTは、オペレーターたちに対し、外部の者にはもちろん、妻と子供にさえ所属部隊を明かすことを厳《げん》に禁じていた。仕事場について説明しなければならない場合は、神戸市の旧外国人居留地にある散歩道として親しまれているメリケンロードにほど近い「第5管区海上保安本部」に勤務している、とだけ伝えるよう言い渡してきた。しかも真っ黒のアサルトスーツにしても——家族には単に〝作業服〟という名称だけを説明していた——自宅で洗濯してベランダに干す時は他の洗濯物の陰に隠せと指示するなど、身分の秘匿を細部まで徹底させていたのである。

しかし、〈デウス〉がそれを〝改革〟した。〈デウス〉の哲学は明快だった。遠く離れた洋上で、連日、連夜、犯罪者に対峙する命懸けの任務をこなしているオペレーターたちには、妻の心の支えが必要だ——。

オペレーターとして経験豊富な〈デウス〉はそう強い確信を抱いたのだ。そして、〈デウス〉はある行動に出た。具体的な任務内容は明かせないが、妻や子供に、夫、父親の任務の実像の一部を公開したのだ。

その背景には、SST出身であって二代目の基地長を務め、海上保安大学校を卒業した初めての〝生え抜きの長官〟の理解があったことも言うまでもなかった。

基地にSST隊員と妻子だけを集めて毎年行っている「基地祭《きちさい》」は昔からある。ただ、今までは、バーベキューをしたり、ゲームやって、酒飲んで、という、〈マスター〉に言わしめれば、お茶を濁す、というだけの場であった。

だが、実際の活動の一部の公開も基地祭で行うことを〈デウス〉は決断。妻と中学生以上の子供を呼び、業務説明と称するプレゼンテーションによって過酷な仕事のごく一部を紹介した上で、本庁舎四階に設置したヘリコプターの模型にあるファストロープ訓練用資機材から別館一階のプールまでの実際のミッションリハーサルまで見せたのである。

ひんやりとした床板に額を付けながら〈マスター〉は、〈ジョー〉と瑛沙との馴れ初めについて思い返していた。

大学附属病院の内科病棟に入院した〈ジョー〉を担当した看護師が瑛沙だった。リブリーザー（閉鎖回路式自給式潜水器）を使ってのコバートダイビング訓練中、限界までの激しい訓練レベルを〈ジョー〉は追求したせいで、レギュレーターが破損。そこから海水が洩《も》れ入り、呼気《こき》の二酸化炭素を吸収するキャニスター内の吸収剤と化学反応を起こし、それによって発生した強アルカリ性電解水を誤飲し、肺に火傷《やけど》を負って緊急入院することになったのだ。

怪我が怪我だけに個室に入り、一ヵ月の入院を余儀なくされた独身の〈ジョー〉が、二つ年上の瑛沙と親しくなるまでにそう時間はかからなかった。その怪我から現場に復帰して一年後。ヘリコプターからのキャスティング（海への飛び込み）で、張り切り過ぎて規則以上の高高度から飛び降りた〈ジョー〉は失神し溺死しかけ、同じ病院に担ぎ込まれた。しかしその時は瑛沙はいなかった。すでに二人は結婚しており、彼女は自宅からその病院へ通うこととなった。その頃だった。〈ジョー〉のＳＳＴへの想いが尋常ではないことを瑛沙が知ったのは――。

「いずれにせよ、私がすべてを優先して考えるのは、この子です」

栞那を抱き締めた瑛沙が背筋を伸ばすようにして毅然とした口調で告げた。

まずい、と〈マスター〉は思った。瑛沙の〈ジョー〉への不満は、今に始まったことではない。〈マスター〉自身、ここに来て食事をご馳走になりながら何度聞かされたことか。だが、今日の雰囲気は今までとは明らかに違っている。〈デウス〉も同じことに気づいた風だった。しかし、このまま放っておくわけにはゆかない。今日はどうしても彼女を説得して――。

その時だった。

まず〈デウス〉の腰のポシェットに入ったスマートフォンの振動音が響き渡った。少し遅れて、〈マスター〉と〈ジョー〉のスマートフォンが不協和音のように通知音を響かせた。〈マスター〉のスマートフォンに表示されたのは、隊内系の通信アプリの、「出動」を意味する《ＯＰ》というポップアップ通知だった。

表情ひとつ変えずに真っ先に立ち上がったのは〈デウス〉だった。瑛沙に向かって「仕事です。失礼します」と短く言うと玄関へと向かった。当事者である〈ジョー〉も妻の瑛沙に言葉をかけることもなく〈デウス〉の後を黙って追い、スニーカーに足を突っ込んでいる。最後となった〈マスター〉は、玄関へ駆け出しかけた後、キッチンで一度立ち止まってから瑛沙を振り返った。

「申し訳ない」

頭を下げてそれだけ言うと、〈マスター〉は二人の後をすぐに追いかけた。

瑛沙が声をかける余裕はまったくなかった。三人が消えたドアがゆっくりと閉まってゆくのを、子供をぎゅっと抱き締めてただじっと見つめていた。

二台のハイエースワゴンが海上保安庁航空基地に急行した。乗っているのは、〈デウス〉の承認を受けて〈マスター〉が新たに特別編成した七名のオペレーターだ。ほとんどは、イカ釣り漁船事案とエメラルド・ルナ事案のオペレーターたちがそのまま継続となったが、今回は「爆破予告」があったことから、狙撃手の〈ゴースト〉を外し、代わりに「ＥＯＤ《イーオーディー》」（爆発物処理）である、コールサイン〈プロフェッサー〉とＣＢＲＮ担当の二名のオペレーターを加えることとした。

創隊当初の昔から荒くれで癖《クセ》が強い集団、「ＳＳＴ」のなかでも、〈プロフェッサー〉は〝人格者〟だった。

彼はオーストラリアの大学で犯罪心理学を学び、その後に〝舞鶴〟（海上保安学校）に入校、「特修科」を首席で卒業した。英語がペラペラで、日本政府の他省庁はもちろんのこと各国の特殊部隊や他省庁とも広い人脈を築いている。特修科の卒業者で初めての——海上保安庁の〝本当のたたき上げ〟の本部長候補とも言われている。なぜこんなスーパーハイスペックな人間がＳＳＴに来たのか。それは、怖ろしいまでにいかつい顔の〈バイパー〉の恋人がモデルなみの超美人であることと同じく、ＳＳＴ「七不思議」の一つとしてつとに有名だった。

〈プロフェッサー〉は、博士号の資格を取得しながら、キャリアをかなぐり捨て、「ＳＳＴ」を希望した。その理由については、本人もいまだに詳しく説明しようとしない。ただ、飲み屋で怒ったり酒をたらふく浴びて暴れたり、オペレーターの前提条件となる素養も兼ね備えてはいる。

〈プロフェッサー〉を選ぶ時、〈マスター〉の脳裡には数年前の真夏の実動シーンが蘇っていた。

北海道松前町《ほっかいどうまつまえ》沖にある小さな有人島の海岸先で、全長十五メートル、二十トンほどの小型のみすぼらしい木造船が座礁、半沈状態で発見された。北朝鮮のものと疑われるその船が座礁した場所が、テトラポッドの先、海上だったことから捜査は海上保安庁が担当することとなった。同海域を担任する第1管区海上保安本部の捜査員が確認に赴いたところ、操舵室で二名の乗員の死体を発見。拳銃を握り、頭部に銃創があった。

コクタイキチ（国際組織犯罪対策基地）のバックグラウンド情報から外貨獲得を目的とした北朝鮮からの薬物密輸船である疑いが浮上。座礁してミッションに失敗したため自決したとコクタイキチは推測した。

過去の北朝鮮工作船事案から船内に武器や爆発物が搭載されている可能性を考慮し、捜査班による本格的な船体検分の前に、ＳＳＴのＥＯＤチームによる船内安全化が図られることとなった。

ＳＳＴの作戦の前に、万が一に備えて、第1管区海上保安本部は、巡視船によって当該の不審船を慎重に沖合五マイルまで曳航《えいこう》。アクアリフター（沈没を防ぐための大型の浮身体）を船体周りに固縛《こばく》した上で、周囲一マイル、半径約二キロ半に「コウキン」（航泊禁止）命令がされた。船内の検索は小型木造船の船内が狭隘であること、また自爆用の爆発物の存在が懸念されることから、被害極限化のため、ＥＯＤ一名だけのソロ・オペレーションで実施することが決定された。

このミッションを熱望したのが〈プロフェッサー〉だった。その勢いに〈グレイト〉が押される形で許可することとなった。もちろん〈プロフェッサー〉のＥＯＤのハンドエントリーのスキルとその冷静沈着なキャラクターは〈グレイト〉も認めていた。

その翌日、〈プロフェッサー〉はサーブ３４０機とヘリコプターを乗り継いで現地に到着した。

絶えず動揺し、浸水、爆発のリスクもある沖合に浮かんだ小型木造船では、ＥＯＤスーツは装着できない。厳しいコンディションが〈プロフェッサー〉を待ち受けていた。

雨合羽とヘッドライト、通信用のヘッドセット、様々な小物ツールがぎっしりと詰まったＥＯＤベストとＨＫ４１６アサルトライフルを収容した小型ペリカンケースを手にして、ゴムボートから小型木造船に乗り込んだ。

〈プロフェッサー〉の孤独の作業が始まった。

小型木造船は一部が浸水しており、〈プロフェッサー〉は膝まで海水に浸かった。気温三十五度、湿度百パーセント。生半可な環境ではなかった。〈プロフェッサー〉は計器でそれらをチェックした後、扉をピタッと閉めた。その瞬間、目の前がブラックアウトした。船底の海水の中でまず発見したのは、小銃二丁。さらに手榴弾四発、ＲＰＧ７とその弾頭五発だった。〈プロフェッサー〉はそれらに対して安全化をぬかりなく進めてゆく。だが、当初疑われていた薬物は発見されなかった。投棄したのか……。

最後に、船内後部のエンジンの下、仰向けになって始めてようやく上半身のみ入り込める隙間があった。そこでスーツケース用の爆発物らしいものを発見。〈プロフェッサー〉は持参してきたポータブルＸ線撮像装置で数時間かけて内部探査を行った。その結果、ショットガンやディスラプター（爆発基部を吹き飛ばしディスアームするための特殊弾頭を発射する装置）の使用は困難と判明した。つまりこのままではエコー（爆弾）のディスアームは図れない。

だから自分がハンドエントリーによってディスアームすると——。それは、いつ爆発をするかもしれない危険性の中で、手技だけのワイヤーカットによりエコー（爆弾）の脅威を解除することだ。

〈プロフェッサー〉はまったく睡眠を取ることもなく——飲食も極力控えて——七十二時間ぶっ続けの作業で安全化作業を継続した。その間、一マイル離れた沖合の指揮船として指定された巡視船から支援にあたっていた〈グレイト〉や他のＥＯＤメンバーとの無線通信に〈プロフェッサー〉は応答しつづけた。

すべての作業を終えた〈プロフェッサー〉を〈グレイト〉たちは迎えに行った。ゴムボートを接舷させ、船内から出て来た彼の姿を見た時、〈グレイト〉や捜査官たちは驚愕した。体じゅうが泥と油にまみれて真っ黒で、合羽は跡形もなく破れている。肘と膝は擦り傷で血まみれ、脱水で頬も痩《こ》けて、無精髭だらけの顔で、眼球だけが異様に力を放っていた。ハンドエントリーで酷使した両手の指はすべて傷だらけで、左の親指の爪も剝《は》がれていた。

〈グレイト〉は基地に帰投してから〈プロフェッサー〉のその異様な姿に、ＳＳＴのシンボルである〝戦いの神〟である「毘沙門天」を見た、と〈マスター〉に語った。

救急のために駆け付けた〈スキッド〉に対し、微笑みながら〈プロフェッサー〉が言った。

「ミッション、オールクリア！　史上最短の未亡人を作らなくて良かったです」

そのミッションに出動する際、何も言わずにマンションを出て行こうとした〈プロフェッサー〉を見た結婚式から十日目の妻、紗季《さき》は、〝いつもと違う〟予感がしたという。そして、直前に観たニュース報道から、夫がこれから命懸けの爆発物処理作業を行うことを確信した。

マンションの玄関ドアを〈プロフェッサー〉が開けるなり、背後から紗季が飛びついた。

「行っちゃダメ！　お願い！」

紗季は〈プロフェッサー〉にしがみついて号泣しながら懇願した。

「大丈夫だって」

〈プロフェッサー〉はその一言だけを残して出て行った。

それはかなり後になってから〈マスター〉が〈プロフェッサー〉から直接聞いた話だったが、「アイツ、いつもオーバーなんです」と言って照れ笑いした。

〈マスター〉はそれには何も応えず、ある書類のことを思い出していた。〈プロフェッサー〉がディスアームした爆弾を鑑識した本庁鑑識官室が作成した鑑定書の備考欄には、無数のコードのうち一本でも切断ミスを犯していれば、〝史上最短の未亡人〟は現実となっていた、と記入されていた。


二台のハイエースワゴンが民間空港にある航空機格納庫前のエプロンに到着すると、双発プロペラ機のサーブ340がエンジンを稼働させていた。

ハイエースワゴンから、EOD（爆発物処理）担当の第2統括の〈ワイフ〉につづいて、〈マスター〉のチーム七名と、EODチーム七名の二個チーム十四名のオペレーターたちが飛び出した。オペレーターたちは誰もアサルトスーツは着ていない。目立たなくするために一般の海上保安官と同じ濃紺色の活動用作業服だった。いずれの手にもアサルトスーツと様々なアイテムなど必要な雑用品を入れたゴーバッグ、銃器を収納したペリカンケースがあった。また爆発物処理に使う資機材がぎっしり詰まった三個のコンテナケースは数人掛かりで運ばれた。

サーブ340の短いタラップをオペレーターたちは駆け足で昇った。機内で待っていた機長とホイストマン、それぞれと握手を交わした後、フライトスケジュールについての簡単な説明が副機長によってなされ、ただちにサーブ340はタキシングを開始した。

管制塔《タワー》の誘導によって滑走路まで進出したサーブ340は、緊急に作成したフライトスケジュールに記された時間通りに空港を離陸。東京都の羽田《はねだ》空港を目指し、一路、南東の針路をとった。

サーブ340が和歌山県沖から太平洋に出て巡航高度に入ったことを告げる機長の声をヘッドセットで訊くと、〈マスター〉は前席に座る〈プロフェッサー〉の隣に移動した。

「爆破予告についてのアップデート（更新情報）は？」

爆弾についての情報収集にあたっていたのは〈プロフェッサー〉だった。

「ありません。ただ、気になることがあります。本庁OPセンターによれば、該船、ジャパン・オーシャン号との『船《ふね》テレ』（船舶電話）を含む交信がすべて途絶えているようです」

〈プロフェッサー〉が滑舌良く応えた。

「『爆破予告』をしてきた野郎は、現在の時刻からちょうど一時間後に爆発する、そう告げたんだな？」

「そうです。ジャパン・オーシャン号の運営会社に確認しました」

「了解。爆破予告者が、エコー（爆弾）を仕掛けたとする同じ場所で、縛られた男が発見されたというアンノウン（未確認情報）があったはずだ。それについての真偽は？」

その未確認情報は、ジャパン・オーシャン号に乗船する旅客からの118番（緊急通報）を第3管区海上保安本部のOPセンターが受信したものだった。

「アンノウンどころかさらに錯綜しています。例えば、車の後部座席に銀色のエコー（爆弾）がある！　ゾンビがいる！　死体が歩いている！」

〈プロフェッサー〉が困惑する表情で答えた。

「なんだそれ？」

〈マスター〉がそう言って眉をひそめた時、機長から、羽田空港に管制塔から許可されたプライオリティーランディング（優先着陸）を行うための最終着陸態勢にあることがアナウンスされた。

その十分後に羽田空港に着陸し、ゆっくりとタキシングを行ったサーブ３４０は、ＳＴＯＬ《エストール》機（短滑走離着陸機）用に用意されたスポットへと近づいた。サーブ３４０のタラップを駆け下りた活動用作業服姿のままの〈マスター〉を含む七名のオペレーターたちは、爆発物処理資機材が詰まった三個のコンテナケースなどを抱え、すでにエンジンを回転させてメインローターブレードをぶんぶん振り回していたＭＨスーパーピューマの「あきたか1号」と「あきたか2号」へと急ぎ足で分乗した。

管制塔《タワー》の離陸許可を得た「あきたか1号」と「あきたか2号」は相次いで離陸。南へと針路を取り、東京湾の上空一千メートルを急いだ。そして「あきつしま」の飛行甲板に二機のヘリコプターが到着した。

オペレーター全員は一旦、「航海船橋甲板《こうかいせんきょう》」にある船橋の背後の「ＯＩＣ」（指揮所）に入って最新情報をアップデートした船長の言葉を頭に叩き込んだ。

〈バイパー〉は船橋に向かって左側の通信科エリアへ目をやった。通信士の椹木葵とチラッと視線を交わした。椹木葵は照れくさそうに目立たない笑顔を作った。

二人が愛情を確かめ合えたのはそれが限界だった。今や実動が始まろうとしている。最も緊張しなければならない瞬間だった。

千葉《ちば》県の勝浦《かつうら》沖から館山《たてやま》沖にかけての太平洋を航行しているカーフェリー「ジャパン・オーシャン号」の全景を表すシルエットを〈マスター〉が肉眼で捉えたのは十分後のことだった。「あきたか1号」は、情報収集をするため、ジャパン・オーシャン号の周りを二周した。副リーダーの〈サン〉が、カーフェリーのトップにあるヘリポートの周辺をチェック、不審者や異常な様子はなく、接近に支障がないと判断された。ジャパン・オーシャン号のプロムナード・デッキ（海を見ながら散歩を楽しめるフロア）から何人かの旅客たちがヘリコプターを見上げ、満面の笑みで手を振ったり拍手をしている光景が〈マスター〉の視界に入った。その様子は、事前の情報にあった〝爆破脅迫〟のイメージとは懸け離れているようには思えた。

8階デッキの展望エリアの真上でホバリングを維持した「あきたか1号」の降下方法は安定感を優先したリペリングでのロープ降下を選択した。爆発物処理用の資機材が余りにも重たく、かさ張ったからだ。オペレーターたちの着地の後で、ホイストによって重量がかさむ三個のコンテナケースが慎重に降ろされた。その中には爆発物処理ロボットも含み、総重量は三百キロにも達した。

それら資機材を担当する〈プロフェッサー〉とは別に、「船内検索」での索敵《さくてき》（被疑者の捜索）任務を遂行するリーダーの〈マスター〉と副リーダー〈サン〉、そして〈バイパー〉〈スキッド〉〈ジョー〉と〈ニトロ〉の六人は、リペリングで降下するとそれぞれペリカンバッグを抱え、船尾にあるジャパン・オーシャン号の「非常集合場所」である長細い空間へ駆け込んで最終準備を開始した。

六人がまず始めたのは、アサルトスーツの上から冬用のトレンチコートを羽織《はお》ることだった。旅客たちをパニックに陥れないために目立たなくする工夫だった。さらに、運んできた耐久性に優れているペリカンケースから銃身が短い「MP5クルツ」機関拳銃《きかんけんじゅう》を取り出すと射撃モードのレバーをセイフティ（安全ロック）の位置にし、トレンチコートの中にコンシールメント・キャリー（衣服の内側に銃器を隠匿携行）した。旅客や乗務員たちへの威圧感や戦闘モードの雰囲気を極限にまで抑えるためだ。素人目には、ただ船内をそぞろ歩きをする普通の男たちに見えるはずだった。

左右周辺からの突然のアンブッシュ（銃撃）に備えるため五感のセンサーレベルを最大限に高め、即応できるようにダイヤモンド隊形を取ると五百四十度視線を巡らせ警戒しながら行動を開始した。

〈マスター〉たちは、従業員通用口であるエントリーポイントまで辿り着き、そこで待っていてくれたジャパン・オーシャン号の副船長、高木悠聖《たかぎゆうせい》と合流した。そして高木に穏やかな言葉で船橋へと導かせた。その間もコンシールメント・キャリーとダイヤモンド隊形の維持は一時も怠らず、のそっとした時代遅れのトレンチコートを着た男たちを演じたまま船橋に吸い込まれていった。

船橋に辿り着いた〈マスター〉たち六人は真っ先に船長である松島隆史《まつしまたかし》まで歩み寄った。そして一度、直立不動となって敬礼を投げかけた後、常に笑顔を絶やさずに要請事項について穏やかな口調で語りかけた。ミラーリングなどの心理学的なコミュニケーション・テクニックで対象者の人心を掌握、支援や情報を最大限に引き出す、というSSTの重要な対人スキルも発揮した。

「本船の乗客と乗員の安全のため、速やかな爆発物の発見、処理と犯人の確保が必要です。我々、海上保安官の指示に従ってください」

松島船長が力強く頷いた。

「では、まず、直ちにエンジンを中立（停止）にして本船を停船してください。そして乗客は客室で待機して外に出ないようアナウンスをお願いします。それと乗客に医師がいればリストアップしてください」

「了解」

「さらに、乗員の皆さんへのお願いがあります。もし爆発物が起爆した場合に備えて、防火、防水対応の配置をとってください」

〈マスター〉はさらにつづけた。

「船内の案内役が必要です。誰か我々と一緒についてきてください」

〈マスター〉は柔らかい雰囲気を崩さずに言った。

そして、松島船長、高木副船長とチーフオフィサー（1等航海士）に向かって、〈サン〉は、車両用スペースへの立ち入り禁止措置をあらためて徹底することを要請し、駐車中のすべての車のカギと車両番号の収集を要請した。慌てて頷いた高木副船長は近くの船内交話電話へ走った。間もなくして戻ってきた高木副船長に〈サン〉は矢継ぎ早に質問を浴びせかけた。高木副船長はすべての質問に真摯に応えたが、一部の通報内容にあった〝銀色のエコー（爆弾）〟、〝ゾンビ〟や〝死体〟についてはまったく承知していないと困惑顔を見せた。

「では、何が起こったんです？」

怪訝な表情で〈サン〉が訊いた。

「こっちが訊きたいくらいです。どうもよく分からない！」

高木副船長が曇らせた顔を激しく振った。

「分からない？」

「ええ、すべてのデッキを見回ったんですが、それらしいところはどこにも何も……正直言って、お客様がおふざけで騒いでいらっしゃるだけかもしれません――」

「つまり、誤報だと？」

眉間に皺を寄せてさらに質問しようとした〈サン〉の肩に〈マスター〉が手をかけて言った。

「現場に行こう」

これまでカーフェリーにおける「爆破予告」への対処の実動は何度かあった。日頃の訓練メニューにカーフェリーでの「車両検索」も入っている。だからオペレーター全員が〈マスター〉の言葉に即座に力強く頷いた。

〈マスター〉は、ベルクロで左手首に固定している小型タブレットを見つめた。そこにあらかじめダウンロードしていたジャパン・オーシャン号の船内配置図を高木船長に見せ、船の一番下層に位置する――第3甲板の車両用スペースまでの安全なルートを確認した。

そして高木副船長から車のカギとそれぞれの車両番号が書かれたメモを預かると、オペレーターに出発を号令した。


車両用スペースに〈マスター〉が足を踏み入れた時、検索していたオペレーターたちが怪訝な表情で駆け寄ってきた。

「エコー（爆弾）が見つかりません」

真っ先に〈プロフェッサー〉が報告した。

〈マスター〉が頷いた。

「オレたちはいつも通りのことをやる」

〈マスター〉は、まず車両用スペースの検索を三つに分けた。つまり船首から船尾までのすべてをバンダレー（責任区域の境界）で区切ってオペレーターが担当するエリアを決めたのだった。そして、車両用スペースの一角にエアーテントを立ち上げて、そこを臨時指揮所として様々な資機材と爆発物処理ロボットを準備するよう〈プロフェッサー〉に指示した。

準備が整ったことを確認した〈マスター〉は全員に車両検索を命じた。バディ（二人一組）となったオペレーターたちはまず「外観検査」（異音や洩れなどの有無）、次にウインドウ越しに車内を覗き、車体下を見てからタイヤハウス（タイヤの周囲を覆うように付けられたフェンダーの内側）と、車の底をアクリル製アンテナミラーでチェック。さらにそこで初めて預かったカギを使ってドアを開放し、運転席の周り、前後部のシート、トランクルーム、エンジンエリアの隅々を探ってゆく――。

突然、悲鳴が車両用スペースじゅうに響き渡った。ジャパン・オーシャン号の若い男性クルー（乗務員）が全速力でこっちに駆けてくる。飛び込むように〈マスター〉の前へやってきた若いクルーは息を整えながら、

「あ、あっちにあります……ア、アルファードの中に……爆弾らしきものを見つけました！」

と興奮しながら辿々しく言った。

「その爆弾、とするものはどんな状態ですか？」

〈マスター〉が冷静に訊いた。

「筒《つつ》のような爆弾です！　しかも、導線ワイヤーでスマートフォンと繫がっているんです！　それってドラマでよく見るアレですよね！」

手首の小型タブレットに船内配置図をディスプレイした〈マスター〉は、男性クルーにその場所の位置を指で示させた。

〈マスター〉は、ＥＯＤの〈プロフェッサー〉と〈ジョー〉を呼び、その場所を目指して駆け出した。二つの区画を通過した先に、アルファードがあった。

〈マスター〉は、男性クルーを離れた場所に待機させ、一人、アルファードに近づき、ウインドウ越しに車内を覗いた。見えるのは、塩化ビニール様のもので巻かれた、くすんだ灰色をした長さ五十センチほどの五つの筒。後部座席の上に寝かせて置いてある。若いクルーが言っていた通り、一台のスマートフォンが筒の一つにくっつけるように並んでいる。

〈マスター〉の脳裡に咄嗟に浮かんだのは、時限式の「ＩＥＤ《アイイーディー》」（即席爆弾）だった。爆発物Ｃ４《シーフォー》（軍用プラスチック爆薬）が百グラム程度ならこの車と数台の車が大破するだけで済む。しかし、それより遥かに量が多い場合は床に穴が開くかもしれない。ジャパン・オーシャン号の一番底に位置するこのスペースに穴が開けば航行することへの重大な影響はもちろん、沈没する可能性もあるのだ。〈マスター〉はスマートフォンで高木副船長と連絡をとり、アルファードの所有者を大至急、車両用スペースへ連れてくるように要請した。

高い緊張感の中で、いつもの通りだ、と自分に言い聞かせながら〈プロフェッサー〉が船の乗員が乗客からかき集めたカギを使ってそっとドアを開いた。そして慎重に〝筒〟と〝スマートフォン〟を観察し、戦術を考え始めた。

残る戦術は一つしかなかった。

〈マスター〉が言った。

「スワンを使う」

大きく頷いた〈プロフェッサー〉が持参してきたコンテナボックスの中から急いで準備したのは、アメリカのセキュリティ機器メーカーに特注で製作させた自走式爆弾処理ロボット「スワン」だった。

大型スーツケース大のそのロボットは、〝下半身〟にはキャタピラ、〝上半身〟には左右と中央に長い腕（アーム）がある。様々な「手技」が可能な中央のアームには数種類のカメラ、爆薬検知センサー、そして左のアームはマジックハンド、右のアームは爆発物の基部回路を破壊するショットガンがマウントされている。SSTでは、その姿が羽ばたかせて水面を移動する白鳥のシルエットに似ていることから、「スワン」という名称を与えていた。

スワンは軽やかな機械音とともにアルファードへ前進した。

アルファードの開け放れたドアを回り込んで後部座席の前にスワンが接近した。そして、離れた場所から〈プロフェッサー〉がリモコンで遠隔操作しながら、スワンのアームを駆使して〝筒〟とスマートフォンを調べ上げた。そしてその動画が、〈プロフェッサー〉の足元に置いたパソコン画面に映し出された。

「脅威なし！」

〈プロフェッサー〉が無線に叫んだ。

安堵した〈プロフェッサー〉たちが対爆スーツを脱ぎ始めた、その時だった。

電子式イヤーマフ型無線機に〈サン〉の無線が入った。

「8区画、パーキング中の車両内にエコー（爆弾）らしきものを発見」

多くの資機材を抱えながら「8区画」まで駆けて行った〈マスター〉を含むオペレーターたちは、すぐに〈サン〉の姿を認めた。〈サン〉は、一台のトヨタ・アルファードの後ろに立ち、開け放たれたリアドアの中をじっと覗き込んでいる。

〈マスター〉は、〈サン〉の隣に立って声をかけようとした。だが〈サン〉はリアドアへ身体を向けたまま立ち尽くしている。

バゲージルームに目をやると、皺だらけの赤いトレーナーを着た初老の男が胡座《あぐら》をかいている。だがその姿が異様だった。赤色と青色の細い導線ワイヤーが頭から足首まで全身をメデューサの頭の蛇のように何重にも這い回っている。両手も後ろ手に同じ導線ワイヤーで固縛《こばく》され、黒い布状のもので猿ぐつわをされていた。目は開いているが死んだ魚のように白濁し、顔は赤く腫れ上がり、いたるところから出血している。

〈マスター〉は男の頸動脈にそっと触れ、口元にも自分の耳を近づけた。

「生きている」

〈マスター〉はこの男が何者かに気づいた。北海道の沖で漂っていたクルーザー船から行方不明になっていた「長瀬商会」の社長、長瀬康輔だ。

〈サン〉と顔を見合わせた。彼もまた気づいている風だった。

〈マスター〉の脳裡に、イカ釣り漁船事案とエメラルド・ルナ事案のことが堰《せき》を切ったように溢れかえった。あの二つの事案へのわだかまりをずっと今でも持ち続けていた。暇さえあればネットで関連資料を捜したり、自分で作ったデータファイルの更新をしたりした。しかし不本意にも、本庁警備情報課「情報統括」、鹿島夏梛との不愉快なやりとりまで思い出してしまった。

それにしても、殺されたと思っていた長瀬康輔は生きていた。しかしなぜここに？　どうして？

ハッとしてそのことに気づくと〈マスター〉は車の中を点検した。

その時、〈マスター〉は、頭を切り換えろ、と自分に言い聞かせた。今、考えるべきは溢れる疑問への答えではない。

よく見ると、長瀬康輔の首、脇、腹、鼠径部《そけいぶ》（太もものつけね）の五ヵ所に導線ワイヤーと繋がった灰色の金属製の小さな箱が置かれている。その〝小さな箱〟の形状から、爆発物だと〈マスター〉は直感した。

つまり人間そのものがＩＥＤ（即席爆弾）化されてしまっているのである。

――〝ＩＥＤ男〟。

だからそんな言葉が不適切にも脳裡に浮かんだ。

だが、〈マスター〉は事態がもっと最悪な状況であることを理解した。うっすらとした〝赤い点滅〟に気づいたのだ。その光源を目線だけで探すと、鼠径部にへばりつく〝小さな箱〟が赤く点滅している。直感的に起爆装置と連動している可能性があると思った。いや、すでにカウントダウンが始まっているのかもしれない！

〈サン〉が無言で男の胡座の下を指さした。しゃがみ込んだ〈マスター〉の目に入ったのは、胡座の下に敷かれた体重計だった。〈マスター〉は思わず〈サン〉と顔を見合わせた。

「男が立ち上がったら起爆する可能性があります」

〈マスター〉は無言で大きく頷いた。この男は少しでも動けば吹っ飛ぶという想像を絶する事態に苛《さいな》まれているのだ。

――こんなイカれた真似をしやがった野郎の目的はなんなんだ！　クソ野郎め！

〈マスター〉は声に出さずに毒づいた。

〈マスター〉は距離を置かせていたＥＯＤオペレーターの〈プロフェッサー〉と〈ジョー〉をすぐに呼びつけた。男の有様を見つめた二人はさすがに茫然としたまま顔を引きつらせてしばらく沈黙した。爆発物処理の事案を数多く経験している彼らにとってもショッキングな光景だった。

意を決したように大きく頷いた〈プロフェッサー〉は、サムアップで決断したことを示した。

「頼む」

そのひと言だけを口にした〈マスター〉は、他のオペレーターとともにアルファードから七十メートル以上退避し、駐車中の建築用クレーン車の傍らに身を潜めた。

〝ＩＥＤ男〟の前に残ったのは、〈プロフェッサー〉と〈ジョー〉の二人のスペシャリストだった。

フル装備の重量が三十キログラムにもなる対爆スーツを着込んだ〈プロフェッサー〉がまず動いた。彼は「大丈夫ですよ。ご心配でしょうから目を少し閉じましょうね」と穏やかな口調で声をかけながら、長瀬康輔の目をマスクで塞いだ。

長瀬康輔が呻《うめ》き声をあげたが、〈プロフェッサー〉は織り込み済みだった。目の前で工具を使われることでパニックを起こす可能性がある。

しかも今回のケースでは、長瀬康輔が少しでも腰を浮かしただけで爆発するかもしれない。

「大丈夫ですよ。何も怖くないですよ。今から、ちょっとドリルの音がしますけど、あなたを傷つけるためじゃなくて、あなたを縛っているワイヤーを切るためですから」

〈プロフェッサー〉は優しくそう声をかけた。

ワイヤーカッティングは、そのスペシャリストである〈ジョー〉が自分もトライさせて欲しいと〈プロフェッサー〉に勢い込んで迫った。

もちろん〈プロフェッサー〉は彼の力量を詳しく知っていた。

〈ジョー〉のスペシャルな技能はアメリカ軍やオーストラリア軍でも鳴り響いていた。語りぐさとなっているのは、アメリカ第7艦隊のグアムにある部隊「モバイルユニット」(インドから日本までの爆発物対処事案を担当する部隊)と昨年行った爆発物処理テクニック——ハンドエントリー競技会でのことだ。参加した〈ジョー〉は、テクニックの正確さと速度を競った結果、二位のアメリカ兵士に圧倒的なポイント差で勝利を収めたのだった。

〈プロフェッサー〉が、IEDと思われる〝小さな箱〟のすべてをナンバリングしてそれをマジックペンでそっと書き込むと、一から十までの数字となった。〈プロフェッサー〉は〈ジョー〉と半分ずつトライすることを決めた。

〈プロフェッサー〉が作業を開始したそのすぐ隣で、肩が触れあうギリギリで、〈ジョー〉もSSTのために日本メーカーがカスタムしたワイヤーカッターを握った。

〈プロフェッサー〉は縦横無尽にこんがらがった導線ワイヤーの配線を計算した上で選択し、微少な血管に挑む脳神経外科医の如く、内部構造と照らし合わせて判断し、一本ずつ細い導線ワイヤーを、慎重に切断してゆく。その傍らで、〈ジョー〉も「大丈夫ですよ。すぐ済みますからね」と穏やかな声を長瀬康輔に掛け続けた。

だが時間の経過とともに長瀬康輔は危険な兆候を示しだした。荒い息を吐き出し今にも飛び上がらんばかりとなった彼を〈ジョー〉が肩を摑んで必死に押し留める。

長瀬康輔に限界が近づいていることを〈ジョー〉は理解した。しかし作業は、どう見てもまだまだかかる。それまで長瀬康輔が耐えきれないのは明らかだった。

〈ジョー〉と〈プロフェッサー〉が顔を突き合わせ、導線ワイヤーの切断より爆発物へのドリルを優先すると結論を出した。しかしそれは、〝賭け〟でもあった。配線を読み切れていないからだ。だが迷っている余裕はない。

鼠径部にへばりつく爆発物を担当したのは〈ジョー〉だった。〝小さな箱〟の四方に電動ドリルを入れ、蓋《ふた》を剝《は》がした。

中身は想像通りだった。粘土状で灰色のC４と思われる物体の他、起爆剤、発火させるためのバッテリーと信管——IEDを起爆するための三大要素がそっくり存在し、それらを繫ぐ数本の導線ワイヤーも見てとれた。

このうちC４と思われるものを導線ワイヤーから切り離した瞬間、爆発が起きるフェイクがあるかもしれない。〈ジョー〉はそう判断した。

その時だった。ピ、ピ、ピ、という電子的な通知音が爆発物の中から聞こえた。爆発までの本格的なカウントダウンが始まったことを〈ジョー〉は意識した。

〈ジョー〉は、対爆スーツの一部を成すヘルメットの中で額の隅から滴《したた》り落ちる汗を唇で味わった。味はなかった。スポーツで搔く汗は臭いや味があるのに、極度に緊張する場面ではそれがない——〈ジョー〉が何度となく経験し不思議に思っていることだった。

C４に赤、青、緑と黒の四本の導線ワイヤーが繫がっている。ここから先も命懸けの過酷でかつ厳しい状態は同じだった。いかにしてフェイクの導線ワイヤーを見抜けるか。〈ジョー〉は自分のこれまでの知識と経験とが刻み込まれた脳細胞をすべて活性化させ、必死に導線ワイヤーの繋がり具合などの構造を頭の中で分析した。

十分後、〈ジョー〉は確信を持った。どの導線ワイヤーを切断すれば爆発物をディスアームできるのか、そのプロシージャー（手続き）を頭の中で何度も反芻《はんすう》した。ひっきりなしに汗が額から頬を伝い、防爆ヘルメットの中に顎から滴り落ちる。広大な車両用スペースは静寂に包まれ、空調の大きな音だけが響き渡っている。それが〈ジョー〉の緊迫度をより一層高めた。

〈ジョー〉は最後の一本と判断した赤色の導線ワイヤーの前で珍しくも逡巡していた。

「問題か？」

いつにない〈ジョー〉の躊躇いの前で、他の爆弾のディスアームにトライしていた〈プロフエッサー〉が声をかけた。

だが〈ジョー〉はそれには反応しなかった。余りにも目の前のことに集中していたからだ。意を決したように〈ジョー〉はドリルを摑んだ。選んだのはC４と繫がる赤色の導線ワイヤーではなかった。それはフェイクだと見極めた。選択したのは黒色の導線ワイヤーだった。〈ジョー〉は一気に切断した。それは〝賭け〟ではなかった。分析の結果からだった。

「ナンバー４《フォー》、クリア」

〈ジョー〉は慎重な口調でそう言うと、〝小さな箱〟をすべての導線ワイヤーから完全に外した。そして剝がしたばかりの〝小さな箱〟に敷き詰められた爆発物の下にある赤く小さく点滅するデバイスを探して手に取り、ぐるぐる巻きにされているガムテープを慎重に剝がした。デジタルアラームの赤い数字は三分二十七秒で止まっている。犯人が「爆破予告」をしてきた時間より二十分近くも早かった。

〈ジョー〉は新たな緊張に襲われた。犯人は嘘をついていた。一時間後に爆破するというのはデタラメだった。それを考えると嘘は他にもあるかもしれない。デジタルアラームは、今、ディスアーム化したこの爆発物だけのものだったのか？ それとも〈プロフェッサー〉がトライしている残りの爆発物もコントロールしているのか？ それならこれですべての爆発物のディスアームを完了したのか？

いや、違う！ と〈ジョー〉は頭の中で否定した。それは楽観論でしかない。人間は良い結果をひたすら追い求める生物なのだ。つまり残りには別のデジタルアラームが稼働していると考えるべきなのだ――。

〈ジョー〉はすぐに二個目の〝小さな箱〟にトライした。そして最後の五個目の作業を終えた時、

「オール、クリア」

と静かに言ってから、一つ目のそれと同じ行動を開始した。〈ジョー〉が想像したとおり、〝小さな箱〟はどれも爆発物だった。しかもそれぞれデジタルアラームがセッティングされ、起爆システムと繋がっていた。最後の〝小さな箱〟にあったデジタルアラームのカウンターを見た〈ジョー〉は息が止まった。残りの時間は、わずか「四秒」だった。〈ジョー〉は無意識に対爆スーツを乱暴に脱ぎ捨てた。額の髪の生え際からドッと汗が噴き出した。幾筋もの汗が頬を伝わり、顎から地面に幾重にも滴り落ちた。

高い緊張感に苛まれていた疲労から立ち直るまでのしばらくの沈黙が必要だった。

〈ジョー〉は〈プロフェッサー〉を振り返った。そして担当した五個の爆発物をすべてディス

アーム化したことを報告した。

〈プロフェッサー〉も仰向けに倒れてしばらく身動きができなかった。高い緊張からくる疲労で手足さえ動かなかった。ようやく身を起こすと、待っていた〈ジョー〉と二人がかりで長瀬康輔に幾重にも巻かれた導線ワイヤーの除去を急いで開始した。

すべての導線ワイヤーを剝ぎ取ると、長瀬康輔の身体が〈ジョー〉に倒れ込んできた。後ろに転がった〈ジョー〉を〈プロフェッサー〉が急いで支えた。そこに〈マスター〉を含むオペレーターたちも駆け込んできた。

長瀬康輔の身体をゆっくりと抱き寄せた〈プロフェッサー〉は深刻な表情で言った。

「長瀬康輔のバイタルサインがいずれも危険水域です」

「分かった。ホイストで吊《つ》り上げてヘリで搬送する。まず担架を捜せ」

さらに細かい指示をオペレーターたちに与えた〈マスター〉は、巡視船「あきつしま」のOICに立ち上げた「現場指揮部」にいる第2統括隊長の〈ワイフ〉にも無線でヘリコプターと支援要員の派遣を要請した。

ミッションコンプリートした経緯を報告しながらも〈マスター〉には大きなわだかまりが頭にへばりついていた。長瀬康輔をこんな目に遭わせた犯人の動機についてである。もし殺すことだけが目的ならこんなしち面倒なことはしないはずだ。こんなことまでして長瀬康輔をなぜ晒したのかという謎だ。

この犯人は大型クルーザーを襲った奴らであろうことは想像に難くない。一般刑事事件のスケールを遥かに超えている。ハッキリ言えば、この一連の事件の背後には大がかりな組織がある。国際犯罪組織なのか？　それともどこかの国家が絡んでいるのか——。

「まだ終わってない」

〈ワイフ〉が押し殺した声で言った。

「終わってない？　どういうことです？」

〈マスター〉は嫌な予感がした。

「苫小牧港のソーラス区域《エリア》（海外の船舶が寄港する港湾の安全に関する国際的に取り決められたエリア）に設置されている防犯カメラに、ジャパン・オーシャン号が係留中の埠頭《ふとう》も映っていた。そしてその映像の中に、二人の不審者がジャパン・オーシャン号の船尾に何かを仕掛けたことを窺わせるシーンがあった――」

出航する五時間ほど前の深夜のこと。酸素ボンベとレギュレーターという開式スクーバの装備の上に、大きなリュックを背負った正体不明の二名の男たちがジャパン・オーシャン号の船尾付近の埠頭から海にダイブ。その後、埠頭に上がってきた時にそのリュックはぺしゃんこだったという。

〈マスター〉は大急ぎで〈グレイト〉と連絡をとった。

「〈デウス〉と至急、通信確保してください。このカーフェリーの底に爆発物が仕掛けられている可能性が高い。よって専門チームの派遣を大至急、お願いします」

勢い込んでそう言った〈マスター〉は、すぐさまエレベーターへと向かった。やらなければならない重要なことがあった。再び船橋に足を踏み入れた〈マスター〉は、ポンプ系統の操作パネルの前に立ち、「シーチェスト」（機関や発電機などを冷却するための海水を海水ポンプで船底から取り込む際の取水口。ゴミや大型クラゲなどの吸い込み防止のために外側に鉄格子のようなガードが取り付けられている）から循環している海水ポンプ関連のスイッチをすべてシャットダウンするようにジャパン・オーシャン号の当直員たちに命じていた。それが動いていると、潜って船底で作業する予定の「潜水ＥＯＤチーム」が海水ポンプに巻き込まれて命を落とす危険性があるからだ。

〈マスター〉が再び車両用スペースに戻って来た時、真っ先に目に飛び込んだのは〈スキッド〉の姿だった。

「長瀬がどうかしたか？」

〈マスター〉が慌てて訊いた。

だが〈スキッド〉は応えなかった。メディックとしての本分を発揮し、担架に寝かせた長瀬康輔への心臓マッサージを必死に繰り返していた。

ＳＳＴオペレーションを支援する「指揮船」に指定された巡視船「あきつしま」の飛行甲板に、「ＭＨ６８９スーパーピューマ２２５」が戻ってきた時、すでにその海域は曇り空の下にあって星灯りがまったくなく、べったりと墨を塗ったような暗闇に被われている上に激しい風雨と時化の中にあって、巡視船は何度も大きくバウンドし、ＯＩＣでは書類が何度も床に落下し散乱する始末だった。

だがそんな気象の中、飛行甲板に着陸した「ＭＨ６８９」は一度のトライでピタッと接地した。ＯＩＣの飛行甲板を映すカメラを見つめていた勤務三十年のベテラン航空科長は、当初、着船に反対していた。だが、「ＭＨ６８９」はそもそも「あきつしま」の搭載機なので機長の力量は知ってはいたものの、さすがのテクニックをディスプレイを通して見せつけられ〝コイツ、スゲエ！〟と大声で叫んだ。
飛行甲板に到着した「ＭＨ６８９」のキャビンドアが開けられるや否や、長瀬康輔を乗せた担架が運び出され、特定医療行為を行うために、無線で医師から指導を受けながら腕にルートをとって輸液パックを掲げた〈スキッド〉が寄り添っている。

長瀬康輔が救護室に搬入されるのとほぼ同じ頃、「ＥＯＤダイバー」（海中における爆発物処理専門潜水要員）――〈バベル〉、〈スエナガ〉そして〈レックス〉のほか四名、計七名のＳＳＴオペレーターを乗せたリブボートがジャパン・オーシャン号に接近していた。

彼らは〈マスター〉の指揮下にあるチームに編入され、新しいミッションを与えられていた。それは、ジャパン・オーシャン号の船底に設置されている疑いのある爆発物をディスアーム化せよ、というそれもまた過酷な任務だった。

ジャパン・オーシャン号の灯火を双眼鏡で捉えた時、ドライスーツだけを身につけていたＥＯＤダイバーたちは準備を開始した。まず胸に抱えたのは、リブリーザーの中でも、「アンチ・マグネット」（磁性を帯びない）の素材になったもので、かつ泡の出ない特殊なリブリーザーだった。磁性があればその影響で爆発物の信管が反応して起爆してしまうリスクを排除するためだ。また、ヘルメットも、アサルトチームが被る防弾仕様のタクティカル・ヘルメットではない。

残酷な現実だが、ＥＯＤダイバーはそもそも爆発への防御資機材を必要としていない。爆発により発生する強力な水圧にはそもそも防御の術《すべ》などないからだ。つまり爆発事象が起これば致命的な結果となるしかないのである。ゆえにＥＯＤダイバーは自由に動ける起動力を最優先とし、アサルトチームが使用するよりさらに軽量かつ強化されたプロテック社のＦＲＰ製ヘルメットを頭に装着している。

さらに、X線装置や数種類のカラビナやロープの他、「ウォーター・チャージ」(筒の中の水を弾薬のように高速・高威力で射出することで爆発部の心臓部を破壊しディスアームする装備)を背負ってすべての装備の準備を終えたEODダイバーの七名は、ジャパン・オーシャン号の車両用スペースにいる〈マスター〉と隊内系無線で情報共有と作戦連携を確立した。そして、アンチ・マグネットのリブリーザーを抱えてリブボートから漆黒の海にダイブした。ナビゲーションボードは必要なかった。ジャパン・オーシャン号から洩れる舷灯やマスト灯など様々な灯火による導きだけで十分だった。


リブリーザーを駆動させて水深五メートルを潜行する七名のEODダイバーたちが縦列で目指したのは、ジャパン・オーシャン号の推進を発生させるスクリュープロペラと、そこにエンジンのエネルギーを伝えるプロペラシャフトだった。

縦列の先頭を潜行する〈バベル〉が片手で握るLEDサーチライトは二万ルーメンという強烈な明るさを放つ。ジャパン・オーシャン号に到着すると、その巨大なスクリュープロペラと太いプロペラシャフトが漆黒の闇の中でもハッキリと確認できた。

ハンドサインを送って、後方の〈レックス〉と〈スエナガ〉を停止させた〈バベル〉は、さらに続けて合図を送り、

「アンダーウォーター・ライブチェックせよ!」

と命じた。

スクリュープロペラとプロペラシャフトはあくまでも接近するための目標でしかない。もしスクリュープロペラやプロペラシャフトが設置された状態で航行すれば、爆発物が水圧で起爆するか、シャフトの回転とスクリューによる水流で剝がれてしまっているはずだ。このジャパン・オーシャン号は少なくとも長時間航行している。

動きが活発になったのは〈スエナガ〉だった。鎌倉時代に九州に軍事侵攻をしてきたモンゴル帝国との戦いにおいて最大の功労者として歴史に残る武将、竹崎季長《たけざきすえなが》を心底尊敬――自分の娘の名にしようとして妻から激怒された――していることからそのコールサインがつけられた。〈スエナガ〉が見つけたのは　プロペラシャフトから五メートル船首よりの船底にマグネットか何かで吸着している黒っぽい半円錐形の物体だった。

その〝正体〟を見抜いたのは〈レックス〉だった。すぐさま〈バベル〉へと手話で伝えた。

《リムペットマインに酷似《こくじ》》

その軍用機雷の一種の名称を目の当たりにして、〈バベル〉は大きな危機感を持った。船底にリムペットマインを仕掛ける準備と行動を想像するに、SF（特殊部隊）レベルの技能と組織が必要であるからだ。EODダイバーのスペシャリストである〈バベル〉だからこそ大きな衝撃だった。

〈バベル〉はリムペットマインに酷似したものの至近距離に近づいた後、水中ゴーグル越しに、〈スエナガ〉と〈レックス〉をハンドサインで指名し任務を付与した。任務とは、もちろん、〝リムペットマインに酷似〟している物をディスアームすることだ。その他のオペレーターは機材準備の支援を行うよう命じた。

ただ、船底に仕掛けられた爆発物は、リムペットマインだろうが、IEDだろうが、ひっぺがえすことは厳禁であった。

〈バベル〉には苦い経験があった。一ヵ月前のことだ。船底に設置されたIEDに対するウォーター・チャージを行う訓練で、「心臓部」の見定めを誤りミスショット、「爆死」の判定を受けていた。

そのことを思い出した〈バベル〉の思考はより慎重になった。内部の構造、すなわちどこに起爆部があるかをミリ単位で見極め、その部分だけをサージカルにウォーター・チャージを使用することが求められる。さながら大動脈にできた瘤を除去するがごとく——。

〈バベル〉は古い記憶を頭から振り払って目の前の任務に集中した。そして〈スエナガ〉が準備したポータブルな「水中X線検査装置」の作業を始めた。まず爆発物かどうかの確認をする必要がある。

水中X線検査装置は、大きく分けて四つのデバイスで構成されている。一つは、爆発物に対してX線を放射する、大型のハンディライトの形状に似た重量二キロの「携帯式X線源」だ。さらにもう一つの機材は、水中X線検査装置で透過したX線を受け止めるための「検出器」。重さは三キロほどで、スーツを入れて運ぶ薄い厚さのガーメントバッグと形状が酷似している。さらに最後はX線で透過された画像を人間の肉眼で認識するために防水加工がなされた標準サイズのタブレット端末。そして、手首にマジックテープ式のベルクロで固定している小型タブレット——それらがEODダイバーにとって〝四種の神器〟だった。

三人掛かりで準備を終えた後、船底に貼り付く〝リムペットマインらしき物〟に接近した。全員が放射線を浴びない位置につくと、サムアップで確認しあった。

携帯式X線源の照射部位をそこに指向し、スイッチをオンにしてX線を〝リムペットマインらしき物〟に照射したわずか六秒後。水中X線検査装置に含まれるタブレット端末に中身の画像が表示された。

〈バベル〉の目が見開かれた。爆発剤と思われる物の他、起爆剤、起爆剤を発火させるためのバッテリーと信管——IEDの三大要素とそれにまとわりつく数本の導線ワイヤーが白黒で鮮明に映し出された。世界に存在する膨大な数の軍用爆発物の構造を座学《ざがく》で学んだ教科書通りの配置が目の前にあった。

——リムペットマインに間違いなし！

〈バベル〉はハンドサインでそのことを二人のEODダイバーたちと確認しあった。

リムペットマインのディスアームの手法に迷いはなかった。まず、不審物を船底から剝がす努力はしない。その行為によって爆発するフェイクが施されている場合があるからだ。また、ハンドエントリーは選択肢から外し、最近のトレンドである手法を選択した。

ウォーター・チャージをリムペットマインに照準した。信管とバッテリー、さらにそのバッテリーと一体化した基部回路を構成するプリント基板、さらに幾つかの導線ワイヤーがすべて集まる部位を完全に、瞬時に撃ち抜き、起爆システムを稼働させる電流を遮断する。チャンスは一回、と〈バベル〉は覚悟した。しかもミリ単位も絶対に外せない。外したが最後、自分たちの身体は一瞬にしてバラバラに吹っ飛び海のもくずと消える——〈バベル〉はレギュレーターに硬く嚙みついた。一瞬、家族の顔が脳裡に浮かんで消えた。目の前のミッションに集中する。

その時、大きな潮の塊が襲った。海の中という環境は複雑でわがままな潮の流れが常にあって身体を完全に固定できない。だからこそバイオフィンの高い技術も必要だ。さらにLEDライトがあると言っても、精緻な技能が必要な作業にとって手元は絶望的に暗い。

かつて海外の多くの法執行機関では、爆発物処理の際、バッテリーに液化窒素《えきかちっそ》を噴射して電池の機能を〝殺す〟技術が流行していた。しかし、爆発物が高度化し、たとえバッテリーを〝殺し〟ても解決できなくなった。また起爆剤と繋がる部分を機械的に剝がそうとしても複雑な構造のものが増えたので簡単にはいかない。それゆえ徐々に選択肢から排除されていったのだった。

〈バベル〉はショットポイントを決めた。それを二名の部下に伝えて船底から下がらせた後、ウォーター・チャージを斜め上から、X線撮像で確認したリムペットマインの基部回路がある位置に照準した。

合図は自分で決めた。

「3、2、1」――。

〈バベル〉はウォーター・チャージのトリガーを引いた。発射された高速、高威力の推力をもった水流が、X線撮像で映っていた信管、バッテリー、さらにそのバッテリーと一体化した基部回路を構成するプリント基板、さらに導線ワイヤーを「マッハ」（瞬時）で吹き飛ばした。

リムペットマインに貼り付いたEODダイバーの三人は、破壊した表面を工具を使って開けて中身を覗き込んだ。リムペットマインの構造そのものであることをあらためて確認した。ハンディサイズのテスターでバッテリーの残量を調べた。デジタル表示はゼロだった。完全にディスアームされたことが今、実証された。

〈バベル〉は、水中ゴーグルの中で初めて笑顔を作った。そして二人のEODダイバーたちに向かってミッションコンプリートが実現したことを両手を上に挙げ、丸を作って確認しあった後、待機させていた四名も呼び、リムペットマインの撤去作業に速やかに入った。

ジャパン・オーシャン号の右舷に占位《せんい》した（位置についた）ボートから特別警備隊《トッケイタイ》（海上保安庁の機動隊対銃器部隊的な存在）が緊急脱出用のエスケープドアを使って続々と立ち入りを始めた。

車両用スペースに集結した「トッケイタイ」は、広いスペースの一部を改造して、旅客と不審者との選別作業における不測事態に備える警戒任務を開始した。

――この中に、長瀬康輔を〝ＩＥＤ男〟にし、リムペットマインを仕掛けた犯人が紛れている！　それだけじゃない。その被疑者はイカ釣り漁船事案についても絶対に関わっている。

「トッケイタイ」の動きを遠目で見ていた〈マスター〉の中でその思いはもはや確信となった。

全旅客、百二十六名のうち、三分の一にあたる四十二名までの選別を「トッケイタイ」が終えた段階で一人の男が血相を変えて車両用スペースによろよろと姿をみせた。そして〈バイパー〉のすぐ近くまで不安定な足取りで近寄ると、突然、胸を摑むように押さえて倒れ、もがき苦しみだした。

男は振り絞るような声で、助けて欲しいと〈バイパー〉に向かって苦悶の表情で訴えた。

男の氏名は、差し出した免許証によれば、桑野《くわの》伸也《しんや》。年齢四十五歳、男性。国籍は日本国、現住所は苫小牧市内――。そして本人の申告によれば、職業は会社員という。車はカローラアクシオ。苫小牧市内で借りたレンタカーである。ジャパン・オーシャン号に乗船していた理由は、友人が住んでいる名古屋に遊びに行くため。電車や航空機を使わなかった理由は、一度、カーフェリー船に乗ってみたかったからだと苦しみの表情で言った。

〈バイパー〉は、担架に収容されようとしている桑野のカーゴパンツの右ポケットの口に、クリップで引っ掛けられている折り畳み式のナイフを見つけた。一見何気ない小さなアウトドア用のナイフだが〈バイパー〉は見逃さなかった。

――エマーソンのタクティカル・ナイフだ。こいつを持っている奴を外国でたくさん見た。そいつらはすべて特殊部隊《SF》の現役かリタイヤード（退役軍人）だった。

　トッケイタイに、そのナイフを任意提出させるように促した〈バイパー〉は、桑野の左手の小指と薬指が第二関節から欠損していることも見逃さなかった。

　爆発物対処の過酷な実動や訓練の結果、指を欠損しているEODオペレーターたちを〈バイパー〉は海外部隊との訓練などで多く見てきた。海外の特殊部隊のEODオペレーターたちは、久しぶりの挨拶として〝両手を広げて見せ合う〟（まだミスってないぜ！）という合図をし合うほどだ。

　複数の国々の特殊部隊《SF》との訓練で観察眼を養ってきた〈バイパー〉は、この男の全身から〝同業者〟である〝匂い〟をさっきから感じていた。ただ澄んだ眼ではない。ヘビのような、濁ったと錯覚するような眼だと思った。

〈バイパー〉の脳裡に、イカ釣り漁船の船員たちの姿が蘇った。あいつらの風体も元軍人、それも特殊部隊《SF》のようだった……。

――こいつも、犯人グループの一人かもしれない。しかも、元軍人で、いや特殊部隊《SF》に属していた、それもEODオペレーターの可能性が高い。

〈バイパー〉の中で疑念が生まれた。もしそうなら、なぜ、自ら目立つような真似をしているのか――。

それを確認しようと〈バイパー〉は桑野の前にしゃがみ込んだ。幾つかの質問を投げ掛けることによって疑念を明らかにしようとしたのだ。

「シャツを脱いでもらおうか」

〈バイパー〉が桑野に言った。

元SFや「PMC」（民間軍事会社）に所属するSFのリタイアードは部隊名などを肩や上腕にタトゥーをしている者が多い。〈バイパー〉はそれを確かめようとした。

「早く……手当を……」

桑野が苦しそうに訴えた。

〈バイパー〉が何かを言おうとした時、

「待ってくれ」

と、トッケイタイのリーダーである稲垣和哉《いながきかずや》が遮った。

「ご支援ありがとう。しかしここからはSST《エス》の出番じゃない。こっちに任せてもらう」

稲垣が〈バイパー〉に言った。

「でもコイツは不審者です」

〈バイパー〉が反論した。

「まず彼には治療だろ」。

稲垣がつづける。

「『あきつしま』には医療スタッフが来ている。たとえ不審者であるとしても、オレたちも訓練を受けている。あんた方はドンパチが専門だろ？　もう行っていい。とにかく、コイツの身体捜検と聴取はオレたちでやる。これは本部長命令だ」

階級が上である稲垣からの指示に〈バイパー〉が逆らえるはずもなかった。

渋々といった表情で引き下がる〈バイパー〉と入れ替わるようにして、稲垣が桑野の前に身を低くして顔を合わせた。

「大丈夫ですか？　歩けますか？　これからボートに乗って、船に行きましょう。そこに先生がいるので診てもらいましょう」

稲垣は穏やかに声をかけた。


ジャパン・オーシャン号の最下層デッキにある非常用のエスケープドアに接舷した警備救難艇に降ろされた桑野は、付き添った特別警備隊員と〈バイパー〉に囲まれるようにして、ジャパン・オーシャン号の航海レーダーからギリギリの圏内となる十マイル（約十六キロ）離れて待機する巡視船「あきつしま」まで運ばれた。

〈バイパー〉がボートに同乗することは当初、稲垣が反対した。だが、〈マスター〉にも了承を得た上で〈バイパー〉は稲垣を説得したのだった。

「あきつしま」の船首楼甲板にある医務室に運ばれた桑野を二人の航海科員が治療台に乗せた。

重症の場合はヘリコプターで、千葉《ちば》市の海に面した幕張《まくはり》エリアにある千葉県総合救急災害医療センターまで輸送することになるが、最低限の救急措置だけでもしておかなければならない、と特殊救難隊から派遣されている救急救命士は、判断した。

そして胸を押さえながら苦しむ桑野を見るなり、すぐに千葉のセンターに送る必要があると言って、一人の航海科員を連れて出て行った。一人残された航海科員はまったく警戒していなかった。

突然、桑野が近くにあった医療用ハサミを手に取り、航海科員の腹部に突き刺した。激しく出血する部位を両手で押さえる航海科員はよろよろと後退し、ついには薬棚に背中からぶちあたってガラス戸を激しく割りながらその場に崩れ落ちた。

治療室から出た桑野は、船体中央の角度のある狭い階段を全速力で駆け昇った。

航海船橋甲板のＯＩＣで船長たちと桑野の扱いについて話し合っていた〈バイパー〉は、下の甲板から幾つも悲鳴が上がるのを耳にした。すぐさまそこを飛び出し、船首側の階段を一気に駆け下り、別のトッケイタイの隊員とともに医務室に飛び込んだ。そして倒れ込んでいる航海科員を急いで観察した。

「腸管および動脈に損傷なし。ハサミは抜かずに周りを布で囲んで圧迫止血しろ。だれかメディックを呼べ！」

立ち尽くすトッケイタイ隊員にそう叫びながら〈バイパー〉は医務室を飛び出ると、大きな怒声が上の甲板から聞こえてきた。コンシールメントホルスターに収めているグロック17ＧＥＮ５自動式拳銃を抜いた〈バイパー〉はストレートダウンの銃姿勢をとると、狭い階段を駆け上がった。

多くの「あきつしま」の乗員が航海船橋甲板から通路へ溢れ出ているのが目に入った。巡視船の中枢である操舵室とＯＩＣの方向からだ。怒声もさらに大きくなっている。

〈バイパー〉は戦慄した。桑野はやはり犯人グループの一人だ。しかも、ここへは目的を持って侵入した。そして船橋とＯＩＣを目指しているということは――。

――ヤバイ！

航海船橋甲板に辿り着いた〈バイパー〉は、すぐに桑野の姿を肉眼で捕捉した。桑野は、OICに入り込み、巡視船の乗員を次々と乱暴に突き飛ばし、立ち向かおうとした乗員を蹴り倒した。そしてOICの船首側にある操舵室に入ると上着を脱ぎ捨て、腹にベルト状に巻いている、ホッカイロのような形状をした幾つもの〝塊〟を取り外した。そしてそれを右手で翳しながら、たまたま近くで茫然と立ち尽くしていた「あきつしま」通信士の椹木葵を背後から、左手の肘で首を締め上げながら引き寄せた。

OICに少し入った地点で〈バイパー〉は停止。グロック17GEN5を据銃して桑野の額の中心部を照準した。

——Aゾーンへの射撃だけでは、その弾みで爆弾のスイッチが押される可能性がある。ヤツの指の動きを一瞬で遮断するためには、ヘッドショットで脳幹部を撃ち抜かなければならない。彼女の生命の安全が急迫している以上、ニュートライズ（ヘッドショット）は可能だ。

——距離約三十メートル。やれる！　自分にはできる！

椹木葵は、カッと目を見開いて〈バイパー〉を凝視している。その目は、自分に向かって〝助けて〟と訴えているように思えた。

〈バイパー〉は声に出さずに頭の中で叫んだ。

——葵、大丈夫だ。絶対に救ってやる！

「爆弾だ！」

誰かがそう叫んだ。OIC内に悲鳴と怒号が起きた。OICから逃げ出そうとする乗員で混乱する中、〈バイパー〉が桑野へのショットをあくまでも敢行しようとする。しかし逃げ出す乗員がレーザー（銃線）に入りなかなかトリガーを引けない。桑野の〝額〟までのレーザーを確保しなければ二次被害が出る！

一瞬、桑野までの視界が開けた。覚悟を決めてトリガーに指をかけた、その瞬間だった。桑野が椹木葵もろとも自爆した。

猛烈な閃光と大音響が同時に上がった。船橋にいたすべての海上保安官が壁に跳ね飛ばされて激突。メチャメチャに破裂した船橋の窓から飛び出て、下にある船首楼甲板にある35ミリ機関砲の上に叩き付けられる者もいた。船橋と隣接するＯＩＣも爆発の威力をまともに受けた。作戦台を囲んでいた二十人の誰もが数メートル吹き飛ばされて床の上で意識をなくした。そしてすぐに火の手が船橋から上がった。

爆発音と大きな振動に気づいて航海船橋甲板に駆け上がってきた多くの海上保安官は、ＯＩＣで発生した火災と濛々と立ち込める黒煙に怯まなかった。

「防火部署につけ！　急げ！」

誰かが怒鳴った。


その日の夕方、海上保安庁が正式に発表した内容によると、自爆弾テロ事件の被疑者・桑野と、人質同然にされた通信士の椹木葵は即死。

ＯＩＣは激しく炎上し、結果として付近にいた「あきつしま」ナンバースリーの立場にいた業務管理官など四名の乗員は心肺停止状態で運ばれた搬送先の病院で死亡が確認され、海上保安庁側の死亡者は合計五名となった。また、七名が負傷して病院に運ばれたが、うち二名が手足の切断を含む重傷を負うなど、海上保安庁史上、最大の惨事としてメディア取り上げられた。

〈バイパー〉は、吹き飛んできた乗員に重なる形で壁に激突して脳震盪を起こすも奇跡的に軽傷で、報道に含まれることはなかった。

2

霞ヶ関一帯に林立する中央合同庁舎、3号館二階の前にある駐車スペースは満車となっていた。マスコミ各社のハイヤーが押し寄せ、外務省側の出入口にもマスコミのハイヤーや中継車がひしめいている。

それもこれも海上保安庁のトップである「長官」を捕まえ、質問の嵐を投げ掛けるためであった。

関東テレビの熊坂一郎《くまさかいちろう》記者は、長官からまともなコメントがもらえる期待はしていなかった。それよりも、とにかく、最新の「絵《え》」(映像)が欲しかった。しかも、声を掛ける記者たちを振り切るようにカメラから顰《しか》めっ面で立ち去ってゆく、その瞬間の「映像」を押さえたかった。

スマートフォンが鳴った。本社デスクのダミ声が聞こえた。

「もう絵は必要ない。それより、本当に、海上保安庁《かいほ》のその特殊部隊の件、夕方のトップでいいんだな？　お前の言う通り、政局になるんだよな？」

「もちろん！」

熊坂記者は力強く答えた。なぜなら、安全保障担当の総理補佐官の小笠原克明《おがさわらかつあき》衆議院議員の完全《カン》オフレコ《オフ》懇談での〝お墨付き〟があったからだ。

今から十分ほど前、小笠原補佐官は自室に呼んだ番記者たちを前にしてこう話した。

「一般部隊や救助の部隊の失敗ならイザ知らず、ドンパチを行う特殊部隊の失敗は、直接、政治の責任となる」

番記者たちは緊張した。熊坂は、SSTについてよく知らなかったが、〝政治の責任〟という言葉が、内閣総理大臣へのベクトルであることは政治部記者にとっては常識である。また海上保安庁についてもよく知らなかったが、既存の省庁について総理の右腕的立場にいる補佐官から〝存在意義〟という言葉が飛び出したのは衝撃的だった。

「とにかくね」

小笠原補佐官は、取り囲む番記者たちを見回してから一気に捲し立てた。

「海上保安庁のSSTとかいう部隊は日本の政治環境、法体系、世論に馴染まない。そもそもだね、船の旅客もいる前で西部劇みたいに銃を撃ちまくったそうじゃないか。戦場じゃないんだよ。この部隊を許せば政治がもたない」

「補佐官、まさか、SSTの解体まで？」

熊坂が煽《あお》った。

「それについては、これからお会いする総理がお考えになること。しかし――」

そう慎重に言った小笠原補佐官は、急に声を潜めてつづけた。

「国家安全保障の根幹に従事している私の立場からすれば、総理にいかなる助言を申し上げるかはわかりきったことだ」

小笠原補佐官が首相官邸の総理大臣執務室に足を踏み入れたのと同じ頃、海上保安庁長官の成瀬幸彦《ゆきひこ》はマスコミの〝大群〟に捕まっていた。それは政府合同庁舎3号館の西側玄関、つまり堂々とした正玄関でのことだった。

「SSTの責任問題について議論がなされています。ご意見を伺えますか？」

同じような質問が何度も成瀬長官に浴びせられた。

SST基地本庁舎一階にある風呂場は浴槽が二つもあり、洗い場も六人が同時に座れる旅館並みの広さがある。自宅のバルコニーに決して干すことができないアサルトスーツを洗濯した〈バイパー〉は、それを風呂場に隣接する乾燥室に持ち込み、備え付けのアイロンを手にとった。

〈バイパー〉はアイロンを、もとあった場所に戻した。そしてスタンド式のアイロン台に手を広げ、大きく息を吐き出して頭を振った。のんびりアイロンをかける気にはなれなかった。彼女の、あの時の顔、が頭から離れないのだ。

半年前に互いに結婚を約束してから、新しい生活への準備は急ピッチで進んでいて何の問題もなかった。結婚してもしばらくは〝リモート家庭〟になる覚悟もしていたし、彼女も薄々理解していたと思う。しかも海上保安庁では数年前より、様々な〝人事的な配慮〟がなされるようになっている。二、三年もすれば、彼女はこの基地に近い管区海上保安本部で勤務することも期待できた。

――あの時、コンマ数秒早くトリガーを引いていればオレは葵を救えた。オレがアイツを殺したんだ。

「今夜の彼女のお通夜、一人で行けるか？」

　姿を現した〈マスター〉が訊いた。

　鼻で笑っただけで応じた〈バイパー〉は、黙ったままアイロンをアサルトスーツに滑らせた。

「SNSでの〝炎上〟が酷くなってる。通夜でいろいろ言われるかもしれないぞ」

「でしょうね」

〈バイパー〉は感情を押し殺して平然とした表情で言った。

「お前の気持ちはわかってる」

〈マスター〉が神妙に言った。

「マスター――」

〈バイパー〉はアイロンを台に置いて顔を上げた。

「我々には重大な責務がまだ残っています」

〈バイパー〉は冷静な表情でつづけた。

「イカ釣り漁船、エメラルド・ルナ、そしてジャパン・オーシャン――。これらの背景に、巨大で邪悪な何らかの組織がある。さらなる悪辣な犯罪計画を疑うのは当然です。それを叩き潰して検挙するのが法執行機関としての我々の責務です」

　大きく頷いた〈マスター〉は、しばらく黙って〈バイパー〉を見つめた。

〈バイパー〉は、アイロンのスイッチを切ってから、皺を伸ばしたアサルトスーツをハンガーにかけて手に持つと、〈マスター〉を一瞥もせずに乾燥室を出て行った。

〈マスター〉はその背中に声をかけられなかった。いや、かけるべきではない、と確信していた。彼の精神状態を分かりすぎるほど分かっていたからだ。

〈バイパー〉は、まだあの現場にいる。しかもマインドセットが「レッド」（交戦状態）のままなのだ。それはある意味、「殺し合いを行う人外《じんがい》」の領域である「レッド」にいることで精神を保っていることに他ならない。

だから逆に、「レッド」から「グリーン」（平常な状態）に戻ってしまえば、恋人の椹木葵を救えなかった贖罪意識で精神が崩壊するかもしれない。人間は、想像を絶する悲しみに無理矢理に落とし込まれた時、こういうコンディションになる。

ゆえに現在、今回の謎多き事案の裏で蠢《うごめ》く組織を壊滅する――オペレーターの責任感のみで自己を保っているのだ。

〈マスター〉はSST庁舎別館の一階にある道場の片隅にあるボクシングエリアに足を踏み入れた。サンドバッグに、部下たちの前では見せられない思いのたけをぶつけたかった。

道場の入り口で使用者を書き込む用紙の前に立った時、〈マスター〉は苦笑した。〈サン〉〈スキッド〉〈バイパー〉〈ジョー〉〈プロフェッサー〉、そして〈ニトロ〉の名前が連続して書き込まれている。しかもその時間帯は今から三十分ほど前に集中していた。

サンドバッグに近寄った〈マスター〉は驚いた。サンドバッグは、まったく原形を留めていなかった。ボロ布だけがそこにぶら下がっていた。

やっと自宅に戻れたのはその日の夜だった。まる四日間、家を留守にしていたことを、自宅へバイクを走らせていた時に今さらながら気がついた。

マンションの玄関ドアを開けた〈マスター〉は、まず今から爆睡して、その後着替えを取ってすぐに基地に戻るつもりだった。「ジャパン・オーシャン号」と「エメラルド・ルナ」で感じたこと、またイカ釣り漁船事案とリンクさせればどのような新事実が明らかになるのか――そのことがずっと頭にへばりついていたので、自分なりの分析をしようと思ったのだ。

玄関のドアが閉まる音を聞いた雪菜は、エプロンで慌てて手を拭きながら玄関に駆け込んできた。

「瑛沙《てれさ》さんどうなった!?」

それが雪菜が口にした最初の言葉だった。

「どうなった？　会ったよ、一昨日――」

真っ先にベッドに飛び込んで聞き流そうとしたが、〈マスター〉は雪菜の口調に違和感を抱いた。

「なんかあったのか？」

「なにか？　基地にいて知らないの？　呆れた……」

「いいから早く言えよ」

〈マスター〉は苛立った。

溜息をついた雪菜が、説明した。

「瑛沙さんがご主人のことで悩んでいたことは知っていたし、私も、他の奥さんともども相談にのらせてもらったことがあったじゃない？　でも、今朝、ついに出て行っちゃったのよ」

「ちょっと待て。その、出て行ったという意味は、外出じゃなくて？」

「当たり前でしょ。赤帽さんを呼んでね。持てる分だけ取り敢えず運ぶんだって」

〈マスター〉は愕然とした。

「子供も？」

「一緒に決まってるじゃん」

「お前、止めなかったのか？」

「と、め、た、に決まってるでしょう。他にも何人もの奥さんが来てくれたの。でもね、ダメ。彼女、冷静だった」

「それでもさぁ……」

「あなたさ、さっき言いかけてたけど、彼女に直接会ったんでしょ？　なぜその時、きちんと話をしなかったのよ。それこそ問題ね」

痛いところを突かれた〈マスター〉は力なく頷いた。

「ねえ、この話、基地で話題になってないの？」

〈マスター〉は、リビングの隅に無造作に置いたばかりのバッグからスマートフォンを取りだし、〈ジョー〉を呼び出した。

応対した〈ジョー〉は自分の家族に起こった事態を認知していた。しかし、為す術もないのか、反応が鈍い。〈マスター〉は焦った。男と女のことは、海のこととは違って、余りにも複雑でまったく見当が付かない。ただ、鉄は熱いうちに打て、の諺《ことわざ》通り、素早く対処することが何より重要だ。

〈ジョー〉から妻の瑛沙の実家の電話番号を聞き出した〈マスター〉は、当たり障りのない話題で瑛沙の所在を聞いた。

しかし、両親は知らないという。また、ここ一ヵ月、連絡はないらしい。

通話を切った〈マスター〉は深刻になった。

〈マスター〉は思い出した。彼らが結婚を控えていた頃、〈ジョー〉と瑛沙の二人で〈マスター〉の自宅にやってきた。〈マスター〉の夫婦に仲人を受けて欲しいと願いにきたのだった。その時、〈マスター〉はつくづく思った。瑛沙の方が〈ジョー〉に惚れていると。瑛沙の生い立ちを訊くと、ひとり娘で、まさしく箱入り娘で育てられたという。だからこそ、〈ジョー〉の野性味に惹かれたのだろう。

彼女の気持ちは一途だった。その分、絶望して精神が不安定になると何をするかわからない——。

〈マスター〉はもう一度、〈ジョー〉に電話をかけ、彼女の行き先として、心当たりがある場所をすべて言え、と問い質した。すると、〈ジョー〉は、妻の瑛沙は最近、自分の戻るところは結局、海なのよ、と妙なことを言っていたと口にした。

しばらくの間、〈マスター〉の行動を見守っていた雪菜の眼差しは、急に真剣なものに変わった。そして「私も行く!」と言って先に飛び出した。〈マスター〉も彼女を追って玄関から一階まで駆け下りると、呼び出していた〈バイパー〉を呼び止め、「ついてこい!」と命じた。〈バイパー〉が勢い込んで「実動なんですね!」と目を輝かせたが、「いや、スーパープライベートミッションだ」とだけ口にした。

雪菜と〈バイパー〉を乗せて自家用車のトヨタのミニバン「ノア」を駆り、〈マスター〉は、SST基地当直室へハンズフリー機能を使って電話をかけた。現在、任務が発令されていないことを確認してから「飲酒をしていない全員に召集をかけろ!」と当直長に命じ、自宅がある「A市」に近い海岸線のすべてで瑛沙の検索を行え、と付け加えた。

さらに、最寄りの海上保安庁航空基地に電話をかけ、ヘリコプターによる捜索をやってくれ、と頼み込んだ。航空基地の当直責任者は最初戸惑ったが、〈マスター〉の切羽詰まった雰囲気に突き動かされたのか、SST実動専用とも言うべきヘリコプター、MHスーパーピューマを深夜の夜空へ離陸させた。

〈サン〉がハンドルを握るトヨタのハイエースワゴンの後部座席で〈ジョー〉は俯いて頭を抱え、ずっと押し黙っていた。実動のアサルトでは被疑者たちがまさに泣き出さんばかりの殺気を全身から迸《ほとばし》らせる〈ジョー〉だが、いざ自分の妻のこととなると世間知らずの青年のように動揺していた。

「ちゃんと外を見ろ！」

〈サン〉の言葉で〈ジョー〉は慌てて窓ガラスへ視線を向けた。

海岸沿いの国道をハイエースはゆっくりと走る。時折、後続車から、もっと速く走れ、とばかりにクラクションを鳴らされたが、〈サン〉はまったく構わず同じ速度を維持した。

「当該の捜索対象と酷似している人着《ニンチャク》の女性、目視で確認！」

助手席に転がしていた無線機に通信が入った。

「こちら、二号車。対象の場所は？」

無線機を慌てて掴んだ〈サン〉が急いで訊いた。

「A公園の南、B海岸、北へ約六十メートル地点」

「了解！」

〈サン〉はそう言って無線機を助手席に投げつけると、背筋を伸ばしハンドルを握り直した。その後ろでは、〈ジョー〉が窓にかじりついていた。二十分ほど走ったところにA公園があり、〈サン〉は駐車場にハイエースワゴンを乗り付けた。停車する前に〈ジョー〉が飛び出した。

〈ジョー〉は全速力で海岸へと駆け出した。高さのある植え込みも簡単に飛び越え、遊歩道をジョギングする中年の男女とぶつかりそうになったが機敏な動作でそれを避けて突進していった。その勢いは〈サン〉がまったく追いつけないほどだった。

海岸に足を踏み入れた〈ジョー〉は息を整える間もなく、辺りへ忙しく視線をやった。

しかし瑛沙と栞那の姿はどこにもない。その時、視線の先で何かを見つけた。〈ジョー〉はそこへ走った。波打ち際に、海に向かって二組の小さな靴が揃えて置かれている。黒いパンプスと、ひと回り小さなスニーカー。

〈ジョー〉は膝から砂浜に崩れ落ち、頭を抱えて突っ伏した。そして天を仰いで訳の分からない言葉を大声で叫んだ。だから、砂浜を踏み歩く音に気づかなかった。

「何やってんの、こんなところで」

女の声が背中から聞こえた。

ハッとした〈ジョー〉だったが、振り向けなかった。

「バッカじゃないの」

ぐっすり寝ている栞那を背負った瑛沙が、呆れた顔で〈ジョー〉を覗き込んだ。

「お、お前――」

驚いた表情のまま〈ジョー〉が言えたのはその言葉だけだった。

「なに？　まさか、私が自殺したとでも？　本当にバカね！」

〈ジョー〉はいきなり瑛沙の腰に抱きついた。

「ちょっとぉ、栞那が落っこちるってぇ～」

だが〈ジョー〉はしばらくそのままでいた。

「家を出ようと思ったのは本当。でも、栞那がずっとね、いつお家に帰るの？　早くお家に帰ろう、パパが帰ってくるよ、ってずっとずっと繰り返すの。で、気分を直そうと、ここに来て水遊びをしていたら――」

〈ジョー〉は瑛沙にしがみついたまま、小さな声で嗚咽をしていた。

「ごめん悪かった、だから帰ってきてくれ――それくらい言ったらどうなの？」

瑛沙はそう言って大きく息を吐き出した。

追いついてきた〈マスター〉が二人に近づこうとすると、雪菜が腕をとって制した。

その時、雪菜の後から〈プロフェッサー〉が姿を現し、さらに〈ニトロ〉と〈ゴースト〉が駆けてきた。

そして最後に到着した、ジーンズ姿の〈スキッド〉が、〈ジョー〉と瑛沙の前に歩み出て、背後の駐車場の方へ顎をしゃくった。

「自慢のマセラティのギブリに乗っけてやる。ほかの奴を乗せるのは初めてだから有り難く思えよ」

と言って仏頂面で促した。

ヘリコプターのエンジンの爆音が聞こえた。地上にいる全員が顔を上げると、航空基地所属のヘリコプターがちょうど真上で大きくバンクしながら旋回してゆくところだった。その時、操縦席から機長がサムアップのポーズを投げ掛けてきたのが〈マスター〉の目に入った。機長はコックピットで言っているはずだ。これは私的にヘリコプターを使用しているわけじゃない。要救助者の捜索救助という立派なミッションだ、と——。

〈マスター〉は〈ジョー〉と瑛沙にふと視線をやった。二人が揃って頭を寄せ合ってヘリコプターにずっと頭を下げている。その時、〈マスター〉はいつの間にか雪菜と手を繋いだまま一緒に若い夫婦を見つめていたことに気づいた。


〈バイパー〉は、仙台市内にある「メモリアルホール」と書かれた看板が掲げられた門の前で喪服の身を正し、大きく息を吸い込んだ。

通夜の弔問客はひっきりなしだった。受付に立てられている「海上保安官　国土交通省関係者」という札の前にも大勢の弔問者が順番を待って並んでいる。

〈バイパー〉はほとんどの顔を知らなかった。長い列に並んでいるが、声をかけてくる者はいない。巡視船に乗った期間は短く、〝舞鶴〟（海上保安学校）を出てからの時間のほとんどをSSTで費やしてきたからだ。

やっと順番が来て、御霊前と書かれた香典を置き、記帳を終えた〈バイパー〉は、さらに長い人の流れに乗って通夜会場へと歩みを進めた。

会場に足を踏み入れると仏式の祭壇の中央に、明るい笑顔の椹木葵がいた。

〈バイパー〉は思わず息を呑んだ。左胸に職員章を着けた黒い儀礼服にえんじ色のネクタイ姿が実に凛々しかったからだ。いや、耀くほど美しい、と想った。

焼香台の前に来た時、〈バイパー〉は遺影となってしまった槌木葵の姿を見上げた。たくさんの言葉を頭の中で投げ掛けるつもりだった。だができなかった。

〈バイパー〉が焼香台から離れ、遺族席の前で深々と頭を下げた、その時だった。

「あんた！」

遺族の席から葵の祖父が突然立ち上がって、鬼のような形相で〈バイパー〉を指さした。

「おめえは命を惜しまぬ特殊部隊なんだろ！　なぜおめえの方が生きて、ウチの孫が死んだんだ！」

〈バイパー〉は黙って座っている父親に何か声をかけようと思った。彼女の実家に来て両親に挨拶をしたことが、二度ほどあったからだ。

だが祖父の顔は激しい憎悪にまみれていた。

「職務怠慢のせいで孫は殺された！　よくここさ来れたもんだ！　恥を知れ！」

祖父のその怒声で、〈バイパー〉の周りにいた弔問者が潮が引くように離れていった。

「こいづがいだら孫の魂は浮かばれねえ！　塩、撒《ま》げ！」

祖父の怒りは収まらなかった。

最後にもう一度深く頭を下げた〈バイパー〉は、足早に祭壇を後にした。ところが会場の出口を抜けようとした時、数人の男に行く手を阻まれた。〈バイパー〉はそこを強引に脱出しようとした。海上保安官と思われる何人かが助けようと説得してくれた。〈バイパー〉はそれからどれだけ歩いたかわからない。広瀬川に沿った遊歩道を照らすオレンジ色のネオンの中で、虚《うつ》ろな目をしてしばらく静かな流れが漂う川面をじっと見つめた。川に揺れるネオンが弱った心を掻き乱す気がした。〈バイパー〉は目を瞑った。葵の笑顔が幾つも浮かんでは消えてゆく。

逢いたいと思った。葵と今すぐ逢いたいと思った。

3

エレベーターを降りた国土交通大臣、玉造浩太郎《たまつくりこうたろう》は、官邸三階のホールに用意された〝ぶらさがり会見〟の立ち位置に内閣記者会の記者たちによっていわば強引に導かれた。さらに集まってきたテレビカメラマンたちもあいまって揉みくちゃ状態となった。

幾つも向けられるマイクとＩＣレコーダーを払《はら》い除《の》けるようにした玉造は、落ち着きを取り戻すまで口を開かなかった。

幹事社の記者が混乱を制してようやくインタビューが始まった。

「今日、総理はどのようなお話をされたのか、教えてください」

咳払いを一度してから玉造は口を開いた。

「今国会《こんこっかい》の重要なテーマであります補正予算の中で、先の地震における復興事業費をいかに取り込むか、そういった事柄でした」

「では、つづけてお尋ねします。海上保安庁の特殊部隊、ＳＳＴの存続について、今週、結論を出すと、先週の閣議後の記者会見で大臣はそう仰っていましたが、その後、総理とはどのような協議が行われたのでしょうか？」

記者は勢い込んで訊いた。

しばらく間を置いてから、上着の内ポケットから取りだしたメモに目を落としながら玉造は説明を始めた。

「え〜、それにつきましては、総理と協議しました結果、結論が出ました。海上保安庁の監察室による特別調査の結果が出るまでの一定期間、訓練も含めた活動を停止する、国土交通省の案に総理からご了承を頂きました」

玉造の言葉が終わらないうちに何人かの記者が、正玄関脇の通用口と直結する内閣記者会のブースへと走り出した。

「しかしそうなると、凶悪事件が発生した場合の対処に問題が生じるのではないか、と危惧する意見が海上保安庁内にあります。その点は、いかがでしょうか?」

玉造は二枚目のメモを見つめた。

「海上保安庁の組織には、SST以外にも、そういった事案に対処するための専門部隊が全国に存在しており、何ら不安な要素はない、と考えております」

玉造大臣が〝ぶらさがり会見〟を終えて大勢の記者に囲まれながら正玄関へ足を向けた頃、官邸南ゾーンから一台の官用車がひっそりと出発した。秋月誠也《あきづきまさや》総理と玉造大臣と膝を交えての協議を終えた海上保安庁の成瀬長官は、目を閉じて後部座席に収まっていた。助手席の秘書の岡崎俊信《おかざきとしのぶ》はずっと声をかけられずにいた。

海上保安庁本庁に到着しても成瀬長官はずっと無言のままだった。

通路から最高幹部の執務室が集まるエリアに入った成瀬長官は、内廊下のあちこちで緊張した面持ちのまま待ち受けていた大勢の秘書担当の女性事務官たちに向かって初めて笑顔となり、ごくろうさん、と誰彼なしに声をかけた。

「『隊《SST》』の基地長と連絡をとってくれたまえ」

執務机の前に座った成瀬長官が、紺色のネクタイを緩めながら指示した。

しばらくして姿を見せた秘書の笛吹《うすい》は、基地長は現在、訓練中であり終わり次第、連絡いたしますとのことです、と手短に報告した。

――訓練か。腐っていないということか。

腕時計に目を落とした成瀬長官は立ち上がって、執務机の端に置いたスマートフォンを手にとって窓に向かった。

「アンクル、手助けして欲しい」

開口一番、成瀬長官が相手に言ったのはその言葉だった。

「もちろん。このために私は今、楽な仕事をさせてもらっているんです」

成瀬長官だけが知るコールサイン〈アンクル〉が言った。

基地長と繋がりました――。秘書の笛吹からの報告に、成瀬長官は通話を切り、執務机に戻って身支度を始めた。

「瀧沢《たきざわ》、お前の勘《かん》が当たる時はいつも縁起が悪い」

同じ海上保安大学校卒業生で、基地で〈デウス〉の上司だったことがある成瀬長官は、〈デウス〉に本名で語りかけた。

「自分でも嫌になります」

呆れたように言った〈デウス〉の口調が真剣なものに変わった。

「で、いつからですか？」

「明日、本庁で発表する。活動停止は明後日からだ」

「期間は？」

〈デウス〉が冷静な口調で訊いた。

「本庁監察室の特別調査は、半年はかけたい、と言っているので少なくとも半年間だ」

「長官、半年にわたって実動がなければ、スキルを完全に回復するにはさらに半年かかります。つまり、一年間ということです」

「せめて四ヵ月にしてやる」

「四ヵ月？　どうやって？」

成瀬長官はそれには答えず話題を変えた。

「『隊』の士気はどうだ？」

「いつものとおりです」

「葛藤があるだろう」

「まだ、ミッションは終わっていない、そのことへの渇望ならあります」

「奴ららしい」

「そう仰って頂けると思っていました」

「〈バイパー〉の様子はどうだ？」

「ここにいません」

「いない？」

「ご心配なく。彼は子供じゃありません」

「で、お前自身はどうだ？」

しばらくの沈黙の後、〈デウス〉が言った。

「行雲流水《こううんりゅうすい》（物事に執着せず自然の成り行きに任せる）の心境です」

〈デウス〉は静かに言った。

「生と死の境を見たお前の《双眼の色》が目に浮かぶ」

「いえ、それを仰るなら、今は、現場の奴らにこそあります。例えば、〈マスター〉、あいつの目は《双眼の色》そのものです」

「なるほど。ところで、話しておきたいことがある。あと三分付き合え」

成瀬長官はそう言って声を潜めて話し始めた。


考え込んだまま基地長室から出てきた〈マスター〉は、帰宅の用意を終えていたバッグを取りに戻った。だが、バッグを手にしても帰宅する気にはなかなかなれなかった。その時、オペレーターたちのデスクが並ぶ〝大部屋〟に〈サン〉の姿を認めた。

自分のアサルトスーツを片付けていた〈サン〉の背中に〈マスター〉が言った。

「まだ、帰れなさそうか？」

振り返った〈サン〉は、〈マスター〉の表情から何かを悟った風にいつもの屈託ない笑顔を作った。

「最後に、いつものあの店で、どう？」

それを言い出したのは〈サン〉のほうだった。

「最後ね。まあ、せっかくそう言うんだったら――」

〈マスター〉は満面の笑みで返した。

二人の行き先は、敢えて口に出さずとも決まっている。基地から近い繁華街の一角にあるスナック「スヌーピー」だ。そこは、SSTにとって切っても切り離せない店だった。いや、それを言うなら、二十年以上前から、オペレーターたちが呑んで騒いでさんざん迷惑をかけた挙げ句、歴代の基地長が菓子折り片手に何度頭を下げに行ったか数知れない場所だ。

バラが飾られた白いドアを開けると、ママの朝比奈《あさひな》裕美《ひろみ》が、いらっしゃいませ、の次に、あら今日は早いんやね、とカウンターテーブルに並べたグラスをナプキンで拭きながら快活に声をかけてきた。

二人が無言のまま、一本脚のカウンターチェアに腰掛けると、

「ああ、なるほどね。解散が決まって落ち込んでる、そういうわけなんや」

と悪戯《いたずら》っぽい笑顔で二人の顔を見比べながら、二本のビール瓶を二人の前に置いた。

「これだよ、ったく。ちょっとくらいデリカシーってもんがねえのか？」

〈マスター〉は呆れ顔で苦笑し、〈サン〉のグラスにビールを注いだ。

この店がSSTの〝たまり場〟となったのは、こんな風に歯に衣着せぬ彼女の語り口にベテランも若手も心地よさを感じたこともある。だが、その一方で、健康的な美貌とかわいらしさで有名な俳優の内田有紀とよく似ている、というアンバランスさも魅力の一つだと〈マスター〉はあらためて思った。四十代後半という年齢が信じられないほど今でも瑞々《みずみず》しかった。

「そんな暢気《のんき》なこと言っててもいいの？　どっと客が減るんだぜ」

〈サン〉がそう言いながら、ビール瓶を奪って〈マスター〉のグラスに注いだ。

「あんたたちね、どんだけ、私に迷惑をかけてきたか、まさか忘れたわけちゃうよね？　玄関

ドアやって何個替えたか――」

冷蔵庫から生ハムを取り出しながら裕美が鼻で笑った。

同時に背後を振り返った二人は顔を見合わせて肩をすくめた。

「それより、〈B〉（＝バイパー）ちゃんの彼女、事件が起きたあの巡視船《ふね》に乗ってはって亡くなりはってんやってね。酷い事件……彼女、まだ若いんでしょ？　かわいそうに……」

裕美は全員のコールサインを知っていたが、ここには一般客も来ることがあるので気を遣って頭文字だけで呼んでくれていた。

「まあな」

〈マスター〉はそれだけ応えた。

「で、〈B〉ちゃん、大丈夫なん？」

「まあな」

〈サン〉が同じ言葉を繰り返した。

「その〝まあな〟って、そっちの〝会社〟で最近流行ってるわけ？」

裕美は、生ハムにルッコラを添えながら訊いた。

苦笑した〈マスター〉は、背後を振り返って店の中を見渡した。

〈マスター〉は、ＳＳＴに初めてやってきた、まだ青っぽさが残る頃の自分の姿を背後の店のテーブルに映し出した。そこに浮かび上がったのは、先輩たちとぶつかり合っている光景だった。訓練のやり方、隊のあるべき姿など、まだ何も分かってないくせに偉そうに熱弁を揮《ふる》いつづけた。

だがそれはスペシャリストである先輩たちにとっては単なる雑音でしかない。ＳＳＴの神髄を知らない保大出のぼっちゃんが何を偉そうに！　と反発され、意見がぶつかった。そして、そこからは決まって激しいつかみ合いのケンカとなる。酷い場合、お店の柱を壊したり、ドアを蹴って穴を開けたりと、ママの裕美が言う通り、この店にはさんざん迷惑をかけた。

しかし今では、公務員の言動について世の中の視線が厳しくなったり、若手も酒を呑まない奴が増えたりと、その頃のことは、まさに〝なにわの事もゆめの又ゆめ〟の如しとなった。

「どうぞ」

生ハムを出してくれた裕美に、〈マスター〉がありがとう、と声をかけてふと、見上げた時だった。

裕美がいつにない寂しそうな視線を自分に向けていることに気づいた。

〈マスター〉は反射的に視線を逸らした。感傷的になる自分を嫌ったからだ。

だが、それでも〈マスター〉は、かつて先輩がへし折った柱へ目を向けながら口を開いた。

「ママにはほんと、いろいろ迷惑をかけたし、世話にもなった――」

「やめてよぉ。M《エム》ちゃん」。裕美が慌てた風に笑った。「それって私とMちゃんが内緒でなにかあったみたいやん」

〈マスター〉が裕美の話に合わせて軽口を叩こうとした時、ドアが乱暴に開け放たれた。〈スキッド〉と〈ジョー〉が肩を組んでやかましく入ってきた。

「ここにおられたんですか、リーダー殿！」

そう言って〈スキッド〉は、〈マスター〉の左隣のカウンターチェアに身体をふらつかせながらドカンと腰を落とした。さらにその隣に〈ジョー〉が酒臭い息を大きく吐き出して座った。

「もうデキあがっているのか？」

〈マスター〉が二人を見比べて呆れて言った。

〈ジョー〉が説明しようとしたのを押し退《おの》けて、

「リーダー様だけです！　自分のことを分かってもらえるのは——」

〈スキッド〉はそう言い放ってさらにつづけた。

「自分は、人生をすべて『隊』に注ぎ込んできました」

「妹の桜子ちゃんはどうした？　可愛がってるんじゃないか。しかも美人だって評判なんだってな」

そう軽く言ったのは〈サン〉だった。

「いや、それはそれで——」

〈スキッド〉は急に真っ赤な顔をして照れ笑いを浮かべながら俯いて頭をかいた。

「とにかく！　自分は、明日から、一人でも海に実動します！」

顔を上げた〈スキッド〉が捲《まく》し立てた。

「勝手に海に入って風邪引いて死ね」

〈マスター〉が言った。だがそのすぐ後、〈マスター〉は〈スキッド〉を力強く抱き締めた。

カウンターの中から出た裕美が、開けっ放しとなっていたドアに「本日は貸し切り」という札を掛けて閉めようとした時、今度は〈ゴースト〉が駆け込んできた。

「おい、〈G《ジー》〉（＝ゴースト）、たまには酒くらい呑めよ」

〈スキッド〉がふざけた調子で言った。

だが〈ゴースト〉はそれには応えず、〈マスター〉の耳元で何事かを短く口にしただけで、そそくさと店を後にした。

〈マスター〉はスマートフォンをズボンのベルトに括り付けたポーチから取り出した。〈ゴースト〉がさきほど言っていた――何度かけても通じないと〈デウス〉が怒っている――の言葉通り、着信履歴が溜まっていた。

だが〈デウス〉の用件はごく短かった。


「今、〝神《デウス》〟から指示があった」

独り言をブツブツ言っていた〈スキッド〉が真剣な表情となって〈マスター〉を見つめた。

「明日の午後一番、チームは全員、管区本部へ出頭せよ、そういうことだ」

〈マスター〉が淡々と言った。

「神様のご命令に逆らったらどうなるんだ？」

〈スキッド〉が〈ジョー〉の肩を強引に引き寄せた。

〈スキッド〉が好むカクテルを作った裕美がグラスを彼の手にしっかり渡してやった。

「もう一つ、いいニュースだ」

〈マスター〉がつづけた。

「『隊』は全員、明日から〝出社〟に及ばず。オレは東京に呼び出しだ――」

「ということは――」

〈サン〉が目を見開いた。

「全員自宅待機、基地は当面、封鎖する。政治の決定事項だ」

〈マスター〉の言葉に反応する者は誰もいなかった。仕事を離れれば、はっちゃける〈スキッド〉や、物事に動じなくいつも明るい〈サン〉でさえ、酔いが吹っ飛んだような雰囲気となった。

「なあ、ここにいるアホな男ども——」

裕美が四人の男たちを呆れた風に見回した。

「今夜の払いはええわもう。せやからな、そのしみったれた顔はやめ。全部、吐き出し。奥さんに言われへんこともな」


〈マスター〉は大声で叫んだ。

その自分の声で目覚めた。冷や汗を首回りにかいていた。布団から起きた〈マスター〉は、近くに置いてあったタオルをとって首の汗を拭った。もう何度となく見ている夢だ。特にここ一年は酷い。だから、それまで一緒に寝ていた妻も嫌がって別室で娘と息子とともに寝るようになった。夢に出てくるのは現実にあったことではない。だが、決まってこのシーンが再現される。いざ対象船に突入しようとしたら防弾ベストが潮だらけで使い物にならない——。

台所に行き冷蔵庫を開けて、冷えた麦茶をコップに入れて一気に飲み干した。珍しく二日酔いはなかった。それよりいつもよりはぐっすり寝たという満足感を身体が教えてくれた。それにしても酔っ払うというのは精神がアグレッシブな時に起こるものなのだ、とあらためて思った。昨夜の、あのお通夜のような雰囲気では酔うはずもない。

眠気が失せた〈マスター〉は、冷蔵庫からビールをとると窓へと足を向け、音がしないようにそっとガラス戸を開けてバルコニーに出た。

数少なくなったネオンが点在する街へ漫然と目をやりながら冷えた空気をゆっくりと肺に入れた。辺りはまだ暗く、夜の湿った匂いに包まれている。

ふと、昨日の夜の光景が脳裡に蘇った。

まだ呑んでいる野郎たちの分まで金を置いて、帰路につこうとした時のことだ。タクシー乗り場がある駅まで足を向ける途中、ママの裕美が追いかけてきて〈マスター〉に声をかけた。

「珍しいやん、こんなに早よう引き揚げるなんて」

「最後くらいは暴れないようにな」

裕美は微笑んだまま言った。

「残すんのよ。『隊』を。絶対に。たとえ死んでもうてもな――」

「死んだら残せねえよ」

〈マスター〉が快活に笑った。

「アホ!」

呆れた表情をした裕美だったが、

「さあ、もっとアホな奴らの相手せんと――」

笑顔を投げ掛けて店へと駆け足で戻って行った。


夜道を帰宅途中、〈マスター〉は、コンビニエンスストアの前を通り過ぎたが、すぐに引き返し、中に入って酎ハイのロング缶を買い求めた。そのまま何も考えずに歩き続け、気がついた時には、大阪湾を望む小さな漁港の岸壁に隣接した船揚場の先に立っていた。深夜なので周りには人気《ひとけ》もない。漆黒の闇が海の姿を魔物にし、月明かりでできた光る回廊さえ今にも呑み込もうとしているような錯覚に陥った。〈マスター〉はそこに座って酎ハイを呷った。〈マスター〉は初めて海が怖いと思った。

想いがけずも脳裡に蘇ったのは一人の女性の顔で、六年前の光景だった。

〈マスター〉がSSTのアサルトチームの副リーダーに抜擢されたばかりのある時、南西海域で薬物密輸の対象船を国際組織犯罪対策基地と第11管区海上保安本部との共同ミッションで摘発した。チームは基地に帰還したが、〈マスター〉だけが那覇《なは》に立ち寄って管轄の第11管区海上保安本部に挨拶に出向いた。

その時、本部長から夕飯に誘われた。那覇港の近くにある「宝隆軒《ホウリュウケン》」で合流しよう、と本部長に指定されたので、〈マスター〉は先に行って待っていることにした。

沖縄県《おきなわけん》那覇市の那覇港近くにある宝隆軒に足を踏み入れると、ちょうど先月に八十歳を迎えた女性店主の安里信子《あさとのぶこ》の一人娘が出迎えてくれた。

繁華街からは少し離れ、第11管区海上保安本部に近い場所にある宝隆軒。本部長が就任した時の記念行事や本庁の最高幹部たちが視察に訪れる度に必ずお世話になる、御用達の店だった。

実はその当時、第11管区海上保安本部は大変な国際的騒動に巻き込まれていた。

東シナ海でのいつもの外国船の取締まりの最中、海上保安庁の巡視船と台湾の漁船との衝突事故が起こり、台湾側に複数の負傷者が発生した。大きな外交問題となり、台湾で日本製品の不買騒ぎまで起こった。そしてマスコミの一部が第11管区海上保安本部長は辞任すべきとの意見が高まっていると報道した。しかも台湾の抗議運動も収まる気配はなかった。

本部長は大いに悩んでいたらしく、宝隆軒にやってきてもなかなか会話は弾まなかった。

「なんて顔してるさぁ。情けないねぇ」

その声で振り返ると、馴染みの客から〝お母さん〟と呼ばれる店主の信子が、八合瓶をカウンター席にドンと置いて本部長を睨み付けていた。

「ニュースで騒いでることだろ？　観たさぁ」

信子は八合瓶のスクリューキャップを開けると本部長のグラスにドボドボと注いだ。

「あんたは絶対に辞めるな！　最後まで職を全うしろ！」

安里信子のその言葉のお陰で本部長は辞めることはなく現職を貫き、しかもそのことで同時に海上保安庁は毅然とした立場を表明することになり、組織全体の士気を高めることとなった。

その直後、安里信子には本部長から特別な肩書きを与えられて表彰されることとなった。

〝特別な肩書き〟とは、「第12管区海上保安本部長」。海上保安庁には、第11管区までしかない。だが、安里信子には特別に感謝を込めて、存在しない〝第12管区の海上保安本部長〟という名誉が与えられ、その名称の襷《たすき》を海上保安庁が作って宝隆軒にプレゼントし、今でも店の目立つところに飾られているのだ。

あの時、〝お母さん〟は〈マスター〉の顔を見てこう言っていた。

「深い暗闇に満ちてるのになぜか澄んでいる――不思議な眼だねぇ」

彼女の言葉に〈マスター〉は思わず目を見開いた。

「あんたのような眼を、私は、前に一度、見たことがあるさぁ」


船揚場から立ち上がった〈マスター〉は、タクシーをつかまえた。しかし向かったのは自宅ではなかった。

イカ釣り漁船事案から起きてきたこと、聞いてきたこと、知ったことのすべてをもう一度、整理しようと思った。その場所はもちろん自宅ではなかった。訓練はすべて中止とされていたが、基地に入ってはいけない、とは命じられていないのだから――。

4

どう電車に乗って、どこで降りて、どこからバスに乗ったのか、そして、その間に誰に行き先を聞いたのか――〈バイパー〉にはすべての記憶がなかった。

だが、深い雪に被われている白く滲んだ一本道に足を踏み入れた時、〈バイパー〉は頭の中の白い霧が若干だが晴れた気がした。雪道の両側に点在する民家の屋根には、崩れそうなほどの雪が積もっている。しばらく行くと電柱に取り付けられた住所の看板が半分ほど見えた。

〈バイパー〉はすっかり紫色となった指先で雪をはらってみた。

昨夜、〈マスター〉を通じて〈デウス〉に聞いた住所とほぼ一致している。つまり、目指す場所はもうすぐだと分かった。

〈バイパー〉は目の前の短くて狭い坂道を見据えた。

視線の先に、灰色の煙を燻《くゆ》らすオレンジ色の煙突が見えた。トントントン、というキツツキの音が遠くで聞こえる。その音が辺りの静けさを一層際立たせた。

〈バイパー〉の視線の先にあるのは、木造二階建てのバンガローだった。華美な看板もなければ、飾りっ気もない。

バンガローの入り口から雪山登山の出で立ちをした若い男女が現れた。女性が〈バイパー〉に気づいて驚きの視線を向ける。それもそうだろ、と〈バイパー〉は思った。ボストンバッグを片手に、上着こそダウンジャケットを羽織っているが、ジーンズ姿にスニーカーという、とても雪山に入る格好ではないのだ。

「お気をつけて」

バンガローの庭の片隅に立つ、たっぷりとした白い顎髭《あごひげ》の背の高い男が男女を見送った。薪《まき》を前にして斧《おの》をぶら下げている。ゆっくりと坂道を上がった〈バイパー〉は、〝白い顎髭の男〟の傍らに立った。

「お泊まりで？」

〝白い顎髭の男〟が薪割りをしながら視線を合わさずに言った。

「ええ」

〈バイパー〉が答えた。

「ホワイトシチューに羊肉の炭火焼き、そして自家製のパン。そんなものしかご用意できませんがよろしいですか？」

「楽しみです」

〈バイパー〉はそれだけ答えると、中に入って昼寝ができるか、と聞いた。〝白い顎髭の男〟は、寝袋があるのでそれを使ってください、と静かに答えた。

〈バイパー〉が目を覚ました時、すでに山の麓には夜のとばりが下りていた。昨日からの疲れがドッと解放されたかのように寝覚めの気分はすっきりしていた。

寝袋から出て母屋の外に足を向けた。巨大な黒い羽を広げた生物が星明かりの空を飛んでいった。

バンガローの泊まり客は、〈バイパー〉だけではなかった。六十がらみの夫婦らしき姿があった。バンガローの質素な造りの板の間の食堂の真ん中に、囲炉裏《いろり》があり、男女がどこかで釣ってきたのか、山女魚《やまめ》のような二匹の魚を竹串に刺して焼いている。

ひとり夕食を頂いた〈バイパー〉は、その間も、チラチラと〝白い顎髭の男〟の姿を見ていた。だが心の奥にある緊張感は抜けないままだった。

何しろその〝白い顎髭の男〟、かつては、コールサイン〈モンク〉と呼ばれた男は、まさしくSSTのレジェンドであり、〈バイパー〉にとって「神」であった。

〈デウス〉は〈モンク〉のことをこう表現していた。語り継がれるSST創世記の伝説のスナイパー。怖ろしく静かなたたずまい。長身で細身。スナイパーライフルを担ぎ、わずかな猫背の姿は、世界中で描かれているあの「鎌を持った死に神」に見える。一方で、訓練に臨む姿勢は、「修行僧」のように己に厳しい。痛みも疲労もこの男には無縁。得体の知れない何かを求道しているようにさえ見える。アメリカ海軍特殊部隊ネイビーシールズから「僧」を意味する〈モンク〉と敬意をもって命名された。

〈モンク〉の逸話は限りない。その中でも極めつきは、ファストロープでの事故の時のことだ。〈モンク〉のファストロープは「芸術」と言われるほどSSTで最も際立っていた。

しかし、今から十年ほど前のこと。高さ十五メートルの訓練塔《くんれんとう》からファストロープを訓練中、予想もしない突風が吹いてバランスを崩し、足首の複雑《ふくざつ》骨折と骨盤《こつばん》の粉砕《ふんさい》骨折で救急車で搬送された。普通なら一生、車椅子で生きてゆかなければならない重傷だった。

長時間に及ぶ大手術の後、二ヵ月入院。だが手術の一ヵ月後にはリハビリを始めるまでに回復していた。そして、数ヵ月のリハビリを終えてファストロープ訓練を再開した〈モンク〉は以前とまったく同じか、いやそれ以上の見事さでピタッと狂わず安定して着地したのだ。

普通は、大きな事故を起こしてしまうともうファストロープは怖くてできなくなる。あるいはファストロープが下手になる。しかし〈モンク〉は事故前を上回るレベルで見事にやり遂げたのだ。

とにかく〈モンク〉は、静かな男だった。ＳＳＴの仲間とも必要最低限のことしか話さない。ごくたまに、「ふっ」と笑う。部下が失敗しても、感情にまかせて怒ることは決してない。訥々《とつとつ》と理路整然と指摘する。

飲み会があっても滅多に顔を出さない。ある時、ＳＳＴ隊と関連幹部だけの立食形式の宴会が繁華街の飲食店であった。いつもの風物詩として、侃々諤々《かんかんがくがく》の大声での議論や血気溢れる一部の奴らが取っ組み合ったりして会場は大騒ぎとなる一方で、〈モンク〉だけは、ひとり壁際に立って、黙って酒を呑んでいた。

私生活でも「修行僧」そのものだ。今でも家族はいないらしい。また、自宅にテレビがない。ラジオだけである。オシャレもしない。ただ、唯一の趣味とも言っていいらしいが、バイクが好きだ。若い時はオートレースの大会にも出たことがあるらしい。それがプルトニウム輸送船警乗隊「伝説の十三人」のひとり、〈モンク〉という男だった。

かつて〈マスター〉は、〈モンク〉について、こう評していた。

「江戸時代の偉い僧侶《そうりよ》の言葉がある。『君看双眼色　不語似無憂』――現代語に意訳すればこうなる。『きみみよ　そうがんのいろ　かたらざればうれいなきににたり』」

「オレの理解はこうだ」

と〈マスター〉はつづけた。

「私の二つの眼《まなこ》を見よ。『憂《うれ》い』などひとつもないように見えるかもしれない。しかし事実は違う。だが私は誰にもこの『憂い』について語りはしない。語り尽くせないほど私の『憂い』は深いからだ。ただ、同じく深い『憂い』を抱く者が看《み》れば　私の心を理解してくれるはずだ——」

日本酒の杯をテーブルに置いた〈バイパー〉は〈マスター〉の言葉が意味するところを必死に反芻し、理解しようと試みた。

だが〈マスター〉は構わずにつづけた。

「オレはな、〈モンク〉の佇《たたず》まい、その《双眼》を見ると、この言葉を思い出すんだ」

〈マスター〉は少しトロンとした瞳でなおもつづけた。

「オレは、小さい頃から、強い人間になりたいと思っていた。でも、いったい強さって何だろう、と高校生になってもずっと考えつづけてきた。その答えを求めて海上保安大学校から海上保安庁に入ったが、最初からＳＳＴが目標だった」

しかし〈マスター〉は頭を振った。

「これまで余りにも壮絶な場面に遭遇してきた悲しみを語らず、深く心に沈み込ませた澄んだ眼をしている〈モンク〉が、本当の強さを持っているんじゃないか——」

〈バイパー〉が二年前の述懐からふと我に返ると、〈モンク〉が囲炉裏端を黙って掃除していた。他には誰もいなかった。

〈バイパー〉は、思い切って身分を名乗り、SSTに今、起きていること、そして愛する女性を失ったことを吐露した。話の間、〈モンク〉は、時折、湯飲み茶碗に入れたお茶を啜《すす》りながら黙って聞いていた。

〈バイパー〉がすべてを語り終えると、〈モンク〉はその場を離れ、しばらくして戻ってきた。その手には釧路の地酒「福司《ふくつかさ》」の一升瓶があった。

〈バイパー〉が差し出した茶碗にたっぷり酒を注ぎ、自分の茶碗にも注いだ〈モンク〉は、わずかな時間、瞼《まぶた》を閉じて茶碗を掲げ黙禱した。

「気が済むまでここに居ればいい」

〈モンク〉は一口飲んでから静かにつづけた。

「立ち止まるな。その女性《ひと》のためにも――」

〈モンク〉はそれだけ言うと、一升瓶を〈バイパー〉の目の前に置いて立ち上がった。そして食堂を後にした。

〈バイパー〉の頰に涙が伝った。俯くと、大粒の涙が幾重にも伝って顎から滴り落ちた。〈バイパー〉は肩を震わせた。今、精神状態がレッドからブルーへ解放され、〈バイパー〉は初めて自分の気持ちと向き合った。そして嗚咽を始めた。最初はその声は大きくはなかったが、間もなくして堰を切ったように声に出して泣いた。顔をぐしゃぐしゃにして激しく泣き通した。

だがその涙声は、しんしんと降り続ける雪の音に吸い込まれていった。

〈サン〉の妻である五月《さつき》は、夫が帰宅してからというもの、いつもと変わらぬ雰囲気、そして笑顔を絶やさない姿に安心しきっていた。

報道番組やワイドショーでは連日のごとく、事件に関するニュースを流している。だから、帰宅するまでは、夫がどれだけ精神的に参っているか実は心配だった。彼がこれまでどれだけの数、実際に出動しているかは薄々分かっている。ただ、今回は、余りにも多くの同僚の方々が亡くなり、ケガをした。また、彼の後輩にあたる隊員の婚約者が犠牲になったという話は、ニュースにはなっていないが余りにも悲しい事実だった。

だが実際、こうやって子供たちとともに食卓を囲んでいるのを見ると、いつもの夫だった。何かに気を取られたり、茫然としている様子もまったくない。

「ちょっと、あなたたち、言ったでしょ。テレビを観ながらのご飯はダメだって」

五月は、九歳の娘と五歳の息子が録画したアニメに夢中で、箸から手を離しているのを咎《とが》めた。でも二人は反応しなかった。五月は、二人の前に置かれているリモコンをとるといきなりチャンネルを地上波に切り換えた。ちょうどニュース番組が流れていた。五月は慌ててチャンネルを替えた。あの事件に関するニュースを一家団欒の場で流すのは止めておこうと決めていたからだ。

ところがしばらくして、替えたチャンネルで、中東の紛争地で逃げ回る市民の様子が流れた時だった。突然、夫は席を立ち、玄関に近い四畳半の自室に飛び込んで行った。

五月は、そっと足を運び、襖の向こうに耳を澄ませた。

聞こえてきたのは、かつて経験のない、夫の絞り出すような泣き声だった。

涙が止まらなかった。爆発する感情を押し留めることはできなかった。だが〈サン〉はこの感情は、自分自身のマインドセットが、実動の時の「レッド」の精神状態から、日常の「グリーン」になったからだと理解した。最後にこんな状態になったのはどれくらい前のことだろうか、と冷静に記憶を辿った。

ＳＳＴのように、武装している犯罪者と対決する過酷な実動が絶え間なくつづく特殊な組織は基本的に、「グリーン」に戻すタイミングがない、つまり常に「レッド」状態なのだ。ただ、ほんの些細なキッカケで決壊したかのように押し込めている感情が爆発してしまう。

二年前のことだ。ある先輩隊員が長年勤務したＳＳＴを離隊することになり、基地の大会議室で見送る会があった。その時、先輩隊員は突然、号泣しはじめたのである。日頃、めちゃくちゃ厳しかった先輩が恥も外聞も捨て、声を上げて泣いていた。

惜別の念に駆られてのことではなかった。先輩隊員は最後の挨拶でこう言った。

「毎日、毎朝、家を出る時、もう帰ってこられないいんじゃないかと思いながら出勤していた――」

今、自分を襲っているものの正体を〈サン〉はＳＳＴに入隊して初めて自覚した。

襖を開けると五月が立っていた。ばつの悪そうな、ぎこちない笑顔で見上げている。

「殉職した隊員たちの葬式で泣けなかったからな」

〈サン〉は笑いながら五月の肩に優しく触れた。

「どうしてなの？」

五月はずっと押し込めていた感情を解き放つように、両手で顔を覆って泣き声を上げた。

「どうして早く帰ってきてくれなかったの？　報告書ってなに！　どうして基地に戻ったの？　航空基地からどうしてまっすぐここに帰ってきてくれなかったの！」

そう言い放った五月はリビングに走って、すぐに戻ってきた。

「こんなの書いて待ってたの」

五月が見せたのは、五歳の幼稚園児の息子が描いたクレヨン画だった。そこには、〈サン〉らしき人物と、いっぱいに注がれたビールらしきコップが描かれていた。そしてその上に、〈パパ　ビールをよういしてます。はやくかえってきて。ほんとうにはやくかえってきて〉とかわいい文字で書いてあった。

五月は〈サン〉の胸を叩いた。

「これまで、ずっとずっと、何度も心配だった。でも、今回は、もう二度とここには戻ってこないかもしれない、そんな気がしていたの……」

号泣した五月は、ずるずると〈サン〉の身体に触れながら、最後は力なくその場に崩れ落ちた。

第3部

1

訓練は完全に禁止されていたので、当然、ＳＳＴが誇る〝キルハウス〟には誰もいなかった。しかも基地自体が間もなく封鎖される。

別に感傷的になったわけではない、と〈マスター〉は自分に言い聞かせた。ただ、いつかは分からないが、訓練が再開された時のために、ＣＱＣ（屋内近接戦闘）のイメージだけは温存しておきたかった。

目の前にあるのはクルーザー船を模したキャビン。

〈マスター〉は頭の中でイメージした。灯りのない真っ暗の中で、アサルトチームで行ってきたＣＱＣ訓練のことを――。

闇の中で閃光が走った。何本も重なり合った。だがレーザールールは完璧だった。仲間を撃ち合うリスクを彼らに問うのは愚問だった。

六名のオペレーターたちは四眼暗視ゴーグルをタクティカル・ヘルメットにマウントし、ＨＫ４１６アサルトライフルの実銃を据銃しながら通路を滑らかな足取りで進む。コーナーでクイック・ピークした直後迷わず右方向へターンして新たな通路に入るとドンツキまで猛ダッシュした。そして今度はクイック・ピークするのと同時に「Ｙ」とだけ描かれた部屋のドアを開けた。バディ二組のオペレーターは「ウォール・バッキング」のＣＱＣの一つであるシークエンスでエントリーした。応接セットと調度品の間に立てられた人質の的を識別しながら、犯人のそれに実弾を指切りで撃ち込みながら前進し、隅々を点検しながら船橋までスピードを上げて突進した。

「クリア！」

船橋に踏み込んだ時、頭の中で幾つものその声が響いた。

その直後、〈マスター〉はハッとした顔つきとなり現実を取り戻した。

「そうだったんだ！」

〈マスター〉は突然に声を張り上げた。

――オレたちは大きな勘違いをしていた！

〈マスター〉は腕時計を見つめた。もはや深夜である。だが、逸《はや》る思いは抑えようもなかった。〈マスター〉は、掠れた声で電話に出た〈サン〉にまず謝ってから、重要な話がある。明日、オペレーターたちに呼集をかけるように、と命じた。


結局、基地に泊まり込んだ〈マスター〉に、オペレーターたちは午前五時という早朝にやってきてくれた。

「〈プロフェッサー〉。〝IED男〟の長瀬康輔をディスアームする時、違和感を覚えた。先日、基地に戻る時、そんなことをポツリと言ってたな。ここできちんと話せ」

「了解。ディスアームは困難を極めました。現役か、リタイヤードかは別にして明らかに、コンバットＩＥＤの仕事です。ただ、かつて北朝鮮船をディスアームした時と比べると簡単でした。まるで、そう、トレーニング用テキストに書かれているような、そんな感じでした」

「トレーニング？」

〈サン〉が訝った。

「ええ、教科書的なディスアームへのルートがありました」

〈プロフェッサー〉は素早く応えた。

「言い換えれば、〝ＩＥＤ男〟を見せつけるショー、、、だったと？」

〈マスター〉が言った。

「いや、そこまでかどうかは――」

〈プロフェッサー〉が戸惑った。

〈マスター〉は頷いてから言った。

「『あきつしま』の自爆犯は、おそらく金で雇われた傭兵だ。その証拠の一つに、〈デウス〉の元でアンダーで取り寄せられた記録を見せてもらったが、自爆犯は、『あきつしま』で船首楼甲板から船橋甲板に辿り着くまで何度か迷っているようだ。プロフェッショナルじゃない」

一度、オペレーターたちの反応を見回してから〈マスター〉はつづけた。

「そして、自爆犯は、最期、宗教的な言葉と、ロシア語で、ママ、と叫んでいたらしい。それを耳にしたのは奇跡的にも命をとりとめた『あきつしま』の航海科員で、第３管区海上保安本部の聴取で証言していた」

オペレーターたちは真剣な眼差しを〈マスター〉に向けていた。

「バベル、リムペットマインの方はどうだった？」

「強烈な意志を感じました」

ジャパン・オーシャン号の船底へ潜ってリムペットマインのディスアームに成功したＥＯＤダイバーの〈バベル〉が言った。

「強烈な意志？」

〈マスター〉が早口で尋ねた。

「ええ、あのリムペットマインを船底につけた奴は高度な技術力もさることながら、西側には存在しない、独裁国家で狂信的な精神を叩き込まれた野郎です」

大きく頷いた〈マスター〉が言った。

「おそらくオレたちはとんでもない勘違いをしていた。エメラルド・ルナ事案とジャパン・オーシャン号の事案だ」

「勘違い？　二つが関連していることはすでに――」

「そうじゃないんだ」

〈プロフェッサー〉の言葉を遮って〈マスター〉がつづけた。

「オレたちは、いや本庁や第３管区海上保安本部《サンカンホン》にしてもそうだ。エメラルド・ルナ事案、長瀬康輔のＩＥＤ化、巡視船『あきつしま』での自爆テロ、そしてリムペットマインの爆破未遂――これらはすべて同一の犯人グループの仕業と思い込んでいた。だがな、それらは、まったく別の目的をもった、別々のグループの仕業だったんじゃないか――」

「どういうことです？」

〈プロフェッサー〉が一歩近づいて訊いた。

その上で〈マスター〉が言った。

「オレたちの前にはおそらく複数の敵がいる。しかし重要なことは、〝真の敵〟を見分けることだ」

「複数の敵？　それはなんです？」

〈マスター〉は、まだ完全な確証はない、と前置きした上で自分が考えた〝見立て〟を語った。

「まさか……」

〈プロフェッサー〉が絶句した。

「次の事象――。それが間もなくあると？」

力強い目を向ける〈プロフェッサー〉が訊いた。

「オレはそう確信している」

「今の話をいち早く本庁に伝えましょう！」

〈プロフェッサー〉が促した。

「いや、しない」

〈マスター〉が頭を振ってからオペレーターたちの目を一人ずつ確かめた。

「オレたちは分析屋じゃなく法執行部隊だ。だから本庁に巻き込まれたくない。常に最悪を想定し、最悪な中へ飛び込んで戦うためのことだけを考える。よって最悪な事象は近いうちに必ずあることを意識し、今回のことを教訓とする。やるべきことはそれだ」


ひさしぶりにスーツを着込んだ〈マスター〉は、正午前の民間航空機に乗って羽田空港に着き、そこからは東京モノレール、ＪＲ、東京メトロを使って霞ヶ関に辿り着いた。総務省が入る合同政府庁舎レストランで遅めの昼食をとり、コーヒーで時間を潰してから、通路で繋がった別の合同庁舎にある、海上保安庁エリアに移動し、最上階にある会議室を目指した。

二時間後に会議室から出てきた〈マスター〉は、乱暴にネクタイを外すとブリーフケースの中に叩き込んだ。

それなりに充実した人生を海上保安庁で生きてきたという、ささやかな自負があったが、今ほど、無意味な二時間をかつて〈マスター〉は経験したことはなかった。

若い頃、麻雀で二時間以上、無駄な時間を費やしたことがあった。だが、まだその時間の方がマシだった。何しろ麻雀は、目の前の相手を殴りつけたいとまでは思わないからだ。

本庁の監察室の奴らは、ＳＳＴの基本的な仕組みさえまったく理解していなかったし、勉強もしていなかった。そんな奴らがなぜオレたちを正当に評価できるのか、そのことにまず我慢ならなかった。

しかも、〈マスター〉に言わせてみれば、事情聴取とは極めて外科治療的《サージカル》なアプローチが必要だ。しかし今日、面と向かって相対した奴らはそのサージカルな技能も迫力あるフィジカルもない。何しろいずれも定年したジジイだらけだったのだ。

何度も毒づきながら階段を降りて「警備救難部」のフロアに降り立った〈マスター〉は、「警備課」というプレートが貼られたシンプルな軽量スチールドアの手前で、生体認証セキュリティシステムをクリアし、小さなドアをくぐり抜けた。

目の前の細長い通路のドンツキまで歩いた〈マスター〉の右手に、さらに窓付きの扉があった。そこにあるテンションキーに必要な文字と記号を打ち込み、カチッという心地よい音とともに、警備課の大部屋の中へ足を踏み入れた。

間もなくして、海上保安庁の重要任務のうちのひとつ「治安の確立」における実質的な指揮官である「警備課長」の糸魚川《いといがわ》康夫《やすお》が若い職員を連れて現れるのを待ってから、〈マスター〉は監察室での特別調査のやりとりについて詳細を報告した。

警備課の大部屋へ入るドアへ繋がる狭くて長い通路の奥に、小さなデスクと四つのパイプ椅子が無造作に置かれており、二人の元を後にした〈マスター〉はそこに腰を下ろした。周りを見れば、壁に沿って立てかけられている簡素なL字形のパイプ棚の上に、コピー用紙や掃除器具類が詰まった段ボール箱が乱雑に積まれている。足元には清掃用具が転がっているなど、まるで、小学校の隅っこにある物置小屋のような雑然とした有様だった。

ここを打ち合わせ場所として一方的に指定してきたのは、本庁警備情報課の「情報統括」の鹿島夏梛だった。

「お待たせしました、すみません」

振り向くと夏梛が両腕に三台のノートパソコンと三種類のAC電源ケーブルを抱えて立っていた。書類が詰め込まれているのか、パンパンに膨れ上がったマルチビジネスリュックを背負っている。その後ろではまた、二台のパソコンと分厚いファイルケースを抱えている男がいる。男は、犯罪情報技術解析官の吉岡《よしおか》匠《たくみ》と名乗った。

「ごめんなさいね、こんなところへ案内して。何しろ、私のデスクがある区画は、専用のクリアランスがいるし、会議室はどこも満員。結局、ここがかえって一番目立たない、そう思ったんです。問題ありますか？」

そう言って辺りを見渡した夏梛は、〈マスター〉の答えを聞かないうちに満足そうに何度も頷いた。

「それはそうと、先日は大変失礼しました。まあ、互いに自分の仕事にプライドを持っているってことよね」

夏椰はまず詫びの言葉から始めた。

〈マスター〉は面食らった。この間とはまるで別人のように思えたからだ。常に笑顔を絶やさず、物腰はすこぶる柔らかい。

「いや」

正直、〈マスター〉にはその言葉を返すだけで精一杯だった。すっかり彼女のペースだ。

「でも、良かったわ、ちょうど東京にお越しになるタイミングで」

夏椰はつづけて、〈マスター〉の携帯電話に突然、電話をかけたこともまたあっけなく謝った。昨夜、着信があった知らない番号は彼女だったのだ。

「さっそく本題に入ります」

と宣言した夏椰は表情を一変させた。白いジャケットを脱ぎ、黒いシャツ一枚となった夏椰は、テーブルに置かれたままのコーヒーの紙カップとティッシュ箱を机の下に手際良く片付けて空間を空けると、三台のパソコンの電源を確保してから一斉に立ち上げた。

「今からお話ししますことは——」

「ちょっと待った。話が性急すぎる」

苛立った〈マスター〉が口を開いた。

「この間は、勝手なことを言って、こっちは訳もわからないまま席を立って帰っていった。なんなんです？」

「それは失礼しました。いろいろ決まりがあるもので――」

夏梛は柔和な表情のまま弁解した。

「信用できない相手だった、それがわかった、だから席を立った――そう言えばいい」

〈マスター〉が吐き捨てた。

「本来、本庁だけのマターです。しかし、それだけでは済まない事態になりました」

「言っておくが我々は、法執行部隊なんです。本庁のデスク作業には巻き込まれたくない」

「失礼があったら謝ります。あなた方の協力がどうしても必要になりました」

声のトーンを下げた夏梛は、〈マスター〉の反応を確かめる前に、パソコンをくるっと回転させて話し始めた。

「これは、シーガーディアンが撮影したイカ釣り漁船の画像に処理を加えたものです」

そう言って夏梛はパソコンの一つで画像を表示させた。

「本当はもっと解像度が高いんですが、クリアランスゾーン（保秘が厳格に守られた）以外の閲覧なのでサニタイズ（機密レベルを下げる）しています。それでさっそくお聞きします。イカ釣り漁船事案の時、この男を見ましたか？」

画面には一人の男を斜め後ろから撮った姿が映っている。顔は見えなかった。胸には、何やら黒い物がありそうだ。だがサニタイズしたためか解像度が低くボケていて何かはわからない。

「この人物はわからない。ただ、ここは、イカ釣り漁船だ」

「じゃあ、今度はこれ。どう？」

マウスを操作した夏梛は別の画像を見せた。

両舷に長く幾つも張り出している棒受網《ぼううけあみ》と集魚灯がある一隻の漁船が映っている。

「さんま棒受網漁船だな」

「ここよ」

夏梛が画面の一部を指さした。

さんま棒受網漁船の船尾部分の甲板に男が座っている。胸にはリュックらしき黒い物を抱えている。

「似てない？」

夏梛が訊いた。

「この男も黒い物を……ん？　ちょっと待てよ」

〈マスター〉は画像に目を近づけたり、遠目から見たりした。

「拡大鏡はないか？」

〈マスター〉が言った。

夏梛はスマートフォンを手に取ったが、思い直したようにデスクの卓上電話を手に取った。

「鹿島です。申し訳ないんだけど、その辺にルーペない？」

しばらくしてワイシャツ姿の若い男性職員が、文房具の虫眼鏡を手にして姿を見せた。

〈マスター〉はさきほど気になった部分に虫眼鏡をあてた。

しばらく無言で見つめた。

「やはり……」

〈マスター〉は絶句した。そこにあるのはレギュレーター、それもある特殊な機材であることは一目瞭然だった。

「なに？　どうしたの？　聞かせて」

夏梛が強引に促した。

「男が胸に抱えているのはリブリーザー、閉鎖回路式自給式潜水器だ」

〈マスター〉がキッパリと言った。

「漁師が持ってますか？」

夏梛が訊いた。

「いや、通常、特殊部隊しか使用しない」

ハッとして〈マスター〉が顔を上げた。

「じゃあ、さっきのイカ釣り漁船の男が胸に抱えていたのも、つまりこの二人が胸に抱えていたのは、リュックではなく、リブリーザーだった……」

「いえ、二人じゃないわ。一人よ。つまり同じ人物」

そう語気強く言った夏梛は、もう一つの画像を見せた。

「今度はこれ。これを見たことは？　さんま棒受網漁船のさっきの男――」

確かにさっきの男が映っている。数カットあった。夏梛が隣にきて、〈マスター〉の目の前でスクロールしてゆく。

「戻して。いや、いきすぎ。そう、そこで止めて」

男が髪の毛を右手で掻き上げている。この男の右手の甲にあるタトゥー――。〈ゴースト〉が、イカ釣り漁船事案の時に言っていた涅槃仏ではないか。

〈マスター〉はそれを夏梛に伝えた。

夏梛は一度、厳しい表情を向けたが、すぐに真顔になって目を輝かせた。

「繋がったわ」

〈マスター〉はそれには応えず、

「つまり？」

と結論を急がせた。

「この男――仮に〝涅槃仏の男〟とするわ――は、ＳＳＴがイカ釣り漁船にエントリーした直後、そこから脱出し、このさんま棒受網漁船に移乗した――。その潜水器具があれば可能ですね？」

「不可能じゃない」

〈マスター〉は認めた。

「イカ釣り漁船に拉致されて、あなた方が救出された水産庁漁業監督官の島津さん、覚えていますね。実はね、彼、ウチの事情聴取で妙なことを言ってるんです」

「妙なこと？」

「そう。立ち入り検査《タチケン》の直前、対象船、つまりイカ釣り漁船の船首あたりから、海に飛び込んだ者を見たと。それも大きな黒いリュックを胸に抱えて――。これで繫がったわ」

夏栁はそう言って、さっきから黙って座っていた犯罪情報技術解析官の吉岡と頷き合った。

「お時間をとらせて申し訳ありませんでした」

夏栁は深々と頭を下げて、戸惑う〈マスター〉をよそに早くも荷物を片付けだした。

「どういう意味だ？」

夏栁は答えず、吉岡に目配せして立ち上がった。

「そちらが入手した情報を知りたい」

〈マスター〉が言った。

「〝need《ニード》 to《ツー》 know《ノウ》 の原則〟（情報を知るべき者のみ知る）を私は守る必要があります」

夏梛が返した。

「単なる好奇心から言っている話じゃない。我々は、法執行部隊として、近々予想される事案に備え、情報が必要だ」

「近々予想される事案？　なんですそれ？」

再び腰を落とした夏梛が訊いた。

「我々は、三つの事案、つまり、イカ釣り漁船、エメラルド・ルナ、そしてジャパン・オーシャン号は、すべて関連していると考えている」

夏梛は身を乗り出して言った。

「聞かせてください」

「貴方がたはデスクに座ってあれこれ言っていれば済むが、我々は、情報の一つ一つで生死が決まる」

〈マスター〉は顔を突きだした。夏梛と数センチの距離となった。

慌てて〈マスター〉と距離を離した夏梛は、腕組みをしてじっと〈マスター〉を見つめた。

「いいわ」

夏梛が言った。隣で吉岡が何かを言おうとしたが、夏梛が身振りでそれを制した。

「リュックを抱えた男を収容したと見られるさんま棒受網漁船ですが、イカ釣り漁船事案の後、意外なところにいたんです」

夏梛は、一旦、ブリーフケースに仕舞い込んだパソコンを取りだして起動した。〈マスター〉に見せたのは中国北東部を拡大した電子チャート（海図）だった。

夏梛が説明する。

「調査票活動（日本にとって安全保障上重要と認定した港に出入港する船舶のペナントナンバーとその時の日付を、同じ港に出入港する日本の漁船や商業船に対して書き留めることを要請している協力者工作の一環）の協力対象船にすべて依頼したところ、ここの羅津《ラジン》という漁港がヒットしました。ここです」

夏梛が指さしたのは、北朝鮮北東部の、ロシアや中国との国境に面した港町だった。

「ここから、すぐにある国境——賄賂が横行している——を越えてこの道路を北上すると——」

夏梛は電子チャートの一部を指でなぞって上に動かした。

「ここ。ハルピンです。港町からわずか八十キロメートル」

「ハルピン……」

「長瀬康輔がＣＥＯ（最高経営責任者）を務める『長瀬商会』、その取引先の一つに『ハルピン化学技術集団』があります。同社の大株主は、同じハルピンに本社機能がある『ハルピン管理処理中心』——」

〈マスター〉は頷いただけで先を促した。

「この『ハルピン管理処理中心』に重大関心を寄せているの。ここは、日本政府が資金を出している個別支援事業の中核にある中国企業で、旧日本軍が中国北東部の吉林省《きつりんしょう》を挟んで、遼寧《りょうねい》省《しょう》と黒竜江省《こくりゅうこうしょう》のそれぞれの山中の奥深くに遺棄《いき》した膨大な化学弾頭を処理するために、最初の工程として、まずここに集積する場所です」

集積した後、同じ敷地にある日本企業が開発したチェンバー（機材）で爆破処理すると夏梛は付け加えた。

「吉岡さん、あの話を。大丈夫、私が責任を持ちます」

　パイプ椅子を引っ張って〈マスター〉に近づいた吉岡が話を始めた。

「SSTがイカ釣り漁船から持ち帰った多くの資料をすべて解析しました。その結果、最も注目しているのは、ある薬剤のケースに貼られていたと思われる説明ラベルの破片です」

「その薬剤とは？」

〈マスター〉は身を乗り出した。

「有機リン剤中毒解毒剤・パムです」

「それってオウム真理教の地下鉄サリン事件の時に使われた拮抗剤《きっこうざい》では？」

「それで有名になりました。さらに、様々な特殊機材の取扱説明書がありました。具体的に言えば、レベルCの吸収缶マスク、ろ過式呼吸用保護具、浮遊固体粉塵及びミスト防護用密閉服。また最高レベルDであるN95マスク、保護メガネLX－22、アンセル製化学防護手袋、化学剤検知用ポータブルIMS検知器――。これらが示唆するもの――あなた方ならおわかりですね？」

　聞かれるまでもない。CBRN《シーバーン》（化学・生物・放射線核）対処チームが保有しているものと一致している。

〈マスター〉は顔の前で両手を組み、目を瞑って考え込んだ。

「じゃあ、こういうことか？」

〈マスター〉が口を開いた。

「イカ釣り漁船、エメラルド・ルナ、ジャパン・オーシャン号の事件を起こした犯人グループは、遺棄サリン弾頭を使ったテロを企図している――」

「私たちも一時、その事態を想定しました」

答えたのは夏梛だった。

「ただ、遺棄サリン弾頭とは言え、もう数十年も経っている。化学的に活性化をさせなければ、化学剤が曝露されたとしても被害は限定的という専門家もいます。それに、遺棄サリン弾頭を集積している『ハルピン管理処理中心』は人民解放軍によって厳重に警備されている。『ハルピン管理処理中心』からたった一個でも遺棄サリン弾頭が持ち出され、それが公になればパニックが起きる可能性がある」

「確かに」

〈マスター〉が神妙に言い、つづけた。

「気になることが頭に浮かんだ。イカ釣り漁船事案、クルーザー船、カーフェリー――事態は明らかにエスカレートしている」

「つまり、近々、本チャンがあると？」

「恐らく」

〈マスター〉は躊躇なく応えた。

「それで、〈マスター〉、あなた側の情報を聞かせてください」

夏梛が促した。

〈マスター〉はオペレーターたちとの話し合いの末に作成した「参考その1」とだけ題名に書かれた三枚綴りの紙を手渡した。

「〝複数の敵〟？」

夏椰がまず引き寄せられたのはその部分だった。そして「ちょっと待って」と言ってから急いでパソコンをもう一度立ち上げると、忙しくマウスを操作してから、「これよ！」と独り言を口にした。

「実はね――」

夏椰は口を噤んで周囲を見回して思った。まったくクリアランスがない！　でもすぐに頭を切り換えた。目の前の警備課のドアはひっきりなしに出入りがあるが、こちらを気にする者はいないのだ。

「実は、気に食わないことがあったの。あなたたちがエメラルド・ルナへ急行する直前のこと。地上局のコリント（通信傍受）アンテナ機能に、わずかな時間、〝障害〟が発生していたの。自然の宇宙線や磁気の乱れの影響で障害が出る時はたまにある。でも私が気に食わないのは、その障害が、キッチリ、十分間だったこと。いい？　一秒違わずキッチリ十分間よ！　クソ気に食わない！」

最後の夏椰の言葉に、〈マスター〉は思わず吉岡と顔を見合わせた。

だが夏椰は構わず先を読み進めた。

「――長瀬康輔が、ＷＭＤ（大量破壊兵器）の調達に関わっていることにアメリカのＳＯＣＯＭ《ソーコム》が重大関心を寄せていた――。これも聞いてませんね」

「ＳＯＣＯＭとのサード・パーティー・ルールだ」

〈マスター〉が静かに言った。

「それにしても――」

夏椰は何かを言いかけたが途中で口を噤んだ。しかし、すぐに表情を変えて質問を投げ掛けた。

「アメリカが日本に隠していることがあると？」

夏梛が険しい表情をして右眉を上げた。

「いや、アメリカは、ダブルスタンダード（二重基準）で行動しているだけさ」

俯いて腕組みをしていた夏梛が耀く目をして顔を上げた。

「分かりました。ここで、私からもあなたには話しておくべきね」

夏梛がつづけた。

「実は、白鳥《しらとり》警備救難部長をたらし込んで、タスクフォース『オメガ』を立ち上げることになったの。それぞれの専門家たちをリエゾンとして集めた。もちろん部屋は作らない。必要な時に集まる――」

「オメガ――」

〈マスター〉は夏梛の顔をつくづく眺めた。この女のエネルギー源はどこにあるのか、それを一度聞いてみたいと思った。

「メンバーはそれほど多くはない。まず私と吉岡、あとは警備課などから集めています。それとオブザーバーとして、警備救難部の鮫島《さめじま》さんにお願いしました」

〈マスター〉は驚いて顔を向けた。

「鮫島さんって、鮫島裕貴《ゆうき》？　管理課長の？　長官最優力候補のエリートをよくも――」

「だからよ。全庁的に動く必要に迫られた時、一発で長官決裁を取れる」

「しかし、ウチでは最も多忙な人だぞ」

「だから、オブザーバー」

夏梛は珍しく笑顔を見せた。

「それにしても、あの融通の利かない白鳥警備救難部長をよく口説けたな」

〈マスター〉が訊いた。

「白鳥部長は私に逆らえないのよ」

夏梛はパソコンを片付けながら真顔で言った。

「逆らえない？」

「まっ、とにかく、急ぎコトを進めるわ。余り時間がない」

「わかった。じゃあ、また何か協力することがあれば――」

〈マスター〉は立ち上がりかけた。

「何、暢気なこと言ってるの。あなたも一員よ」

夏梛が叱るように言った。

「ちょっと待てよ」〈マスター〉が慌てた。「オレはオペレーター、法執行部隊なんだぜ。そもそも東京とは離れているし――」

「自分を恨みなさい。自らの意思でここまでコミットしたのよ。逃げられるはずがないじゃない。クローズドの通信で繋がってくれればオッケー。いい？　じゃあ」

身を乗り出した夏梛が諭すように言った。そこには笑顔はまったくなかった。

「そんな余裕、あるもんか」

〈マスター〉は、足早に去ってゆく夏梛の背中にキッパリと断った、そのつもりだった。

2

本庁警備情報課「情報統括」の鹿島夏梛が仕切ることとなったタスクフォース「オメガ」は強力なセキュリティがなされた上でリモート会議を開いた。

　パソコンの画面に表示されたメンバーは、本庁警備課「企画官」の太田《おおた》啓輔《けいすけ》、国際組織犯罪対策基地《コクタイキチ》の「情報管理課長」である足利義次《あしかがよしつぐ》、本庁犯罪情報技術解析官の吉岡、さらに〈マスター〉は特殊警備基地長代理の肩書きだけでサングラス姿で出席した。会議の進行を行ったのは、冒頭、事務局を担当しますと自己紹介した夏梛だった。

「情報のアップデートです」

　夏梛はそう言って、ミラーリングされた顔の一つ一つを見つめてから口を開いた。

「まず、東京マーチス（東京湾海上交通センター）の浅岡《あさおか》主任運用管制官からのアンダーでの情報です。ジャパン・オーシャン号事案が発生した前後、房総半島から東京湾に北上してきた不審な小型船舶が地上レーダーに探知されています。船舶電話での交信で、ロシア語訛りの日本語が聞こえてきたという報告を浅岡主任はしています」

「何を疑っているんです？」

　太田企画官が訊いた。

「ジャパン・オーシャン号の事案において、長瀬康輔をエメラルド・ルナから拉致し爆弾を仕掛けるには、かなりの人数と爆弾に関する高度な技術の持ち主が必要と考えられますが、まだ二名しか検挙できていない。しかもうち一人は自爆犯。もう一人は単なる支援者と思われ、爆弾の知識もない。つまり主犯がいるはず。その主犯が、東京マーチスが探知した小型船舶を使ってジャパン・オーシャン号から逃走した可能性があります」

夏梛は一気に説明した後、さらに付け加えた。

「同該船を第3管区海上保安本部《サンカン》が調査したところ、同船舶の所有者は、『長瀬商会』の常務取締役の長女の夫と判明。さらなる関連を調べています」

夏梛がなおもつづけた。

「事前のレポートでは、シンジケートの背景があるとの一文がありますが、これについてご説明を頂きたい」

「今回の、イカ釣り漁船、エメラルド・ルナ、ジャパン・オーシャン号の各事案は連動しており、背後には正体不詳の国際犯罪シンジケートが存在するという疑いを持っています。よって、成瀬長官からは、本タスクフォースは司法捜査ではなく、あくまでもインテリジェンスベースで、同シンジケートの特定と実態解明をしてくれと言われました」

足利情報管理課長が淀みなく応えた。

「警備課はオメガに参集したばかりゆえ、まず長瀬康輔について詳細な報告を求めたい」

太田企画官が言った。

「わかりました。長瀬商会代表取締役社長、長瀬康輔に対する継続調査を実施しましたところ、以下の結果を得ましたので報告します」

夏梛はそう前置きした上で、先日〈マスター〉に話したことを説明した。

「長瀬商会と取引がある「ハルピン管理処理中心」の事業が、旧日本軍が中国の奥深い山中《さんちゅう》に遺棄《いき》したサリン弾頭の処理《しょり》なんですね？」

太田企画官が手元の資料を見ながら頷いた。

「仰る通りです」

夏栁はそう言ってさらに、遺棄サリン弾頭の処理事業の詳細に触れた。

「ハルバ技術公司」は、ハルバ嶺《れい》という広大な山岳地帯を始め、黒竜江省のチチハル、遼寧《りようねい》省瀋陽《しようしんよう》の山中に遺棄されているサリン弾頭をそれぞれ発掘して回収し、それらをトレーラーに積載して高速道路で輸送。そして最終目的地であるハルピンにある「ハルピン管理処理中心」まで搬送し、一旦、そこで黄剤補給容器の中に集積。「ハルピン管理処理中心」まで運んで管理するのが「ハルバ技術公司」と人民解放軍化学部隊の仕事であり、次の工程である高機動式チェンバーによる爆破処理を請け負っているのが日本の製鉄メーカーである。しかもこの事業の資金は、日中両政府の取り決めにより、日本政府がすべて受け持ち、事業そのものの資金拠出を日本の内閣府が行っている——つまり日本政府が全資金を出している——さらにその資金は日本の五つの省庁が出し合っているという巨大なプロジェクトだ。

夏栁は、その「ハルバ技術公司」の発掘現場と「ハルピン管理処理中心」の両方に、長瀬康輔が度々訪問し、日本側ともコンタクトしていることが日本の製鉄会社の日報から判明しているとした。しかもその時、長瀬康輔は、十名もの警護要員を帯同しており、九名が人民解放軍兵士。残りの警護要員のうち一人は西欧人。所属は、ＨＭマイクロテクノロジーのアドバイザー、ユーリー・マカロフ。ロシア人をイメージさせる、と夏栁は即座に指摘した。

さらに夏栁は、警察庁と公安調査庁との情報共有の結果、他にも注目すべき関係がある、としてこうも説明した。「ハルバ技術公司」と「ハルピン管理処理中心」の両方を仕切っていたのが、ジャパン・オーシャン号で死亡した長瀬康輔と取引があった「雪郷公司」という名称の事業体の顧問であるイルクーツク系中国人で「李《リー》」という名前の男だとする未確認情報があるという。

その「李」は北京にオフィスを持っていて、時折、ハルピンの現場に姿を見せるだけだが、その時の人民解放軍兵士たちの接遇レベルが半端ない。戦闘ヘリコプターが護衛する中を大型ヘリコプターで乗り付け、身辺警護員も十五名という相当な警戒ぶりであるとした。

夏栂は、内閣府の遺棄化学兵器処理事業担当室から注目に値する情報を入手したとして、それをパソコンの内蔵カメラに晒した。

〈日本企業　長崎製鉄所担当者から情報提供〉

「李」顧問から長崎製鉄所担当者へ、今後のハルピン処理についての意見提示

以下、「李」顧問の主張

・そもそも戦後数十年が経っているにもかかわらず、旧日本軍が遺棄した化学兵器が残っていることに不満。すぐにでも日本に送り返したい。

・黒竜江省でも多くの化学弾頭が発見されており、ハルピン処理場の重要性は高い。

・早急な化学弾頭の処理が求められている中で、処理前の集積所である「ハルピン管理処理中心」に搬入されて保管される数が少ないのはどう考えてもおかしい。

・早急な処理を中国側が求めているのに対し、日本側は問題点しか述べていない。前向きで建設的な態度が見られないことに最も強い言葉で不満。

・「ハルピン化学技術集団」が化学弾頭の採掘を行っている現場「ハルバ嶺《れい》ＨＬＣ」から、一旦集積する「ハルピン管理処理中心」までの搬送は、中国側が責任をもって請け負っているが、その工程での厳重な警備資金や、途中、吉林省を通ることから「なぜ他省の危ない場所を通るのか」という不満に対する手当も必要であることから、今後の処理を迅速にするためにも、近日、警備を縮小し、輸送手段を簡素化して、より大量の化学弾頭を「ハルピン管理処理中心」に集中する。これについては日本側の資金支援が不可欠である。しかし金を出せば済む話である。

「この『李』という人物にこそ最大注目です」

参加している全員がメモをとる姿を確認した夏椰は、さらにつづけた。

「同席した日本の内閣府幹部に罵声を浴びせかけていることから、バックに相当な大物がいる、との話です。この関係を明らかにすることを優先事項とします」


「その他、特異事項としてあげるならば、長瀬康輔と『李』との関係について、アメリカのＳＯＣＯＭ《ソーコム》が異常と言ってもいいほどの関心を持っていることです。足利情報管理課長、この点、ご説明ください」

夏椰が促した。

「あくまでも、『Ｂ２情報《ビーツー》』（提報者自身が確認したものではないが信頼できる内部筋からの伝聞）であることをご留意ください」

海上保安庁で最も〝くせ者〟として知られる足利情報管理課長がそう前置きしてからつづけ

た。

「そもそも長瀬康輔に関心を寄せていたのはＳＯＣＯＭ《ソーコム》です。最近になって日本側に、長瀬康輔の身柄拘束を要請し、ＳＳＴが向かったが対象はエメラルド・ルナにはいなかった。しかし不可思議な点があります」

「不可思議？」

夏梛が目を見開いた。

「エメラルド・ルナに対するＳＳＴのオペレーションが実施されたのとほぼ同じ時刻、アメリカ軍の三沢《みさわ》基地（青森《あおもり》県三沢市）に、日本に来たことがない種類の輸送機が飛来し、わずか二時間後に離陸していることです」

〈マスター〉は驚いた。その事実は初めて聞かされたからだ。

「私からもさらに関連情報を」

鹿島夏梛がつづけた。

「米インド太平洋軍のＪＩＣＰＡＣ《ジックパック》（統合諜報センター）から共有された情報によれば、イカ釣り漁船事案発生時、実は二隻連携のオペレーションで、もう一隻のさんま棒受網漁船に擬装したアンノウンの船舶が、ハルピンまで国境を通じての直通道路がある北朝鮮の羅津港に入港している。そこから『ハルピン管理処理中心』までは約八十キロの距離です」

夏梛は、共有画面を開き、衛星画像と思われるものを画面一杯に広げた。それは拡大画像で、「ハルピン管理処理中心」と「ハルバ技術公司」による発掘回収現場とが赤い矢印で示され、両地点の位置関係が一目瞭然に分かるようになっている。

「警備情報課から、ＣＳＩＣＥ《シーサイス》（内閣衛星情報センター）にコーディネーションフローで画像要求した結果、当該の——サニタイズしておりますが——さんま棒受網漁船に乗船していたのと似寄《によ》りの人物が、『ハルピン管理処理中心』の敷地内で把握されました。ただ完全に識別できたわけではありません。ここからが本題です——」

夏梛は間を置いてから口を開いた。

「我々の通信傍受《コリント》システムが、さんま棒受網漁船が行っていた無線通信を傍受《デテクティブ》した内容があります」

そう言って夏梛は画面を切り換えた。

「ルッキングオンリー（撮影不可）にてお願いいたします」

テキストの長い文章がぎっしり書き込まれている。

「まず、犯罪情報技術解析官の吉岡さんから分析結果を——」

夏梛は吉岡へ話を振った。

「会話はロシア語でなされています。しかし、音声ラボ解析の結果、ロシア沿海州《えんかいしゅう》（極東エリア）の訛りが入っています」

「ありがとうございます。それではこの会話について私から説明いたします」

夏梛が全員の顔が映る画面に戻した。

「我々が注目したのは二つのフレーズです。一つは、ロシア語で『最終任務』。もう一つが『ヒミコ』という日本人女性の名前です。いろいろ人物検索をかけて調べましたが、邪馬台国《やまたいこく》のあの卑弥呼《ひみこ》——。それ以外、この人物名でヒットするものはありませんでした」

夏梛が長い髪の毛を乱雑に掻き上げて身を乗り出した。

「事態は緊急対処事態のレベルのすぐ手前に達した、そう認識せざるを得ません。ただ、まだインテリジェンススペースです。ゆえに内閣事態室は動いていません」

本庁警備課と同じフロアにある「本庁OPセンター」（本庁運用司令センター）に向かった夏梛は、生体認証のセキュリティを自分で解除してドアを開けた。

狭い通路を進んだ先、左側の奥に広い空間が広がっている。夏梛にとって見知った場所である。OPセンターは海上保安庁の心臓部と言ってもいい場所であり、全国十一ヵ所の管区保安本部のOPセンターを統括するのがここの任務だ。捜索救助や海上犯罪の取り締まりなどの現場業務を行う全国海上保安官のオペレーションをすべて統制するのがここの最大の任務である。

夏梛がOPセンターに駆け込んだ時、ちょうど歩いて来た嵐山《あらしやま》上席運用官とぶつかりそうになった。

「上席、お忙しいところ申し訳ありません。これを急ぎご覧頂けないでしょうか？」

「ああ、さっき白鳥警備救難《ケイキュウ》部長から協力してやれ、と言われたやつか」

そう言って怪訝な表情で受け取った嵐山は資料を捲り始めた。

「遺棄サリン弾頭？」

驚いた表情で顔を上げた嵐山がつづけて何かを言いかけた時だった。

「上席、ナナカン（第7管区海上保安本部）から2番です」

嵐山はテーブルの左に置いている業務用のスマートフォンを手にした。

夏梛は、嵐山の電話が終わるのを待つ間、右側の窓際に設置されているホワイトボードへ目をやった。ＯＰセンターは今、長崎県佐世保市沖海域で発生した海難事故への対応中らしい。長崎県で起こっているこの事案で死傷者がいなければ、ＯＰセンターのエネルギーをすべてこちらに集中してくれるよう要請しなければならない。

なぜなら、こちらの事案は、タイムリミットが近づいているのである。

3

神戸フェリーターミナルのウエイティング・ルームのクラブチェアに座る赤座佐智子《あかざさちこ》は、ワクワクした気分のまま、もう何度となく開いているパンフレットにもう一度目を落とした。

〈卑弥呼《ひみこ》クルーズで過ごす最幸の時間　空と海が満たす洋上のくつろぎ　ゆるやかに過ごすひととき　日常を忘れて、ゆったりとした時間を過ごしてみませんか。海風を感じるプールサイドや、大パノラマのビスタラウンジ、海と空に溶け込むような最上階、四十一メートルにある天空の露天風呂など、お好きな場所でゆったりとおくつろぎ頂けます〉

七十歳になって初めての豪華クルーズ客船での、九州大分県別府《おおいたべっぷ》、沖縄《おきなわ》県の那覇《なは》への九泊十日の旅。夫の篤志《あつし》は、誘った最初こそ関心がなさそうだったが、ユーチューブにアップされている体験動画を観せたところ、いたく感動した。そして自ら手続きをして申し込んでくれただけでなく、「卑弥呼」についての様々な情報も率先して集めてくれたのである。

篤志も、最近の社会の風潮どおりに定年延長で六十五歳まで働いたが、今や完全に年金生活。

しかし、退職金のお陰で苦労のない人生を過ごしている。このクルーザーでの旅行は、すでにそれぞれが家庭を持った三人の息子たちがお金を出しあって結婚四十年という、いわゆるルビー婚式を迎えた記念に合わせてプレゼントしてくれたもので、孫たちも自筆のカラフルなお祝いカードを送ってくれていた。

「受付は終わったよ。いよいよだね。さあ、行こうか」

篤志が手を差し出してきた。手を繋ごうというのである。佐智子は目をパチクリさせた。こんな仕草をされたのは、もう何十年前のことかしら、と戸惑った。でも、その一方で、まるで少女のように心が躍る自分がいた。

埠頭から「卑弥呼」へとつながるボーディングブリッジを夫と手を繋いでゆっくりと昇り始めた佐智子は、近くにある船の大きなドアへふと視線をやった。梱包された大きなパッケージがどんどん船の中に運ばれている。中には高さが五メートルもあろうかという積載物もある。佐智子は思い出した。このクルーズ客船には、約四百五十名の旅客だけでなく、クルーも三百名以上が乗船するというパンフレット記述を。だから、一日三食、それが十日間だとするというったいどれだけの食材を運び入れる必要があるんだろう……。

大型クルーズ客船「卑弥呼」の12階建ての構造物のうちの5階に位置する「メイン・デッキ」のエントランスに足を踏み入れた。ホワイトフォーマルとグレーフォーマルに身を包んだ男女のクルーたちが満面の笑みで出迎えてくれた。

少し奥の方からはゆったりとした旋律のピアノ曲が流れて豪華な雰囲気が満載だった。そして、黒い制服姿の――「岡村孝男《おかむらたかお》」とのネームプレートを胸に着けた――ホテルマネージャーと、自ら「チーフパーサーの沢田雅也《さわだまさや》でございます」と名乗った男が出向いてきて、慇懃《いんぎん》な挨拶をしてくれた。ホテルマネージャーとチーフパーサーとは、「卑弥呼」のサービス部門のナンバー1とナンバー3だと知っていたので、そういった偉い方々がわざわざ来てくれたことに佐智子は深く感動した。

クルーたちに誘《いざな》われて夫とともにレセプションへと向かっていた佐智子は途中で思わず足を止めた。

佐智子は、目の前に広がる「ヒミコ・プラザ」と呼ばれるエントランス・ホールの絶景に深い溜息をついた。上階のプラザ・デッキへと延びる黄金色の手摺りにキラキラと輝くガラス細工のゆるやかな旅客用の螺旋階段と、エントランスにある柱という柱も黄金に耀いている、その光景に溜息をついた。佐智子はメルヘンの世界のお姫様になった気分だった。しかもエントランスじゅうに漂う高級感溢れるフレグランスの香りにも感動が倍増する思いだった。

ふと壁に掲げられているものに目がいった。ゆっくりとそこへ足を運んでみると、〈CREW《クルー》 AWARDS《アワーズ》〉と書かれた文字の下に、蝶ネクタイとブラックフォーマルの制服に身を包んだ、五人の男女のクルーの写真が貼られている。

佐智子は、ショルダーバッグに入れていたポシェットから鉛の缶を取り出し、その中にある普段使っているものとは別のスマートフォンを手に取った。もし船が、タイタニックのように沈没した時、おばあちゃんの命を救うのはこれなのよ、と孫娘に強引に持たされたものだった。

佐智子は、孫に教えてもらったことを思い出しながらグーグルの翻訳アプリを翳《かざ》してみた。今回は外国に行くわけではないが、孫娘が勝手に、翻訳アプリをダウンロードしていた。それがこんなところで役にたったわ、と孫娘に感謝した。

翻訳してみると、〈乗務員《クルー》の表彰者〉との日本語が現れた。

「クルーたちの間で毎週アンケートをしておりまして、働きぶりが良かったな、笑顔が素敵だったな、と評価が高かったクルーをこうやって表彰しております」

丁寧な言葉遣いを聞いて驚いて振り返ると、グレーフォーマルの制服を着た男性クルーがにこやかな表情で立っている。名札には「中森克美《なかもりかつみ》」との名前が見えた。

「そういう方って、見た目もお綺麗なのね」

佐智子が言った。

「もし、これらクルーがお客様のお目に入ることがございましたら、どうかお声をかけてやってください」

「とってもいいシステムね。仲間どうしで選ぶんだから公平だし、またお客さんから声をかけられたらやる気に繋がるわね」

佐智子は微笑ましく言った。

「ありがとうございます」

中森は深々とお辞儀をした。


佐智子たち夫婦は、他のスイートに宿泊する旅客たちとともに、緊急事態に備えたオリエンテーションに参加することとなった。まず少し広い個室で、安全のための避難経路、救命胴衣《きゆうめいどうい》の着用方法について説明されている「避難安全ビデオ」を観た後、6階の「グレース・デッキ」へと向かった。

右舷《うげん》に並ぶ五隻の救命艇《きゆうめいてい》の前に旅客たちを案内した男性クルーは、緊急時は、船内の全域でこのような警報が鳴り響きます、と言ってから若い男性クルーを振り返って大きく頷いた。

ウーン、ウーン、ウーン！

街を走る救急車が放つ音に似た大きな警報が鳴り響いた。男性クルーは旅客たちを見回して、

「この音を聞かれたらすぐに、7階のプロムナード・デッキの右舷、つまり船首《せんしゅ》に向かい右側のこの位置まで急ぎお越しください」

と優しい表情で説明してから、

「その時、非常に重要なことがございます。お荷物は持たずに必ず手ぶらでお願いいたします」

と念を押すように説明した。

佐智子は、篤志の耳元に囁いた。

「この音を聞いただけで私なら卒倒してしまうわ」

「そん時はオンブしてやるさ」

「よく言うわ」

そう言って佐智子は首を竦めてみせた。

10階の「ヒミコ・デッキ」にある部屋に入った佐智子たちは、その豪華さに感嘆の声を上げた。

「スイート」タイプの中で一番リーズナブルな料金の部屋だが、約四十メートルもの高さから海を見下ろすプライベート・バルコニーが敷設されており、また、ふんわりとしたソファは三人が座っても十分過ぎる大きさである。

バルコニーに立った佐智子は、港の向こうに広がる、陽光で耀く美しい海を見ながら感動で

身体が震えた。そして、ひと筋の涙が頬を伝った。

「どうしたの？　楽しい旅行の始まりじゃないか」

夫の篤志が驚いて顔を覗き込んだ。

「感謝の涙よ」

そう言って佐智子は笑顔を見せた。その涙は、この旅行をプレゼントしてくれた三人の息子へのものだけではなかった。

三人の息子を育ててきた日々は苦労の連続だった。自分自身も、高等学校の校長まで務めたが、それも並大抵ではなかった。若い頃は職場でのセクハラ、年を経たら今度は女性だからという理由だけでの差別——何度悔し涙を人知れず流してきたか。でもそれは自分の中だけに仕舞い込んだ。夫の篤志にも言ったことはなかった。

じっと神戸港を見下ろしていた二人は、低音の響きで奏でる汽笛を耳にした。そして軽い揺れを感じた。バルコニーに出て眼下を見ると、神戸の岸壁をゆっくりと船が離れていくことが分かった。

「出発ね」

佐智子が目を輝かせて言った。

港の先に広がる瀬戸内海を見つめる篤志がその隣で大きく頷いた。


夏梛は、電話が終わるタイミングを見逃さず、巨大なマルチモニターの奥にある三つの上席運用官卓の中央に座る、筆頭格の嵐山上席運用官に近づいた。

「一分間だけで結構です。どうか続きをご覧ください」

夏椰は台詞だけを変えて同じ内容の言葉を三度繰り返した。

最初はマルチモニターにかじりつき、気のない返事を繰り返していた嵐山も、最後には根負けしたように手を休めて椅子の背もたれに身体を預け、傍らに立つ夏椰を見上げた。

そして数枚だけを束にした書類を夏椰から面倒臭そうに受け取ると、それでも時間をかけて真剣な眼差しで読み込んだ。

「エビデンスはありません。やってみる価値がある、そう確信し、今、ここに、ご迷惑を承知で立っております」

夏椰が勢い込んで言った。

「それで、九州、四国、中国の、多忙極まる各管区海上保安本部に、〝ヒミコ〟のフレーズに合う施設もしくは人物を探させろと?」

「はい。お願いいたします」

夏椰は深々と頭を下げた。

「分かった」

そう諦めたように言った嵐山は、「ただし――」と言ってからこう付け加えた。

「見ていて分かるだろ?　コスパス・サーサット衛星経由でGMDSS（避難警報システム）に受信した、長崎県佐世保市沖での、ばら積み船の海難に対処している。どうやら死傷者は出てないようなので、今日中にはやってやるよ」

「ありがとうございます」

夏梛は満面の笑みで頭《こうべ》を垂れた。

センター長の元へ歩いていった嵐山と入れ替わるように姿を見せた糸魚川警備課長は、怒りに塗《まみ》れた感情を露わにしていた。

「鹿島、東京マーチスの運用管制官を勝手に使ったんだってな。統括官がカンカンだぞ」

ドスをきかせた糸魚川は、OPセンターを見渡した。

「鹿島は私が引き取る。みんな、邪魔して悪かった。さあ、業務に戻ってくれ——」

糸魚川は両手をポンポンと二度鳴らしながら、OPセンターの職員たちを急《せ》き立てた。

言われるまでもなく夏梛が先んじて出入口へ向かった、その直後のことだった。

「至急です！　SSAS、入電！」

インマルサット衛星経由で入ってくる情報をすべて担当する「MCC卓」に座る緊急通信担当の若い男が大声で言った。SSASの画面にはテキストも受信していた。一読するなりその海上保安官は、自分で書き留めたメモに目を落としながら立ち上がった。

「報告します。発信元は、東シナ海を航行中の、日本船籍、エトワールクルーズ社が運用する、神戸《こうべ》発・大分《おおいた》県別府《べっぷ》経由・沖縄《おきなわ》県石垣島を巡るクルーズ客船、『卑弥呼《ヒミコ》』のシップ・セキュリティ・オフィサーを兼務する副船長による衛星電話。通報内容、『本船は正体不明の者たちによってSJ《エスジエー》（シージャック）された。犯人の正体、旅客の被害状況は不明！』。以上です」

踵《きびす》を返した夏梛は、MCC卓の前に駆け込んだ。

「もう一度、船名を！」

「ヒミコです」

MCC卓担当官が機敏に応えた。

「これです！　ビンゴです！」

夏梛が糸魚川警備課長に詰め寄った。

「まず、その『ヒミコ』の状況確認だ」

糸魚川警備課長のその言葉と呼応するように、嵐山上席運用官が声を上げた。

「マルチモニターに対象船の海域のマップを！」

嵐山上席運用官が運用官卓の前に座る若い海上保安官に指示すると、そう時間を置くこともなく奄美大島から南側の南西諸島の海図がマルチモニターに映った。ＡＩＳによって「卑弥呼」の現在地が表示されている。若いＯＰセンター要員がホワイトボードに当該船舶の概要を書き始めた。

「『卑弥呼』を船舶電話で呼び出そう」

嵐山はＵＨＦ周波数帯の船舶電話を急いで手に取った。だが何度トライしても対象船は応答しない。また国際ＶＨＦ無線電話にも反応がなかった。

「で、対象船は今どこにいるんです？」

夏梛が急いで訊いた。

「それが極めて問題だ」

ＭＣＣ卓担当官からの詳細なる報告を受けた嵐山が、眉間に皺を寄せてこう言った。

「沖縄本島の北西の東シナ海――」

「もしかして――」

夏梛は、副班長の元に駆け寄り、真正面に掲げられたマルチモニターでその海域を表すように頼み込んだ。糸魚川警備課長が、お前はやり過ぎだ、という風な顔で夏梛に近づいた。だがその間に嵐山が身を寄せてきて苦笑した。「我々も昔はこんな風でしたよ」

マルチモニターに電子海図がディスプレイされた。

「ピンポイントでズームインしろ」

嵐山上席運用官が命じた、副班長が新たな操作を行った。

「海洋関連データのレイヤーを重ねて」

嵐山が言う。

「やはり――」

夏梛が目を見開いた。

OPセンターのスタッフがメモを持って嵐山の元にやってきた。メモを開いた嵐山上席運用官はすぐに理解した。

「シーガーディアンは対象船を追尾している。その監視データがちょうど今、届けられた」

糸魚川がつづけて言った。

「対象船、クルーズ客船『卑弥呼』は、現在、奄美諸島沖西、約六十二マイルの海域を南下している」


佐智子がふと気づくと夫は、ベッドの上で上着も脱がずに仰向けでいびきをかいて寝てしまっていた。

揺さぶったり、声をかけたりしても起きない。もう、まったく！　ベッドの端に腰掛けてそんな言葉が思わず出た。この調子なら夫は夕食までぐっすりだろう。じゃあ私はどうするの――。バルコニーで海を見つめるのもいいが、夕食タイムまではまだ数時間もあるので持て余してしまう――。

佐智子は大きく息を吐き出した。露天風呂にでも行って、その後は、船の中を散策して――。

部屋を出た佐智子は、さっそく最上階である12階のスカイブルー・デッキへ足を向けた。広々とした脱衣所で服を脱いでエクシード・スパの三つの大きな浴槽の横を通り過ぎ、その先の木目調のドアの向こうにある露天風呂へと足を踏み入れた。三つに区切られた浴槽のどこからも海が大きく見渡せた。身体を洗ってからお湯の中に身体をそっと入れた。

――最高だわ……。

ゆっくりと息を吸い込んだ佐智子は目を瞑《つむ》って快楽のなすがままにした。

背後で足音が聞こえた。薄目を開けて少しだけ視線をやった。ダークフォーマルの制服を着た若い女性のクルーが佐智子の背後を足早に通り過ぎてゆく。彼女はしきりに辺りへ視線をやって落ち着かない。そして露天風呂エリアの一番端にあるパネルから海の方向へと身を乗り出した。どうやら彼女は自分の存在に気づいていない風だった。

佐智子は彼女に見覚えがあった。確か、そう、5階のメイン・デッキに飾られていた表彰されていたクルーの一人だ。

佐智子はあの時、説明してくれた男性クルーの言葉を思い出した。

〝これらクルーがお客様のお目に入ることがございましたら、どうかお声をかけてやってください〟

「あの――」

佐智子は呼び止めた。

女性クルーは身体をビクッとさせて辺りへ急いで頭を振った。

「あなた、表彰された方よね？」

その言葉で女性クルーはハッとした表情をしてそこに立ち尽くし、佐智子の顔を黙ったまま見つめた。しかし、気を取り直したように制服を整えた彼女は笑顔を向けた。

「お客様、いつからこちらに？」

女性クルーが訊いてきた。

「今、入ったばっかりよ。どうして？」

「いえ、お一人様でご入浴されていることで、何かご不自由はございませんか？」

そう言って近づいてきた女性クルーは佐智子の前で腰を落とし、心配そうな表情を向けた。

「やっぱり表彰されることだけはあるわ。常にお客の気持ちになって――。そういうことね」

そう言いながら、彼女の胸に留められた名前のプレートを見つけた。

「佐藤奈美《さとうなみ》さん、今回の表彰、本当におめでとうございます」

佐智子は笑顔で言った。

「そんな風にお声をかけてくださって恐縮いたします。ありがとうございます」

女性クルーは忍びない表情をして深々と頭を下げた。

「何かお仕事中だったんでしょ？　ごめんさいね、お邪魔して」

「いえいえ、とんでもないことでございます」

女性クルーは柔らかい口調でそう言って再び頭を下げた。

その時だった。連続する乾いた音と、多くの悲鳴が聞こえた。

緊張した顔つきとなった女性クルーは駆けて行った。

4

スペインバルをこよなく愛する会――そう勝手に決めた飲み仲間である総務部長秘書、和泉《いずみ》玲奈《れな》から、間もなく長官室で最高幹部会議があるとそっと伝えてもらった夏梛は、資料満載のファイルを抱きかかえ、幹部エリアに足を踏み入れた。そして一番右手奥にある長官室のドアの傍らに立ち、出席するであろう幹部たちの顔を想像しながら、彼らが姿を現すのを待ち構えた。

官邸での政府緊急参集チームの極秘会合から戻ったばかりの成瀬長官が夏梛の姿に気づいた。夏梛の勢いづく雰囲気に押されるように成瀬長官は「どうぞ」と入室を誘った。礼を言って頭を下げた上で長官室に足を踏み入れた夏梛は、怪訝な表情を向ける幹部たちには構わず、バックチェアのパイプ椅子に勝手に座った。

しばらくしてから姿を見せた磯山《いそやま》睦月《むつき》次長、白鳥警備救難部長に続いて糸魚川警備課長も会議机を囲んだ。

「まず申し上げなければならない緊急事項がございます。先ほどのことです。中国人民解放軍の海軍艦艇から、VHF国際チャンネルを使った無線で『卑弥呼』に警告がなされました」

白鳥部長がつづけたその警告とは、「卑弥呼」が台湾海峡にもっとも近い日中中間線を一センチでも越えれば、敵対行為とみなし、武力を使って攻撃するとの警告だった。

「『卑弥呼』の現在地は？」

成瀬長官が急いで訊いた。

「奄美大島の西沖で、中国が警告してきたラインまで約四百キロの海域です。『卑弥呼』を追尾しているシーガーディアンの偵察によれば、『卑弥呼』は、エンジンレバーを依然としてナビゲーション・アヘッド・フルのままにしているようで、速度は二十二ノット（時速約四十キロ）。このままの速度を維持した場合、日中中間線の警告ラインに到達するのは、概算ですが約十時間後です」

ノックの音の後に女性事務官が姿を見せると、白鳥部長にメモを手渡した。

メモを読み込んだ白鳥部長は、一層深刻な表情で言った。

「新しい事態です。ＳＪを実行したという『中国共産党打倒集団』と名乗る者から日本の主だったメディアにメッセージが届けられた。それによれば、その集団は、『卑弥呼』にサリン弾頭を搭載したＵＡＶ（無人機）と携帯型ＳＡＭ《サム》（地対空ミサイル）を保有しており、台湾海峡に最接近した時にそこに存在する中国艦艇すべてに総攻撃を――」

自分で読み上げながら、呆れた表情となって顔を左右に振った。

「サリンにＳＡＭ。それも約八百名が人質にされた豪華客船で――。こんなハイリスクな事態は聞いたことがない！」

白鳥部長は顔を激しく歪めた。

「つまり、ＳＳＴか」

磯山次長が口を開いた。

「ですが、小笠原総理補佐官が、ＳＳＴは活動停止命令中ゆえに出動など有り得ない、と強硬に反対しています」

白鳥警備救難部長が言った。

「無理です！」

磯山次長が声を上げた。

「この、壮絶とも言うべきクライシスレベルでのシージャック事案は、さすがのＳＳＴでも対処不能です。自衛隊に要請すべきです」

成瀬長官が姿勢を正して全員を見渡した。

「事態室の対処調整第３班《タイサン》に出向中の海保職員からの情報によりますと、総理は自衛隊の部隊は投入できないとの判断を示された。自衛隊の水上艦艇や特殊部隊が、日中の中間線でリアルなオペレーションなんてやったら戦争だ！　と激怒されておられた。ミリタリーではないロー・エンフォースメント、つまり法執行オペレーションで解決すべし、と。しかし、政府緊急参集チームの会合に引き続いて関係省庁閣僚会議が開催されたが、結論はまだ出ていない」

成瀬長官の言葉に、海上保安庁首脳部は沈黙した。

「もし、ＳＳＴが失敗すれば、海保存続の危機に……」

磯山次長の声が震えた。首脳陣の中にその言葉を継ぐ者はなかった。

成瀬長官はそれには応えなかった。重苦しい空気が長官室を支配した。たまらずその空気を破ったのは夏梛だった。

「ＳＳＴをスケープゴートにしたと思ったら、頼りにするとか、しかも今度は政治を気にするばかり。方針が一貫していません」

成瀬長官が柱時計へちらっと視線をやった。

「五分で戻る」

突然、成瀬長官はそう言って長官室から通路へ出て行った。長官秘書や女性事務官が慌てて付き添おうとしたが、彼はそれを断ってエレベーターホールへ向かい、最上階で降りた。そして屋上へ出るドアを開けてスマートフォンを胸ポケットから取りだした。

五分後に戻った成瀬長官はバックチェアに座る夏梛へと視線を送った。

「今回、活躍しているそうだね。是非、君の意見を聞いてみたい」

逡巡した後、夏梛はクリアに応えた。

「もはや答えは出ていると存じます」

「答え？」

成瀬長官は苦笑気味に言った。

「つまり、辞表を懐に入れて腹を決めろ、そう言いたいんだね？」

「いえ、そんなことは滅相もない……」

慌てる磯山次長を遮り、背筋を伸ばした夏梛が成瀬長官を見つめて言い切った。

「私は融通の利かない堅物ゆえ、政治ウンヌンはわかりません」

磯山が駆け寄って発言を控えろとの仕草をした。

だが夏梛はひるまなかった。

「現場の者としましてはこれだけは言えます。約八百人の命と、この日本がかかっています」

チェアを反転させた長官は窓際に立って、一望する国会議事堂へと視線を移した。しばし、自らに語り聞かせるようにして、途中から集まってきた十数人の幹部を前にしてゆっくりと話を始めた。

「戦後発足した海上保安庁は、これまでも数多の危機に対応し、時に殉職者を出しながら、日本の海を守ってきた……。その先輩方の御霊《みたま》と信念は、『正義《せいぎ》仁愛《じんあい》』の御旗《みはた》のもとに連綿と継承されている。今、我が国の平和の八楯《ピースキーパー》として……」

意を決したように成瀬長官が力強い目で居並ぶ幹部たちを見据えた。

「総理のご判断を頂くまでには時間がかかる。しかし少しでもロスは省きたい。史上空前のオペレーションになるぞ。本庁に対策本部、第11管区海上保安本部に現地対策本部、指揮船に現場指揮部をそれぞれ設置。全庁を挙げた作戦を発動する。SSTの支援に巡視船、航空機の最大能力を投入しろ。特別警備隊、羽田基地の特殊救難隊、さらに機動防除隊も支援にあたらせる。総力を尽くして彼らをサポートするんだ」

集まっていた幹部の誰もが目を見開いて大きく頷いた。

成瀬長官が、自分の補佐役として呼んでいた、バックチェアに座る〈デウス〉へ目をやった。

「意見を聞きたい」

〈デウス〉がつづける。

「特殊部隊同然の敵を相手にするのなら、本来は自衛隊です」

「しかし、軍はピースキーパーになり得ません。それどころか戦争を導く。ゆえに我々、ピースキーパーたるSSTしか、ありません」

〈デウス〉は成瀬長官を凝視してつづけた。

「ただ敵は鍛え抜かれた戦争のプロです。SSTに犠牲者が出ることを覚悟してください」

〈デウス〉の言葉には淀みがなかった。

大型トレーラーが何台も行き交う光景を、ジープの中からミハイルは満足げに見つめていた。辺りは砂埃《すなぼこり》だらけで環境的には不快である。しかもトレーラーの中にあるのは、人類が造り上げた極めて危険な〝毒〟である。神をも畏れぬ仕業と言ってもいいだろうとミハイルは苦笑いした。

ただ不満なことは、ここにはイイ女とうまい酒がないことだ。かつてはいるにはいたのだが——。

ミハイルは腕時計を見つめた。予定の時間を二十分も過ぎている。

ようやく衛星電話の呼び出し音が鳴ったのはさらに十分後のことだった。

「ご心配のことは何もありません」

まずミハイルが報告した。

「そのようだな」

しゃがれ声の男が満足そうに応じた。その声の背後からは、高貴なイメージのするピアノの旋律が流れていた。その背後に何人かの女の嬌声も重なった。

「奴らは想定通りの動きを？」

「まったくその通りだ」

「成功裏に終わった際のお約束をどうかお忘れなきよう。口座をどうかご確認ください」

「何を言ってる。自分で持って帰ればいい」

「いえ、家族との別れはすでに済ませています」

「ふむ。お前を選んで好運だったと言うべきなのだろうな」

「李《リー》先生、あなたの有り難い教えの通り、死ぬことを畏れず全力を尽くせば必ず成功に帰着する、を貫きます」

「その言葉を聞きたかった」


「お忙しいところ大変失礼いたします」

しゃがれ声の男は、プールで戯《たわむ》れるカラフルな水着姿の若いタイ人女性たちの姿をカーテン越しに見つめながら真っ先に詫びた。

「毎回思うところだがね、中南海（中国共産党中央政治局最高幹部たちのオフィスが集まる最高厳重エリア）がこれほど老人臭に満ち溢れているのに誰も気づいていないことが怖ろしいよ」

「それはそれは。いつか私めにもお話しくださいませ。ところで、尊敬する、Xi《シー》、本日でございます」

「おお、そうか、そうだったね。前回は楽しませてもらった。ありがとう。今日こそ、もっと素晴らしいニュースを楽しみにしているよ」

「感慨深いことです」

「そうともそうとも。李、君の努力は知っているよ」

「光栄でございます」

「では、そろそろ失礼するよ。老公《ラオコウ》（年配への尊敬表現）の長々とした話に付き合わなければならないからね」

「お察し申し上げます」

「ああ、そうだ。前回、〝敵〟がいるとかどうとか言っていたが、どうなったね？」

「Xi《シー》、もはやご心配に及びません。お騒がせいたしました」

「うむ。成功を祈る」


天安門広場のちょうど北側に位置する中南海の地下に造られた秘密のプラットホームからトンネルの道路に入った、

Xi《シー》を乗せた車はそのまま——最近LEDに交換された——ライトが照らすトンネルの中を西へと向かった。そして中国共産党中央軍事委員会ビルの真下にある入り口から入ると、そのまま大きなドアがある玄関の前で停止した。

案内役として待機していた人民解放軍中将が先導し、ビル八階にある無人のオフィスに通された。Xi《シー》は、二十人はゆうに座れる巨大な円卓の片隅にある受話器を持ち上げて、彼しか知り得ない電話番号にかけた。


「はじまる。今夜だ」

「これまでの努力の結晶というべきだな」

アメリカ人は溌剌《はつらつ》とした雰囲気で言った。

「ところで懸案の件は？」

「潰した」

「アンクルサム、実に君らしい言葉だ」

「デゥオ・ステラ」

「デゥオ・ステラ」

5

工場地帯から光が洩れてくるだけの殺風景なエリアの一角で、高さ五メートル以上、厚さ約一メートルの銀色のメインゲートがゴロゴロという重低音を放ちながらゆっくりと開いてゆく。ゲートが開ききるのを待ちきれなかったバイクや自転車に乗った男たちが続々と敷地内へと駆け込んでゆく。そのすぐ後を〈サン〉がハンドルを握るブルーメタリックボディのメルセデス・ベンツGクラスゲレンデを先頭に、さらに何台もの乗用車がくぐり抜けていった。

満足した風に大きく頷いた〈マスター〉が、彼らを迎えに行こうとした時、スマートフォンのバイブレーションが振動した。ポップアップされた通知に、本庁情報統括の鹿島夏栂の名前があった。一瞬、逡巡したが、これからはあらゆる協力がいると思った〈マスター〉は電話に出た。

「なぜ我々への許可が？」

〈マスター〉はまずその言葉を投げ掛けた。

「長官に感謝すべきよ」

夏梛が呆れたようにそう言ってつづけた。

「内閣官房長官の碓氷《うすい》先生と成瀬長官の特別な関係のおかげだから」

「特別な関係？」

〈マスター〉が訝った。

「前から噂は聞いていたけど、特殊部隊《エス》ってピュア過ぎて世間知らずよね」

「いいから、その特別な関係って何だ？」

夏梛は、「前の政権末期、碓氷先生が官房長官になられる直前のこと。長官秘書から聞いた話よ」と前置きしてから話を始めた。

当時、秋月次期総理から官房長官に抜擢されたのが碓氷代議士。碓氷代議士はすぐさま猛烈な勢いでかつ水面下で準備を開始した。

そして官房長官になるや否や、港区《みなと》高輪《たかなわ》の私邸に全省庁の最高幹部たちを呼びつけ、国会対策のレクを求めた。碓氷代議士は、安定した政治によって日本の経済の立て直しを図りたいという思いが強く、そのためには秋月政権が長期に及ぶことを追求した。つまり国政に迷いがない〝強い政権〟を作りたかった。そのためには総理を支える自分こそが省庁を束ねる必要がある、と確信したのだった。

毎夜、省庁最高幹部たちが続々と碓氷代議士の私邸に呼ばれたが、その中の一人が当時、警備救難部長だった成瀬長官だった。彼だけは週に三度も呼ばれることとなった。当時、日本の海洋権益を巡って外国船舶による横暴が発生したことに碓氷代議士は強い危機感を抱いていた。

碓氷代議士は、このままでは日本の海洋権益が外国から押し潰されるように吸い取られてゆく――そう強く危惧したのだった。

そして碓氷代議士への勉強会も終了し、秋月政権が誕生して組閣を終えた、その一週間後のお昼のことだった。

部下が勢い込んで成瀬部長に言った。今し方、ＮＨＫニュースでテロップの速報が流れ、海上保安庁の新しい長官に成瀬部長が就任することに決まった、と。

成瀬部長は驚愕するとともに困惑した。歴代長官は国土交通省のキャリア官僚がずっと務めてきた。しかし海上保安大学校出身の〝生え抜き〟こそ厳しい日本の最前線を守る指揮官に必要だという碓氷官房長官の強い意向があったと伝えられた。

「碓氷官房長官と成瀬長官との間には今でも誰も立ち入れないらしいわ」

説明を終えた夏梛がこうつづけた。

「奥の奥で二人は繋がっている。でも実態は誰もわからない。ただ今回のあなた方の出動はその関係、それは確か――」

ひとり頭を振った〈マスター〉が話題を変えた。

「で、わざわざお電話を頂いたご用件は？」

「私も、巡視船内に立ち上がる現場指揮部に行って支援します。あなた方のスケジュールを教えて欲しいの」

夏梛は軽く言った。

「その話なら、本庁の特殊警備対策室に言ってくれ。じゃあ」

一方的に電話を切った〈マスター〉は一人呟いた。

「勝手にしやがれ」


「オペレーション！　オペレーション！」

五十名以上の私服姿の男たちが事務室に足を踏み入れた瞬間、〈グレイト〉の声で出動アラートが鳴り響いた。戸惑う男たちの姿を監視カメラで見つめた後、〈マスター〉がオペレーターたちの前に姿を現した。

「実動だ。アサルター、コバートダイバー、EOD《イーオーディ》ダイバー、さらにCBRN《シーバーン》から選抜し『六隊』を編成して出動する」

互いに再会を喜んでいたオペレーターたちの動きが止まった。静寂が支配した。

「対象船は、大型クルーズ客船、総トン数５万４４４ＧＴ。旅客数四百五十名。乗務員数、三百五十名。事案の種別、『ＳＪ』（シージャック）――」

オペレーターが〈マスター〉たちの前に押し寄せた。そして、犯人の人数、火力、国籍と要求事項に始まり、死傷者、旅客の状態、図面の有無など、よってたかって質問攻めにした。

「犯人については、現在、データはゼロだ」

〈グレイト〉がつづけた。

「出発は、三十分後だ」

オペレーターたちを見渡していた〈グレイト〉が声を上げた。

「ベーダー！」

その声に「こちらに！」と応じたのは、オペレーターたちの中でも抜きん出た大男だった。CBRN《シーバーン》チームのリーダーである。その体軀《たいく》やダイナミックな振る舞い、そして犯罪者に対する容赦ない扱いから――ベテランのオペレーターの中には、コイツは血も涙もないと表現する奴もいるが――アメリカ映画「スター・ウォーズ」に敵役として登場する「ダース・ベイダー」に似した異名をとるシーバーン・スペシャリストの〈ベーダー〉がオペレーターたちを掻き分けて、〈デウス〉と〈グレイト〉の前に歩み出た。

「よく聞け」

〈グレイト〉がオペレーター全員を見回した。

「情報では、対象船の『卑弥呼』は、遺棄サリン弾頭が船内に隠匿されているとのことだ。よって今回は、対化学戦用装備で突入する。オペレーターは全員、拮抗剤を携行しろ。もし化学剤に接触したら、迷わず太腿にそいつをブッ刺せ。それと、お前たちにはこの美味しい『サプリメント』を飲んでもらう」

親指大の赤いカプセルをポケットから取り出した〈ベーダー〉は、ニヤリと笑ってそれをオペレーターたちに見せた。〈ベーダー〉は、「最終アプローチのヘリコプターに乗ったときに呑み込め」とだけ命じた。

「かかれ！」

〈グレイト〉の合図で、オペレーターたちは蜘蛛の子のように散った。準備に走り回る者たちでたちまち怒号とともにごった返した。

騒乱の中、作戦室に入ろうとした〈マスター〉の前に、〈デウス〉が立っていた。

「本郷！」

本名で呼ばれた〈マスター〉はぎょっとして〈デウス〉を凝視した。

〈デウス〉が言った。

「現場を頼む」

今まで聞いたことのない声だった。〈デウス〉は感じ取っているのだと〈マスター〉は思った。今回のミッションは無事では済まない。つまり誰かが確実に「戻れなくなる」と……。

基地一階のホールに集合したアサルトの六個チーム、エアカバーの狙撃手三名、総勢四十五名のオペレーターの姿は、異様なものだった。化学防護を想定したアサルト装備、つまり真っ黒の防護マスク――中央に有害物質を通さない円形のキャニスターが装着されている以外はほぼ全面が精密な射撃が可能となるような透明シールドで覆われている――をかぶり、全身は、濃灰色の戦闘用軽量防護スーツに覆われている。

その上から、プレートキャリア（防弾ベスト）、武器、弾倉、無線とブリーチング資機材等を所せましと装着。さらに左足の太腿には、サリンに曝露《ばくろ》した場合の緊急解毒用である拮抗剤・硫酸アトロピンが注射タイプのインジェクションキットとなって、十本ほど収納されている。また、化学剤を感知した場合に警報で知らせる簡易型小型検知器がリストバンドとともに、オペレーターたちの右腕に装着されていた。

空港エプロンでエンジンを回すサーブ340に〈マスター〉が駆け込んだ。

「ウエポン・ポリシーについての指示が本庁から出た」

〈マスター〉のもとに「第1アサルトチーム」の面々も急いで集まった。〈マスター〉は真剣な眼差しでオペレーターたちを見つめた。

「我々が対処する『敵』について、先日、オレの〝見立て〟を話したが完全じゃない。あくまでも〝三つの敵〟のうち『真の敵』を意識しろ。奴らは特殊部隊のスキルを持った者であると考えられ、しかもボディアーマーを装着している可能性が高い。そのことを鑑み、特例ではあるが、接敵《せってき》（犯人グループとの遭遇）次第、警告なしでのヘッドショット（頭部への射撃）を許可する。この内容は、アンダーで官邸まで届けられて秋月内閣総理大臣による口頭での承諾を頂いている——以上だ」

第1アサルトチームのオペレーターたちは特別な反応はなかった。ただ、それぞれで、小さくサムアップしたり、息を吸い込んだり、目を瞬《またた》かせたりとささやかな仕草を示すだけだった。〈マスター〉は、オペレーターたちの中にいる〈バイパー〉に視線を向けた。装備のチェックを急ぐ〈バイパー〉の姿はいつもと変わらない。だがそれでも、恋人を亡くした思いについて確認したい衝動を抑えきれなかった。

「バイパー」

〈マスター〉の声に、緊張した面持ちで〈バイパー〉が振り返った。

「お前は——」

「大丈夫です」

〈バイパー〉は、〈マスター〉の気持ちを察したように遮ってつづけた。

「為すべきことをやるだけです」

「激しく、厳しい戦いとなる」

〈マスター〉が押し殺した声で言った。

〈バイパー〉は小さく微笑むことで〈マスター〉の言葉に応えた。

約二時間後には沖縄県の那覇空港に到着したＳＳＴ四十五名を待っていたのは、メインローターをぶんぶん回している——第11管区海上保安本部の基地や巡視船からかき集めた——九機のヘリコプターだった。〈マスター〉をリーダーとする第1アサルトチームが乗り込んだ「ナックルアロー1《ワン》」のコールサインを与えられた「ＭＨ６８７スーパーピューマ２２５」が直ちに離陸した。また、第2、第3、第4と第5のアサルトチームを運ぶ「ナックルアロー2《ツー》」「ナックルアロー3《スリー》」「ナックルアロー4《フォー》」の三機も次々と飛び立った。さらにつづけて最大の脅威であるＳＡＭを排除する過酷な任務を与えられたＳＳＴの狙撃手三名を分乗させてエアカバーの任務にあたる「スカウト1」「スカウト2」と「スカウト3」の三機も即座にテイクオフしていった。

　これら七機のヘリコプターはすぐに密集編隊となり、夜間、すべての航空灯を消して高度二百フィート（約六十メートル）という超低空水平飛行で「卑弥呼」を目指した。本来なら無灯火は航空法違反である。自衛隊では認められる航空法の例外規定に、海上保安庁のヘリコプターは含まれていない。しかし、緊急事態においてはそんなことに構っていられない、というのが海上保安庁の乗組員たちのコンセンサスだった。

〈マスター〉は眠れなかった。考え抜いたつもりのリスクマネジメントに隙間はないだろうか——目を瞑ると何度もその思いにゆきつくのだ。

いや、頭に浮かぶのはそれだけではない。万が一、撃たれた時、どれだけの痛みなのか、仲間が倒れても恐怖に動じないで冷静に任務をつづけられるのか、これまで数多く実動を繰り返し、実動の経験を筋肉に刻むマッスル・メモリーをさせてきたスキルを本当に発揮できるのか――。相手は、特殊部隊と同等のレベルだ。恐らくは野獣のような奴らだ。あと少しすればそんな連中が潜む船に突入するのだ。銃撃戦が起きる可能性は非常に高い。死ぬかもしれない。日本から遠く離れた寒い海で撃たれてオレの人生は終わるのか――。家族の顔が浮かんだ。

クソ！　アサルトへの気持ちを高めなければならないのに、なんでこんな時にこんなセンチな気分になるんだ！

その直後だった。信じられない身体の一部に変化が起こった。そこへ手をやったリーダーは絶句した。今、なぜ？　決戦を前にして、どうして？

男性器が勃起《ぼっき》しているのだ。それも破裂すると思うほどに硬く怒張して痛みさえある。だが明らかに性欲からではない。また射精がしたいわけでもない。〈マスター〉は困惑した。オレの身体はどうなっちまったんだ！

〈マスター〉はハッとしてこの意味を理解してゾッとした。勃起が起きているのは、お前はこれから死地へ向かうのだから、その前にＤＮＡを継ぐために勃起して女性器と性交し精子を放て！――そう本能が自分の身体に命じているのだ。

――ということは、つまり、オレはこれから死ぬのか。だからこそ、オレのＤＮＡが、子孫を残すために精子を放出しろ、そう本能に命じているのか。

だが〈マスター〉は絶望的な気分にはならなかった。死ぬ覚悟ならいつでもできている、という思いもまた本能が否定した。心の中に刻み込んでいる言葉を思い出したからだ。正確な言葉は忘れた。ただ、その内容はハッキリと覚えている。

《死ぬ覚悟でやればなんでもできる――『必死可殺《ヒッシカサツ》』は頭から消せ。死ぬ覚悟を持つ者ほど殺しやすい者はいない》

6

高度六十メートルという事実上の、海面スレスレの超低空水平飛行をつづけるナックルアロー1の機長が、互いの装備チェックを行っていた〈マスター〉たちを振り返った。

「あれだ。見えるか？　かなり暗い」

機長のその言葉で、〈マスター〉はフロントガラスへ身を乗り出した。

「舷灯とマスト灯、またプロムナード・デッキや客室に至るまですべての灯りを消している」

機長が言った。

月明かりにぼうっと浮かぶ「卑弥呼」を見通す〈マスター〉は、巡視船「おきなわ」に詰める〈グレイト〉からスマートフォンを通じて聞かされた情報を脳裡に思い浮かべた。

それは二時間ほど前に、第11管区海上保安本部ＯＰセンターに１１８番通報として入ってきた、『卑弥呼』の旅客からの情報だった。

通報の主は、夫婦で参加している旅客で、赤座佐智子と名乗った。

「卑弥呼」の運営会社「エトワールクルーズ社」と第11管区海上保安本部とでシェアしている旅客名簿との照合作業で旅客本人であることが確認された。彼女は、かつて自分は公務員、それもかなりの肩書きを持っていたと言っており、その話しぶりは、理路整然としていて滑舌もよかった。

電話に対応した本庁OPセンターの嵐山上席運用官が佐智子に真っ先に尋ねたのは、クルーズ客船「卑弥呼」は本当にシージャックされたのかどうか。あなた方は人質なのか。もしそうであれば今、どういう状態なのか。そして、死傷者の有無と犯人についての情報も聞き出そうとした。

赤座佐智子は、今の状況は、素人目から見ても、シージャックという有様《ありさま》であり、自分が知る限り、今のところ亡くなった人も怪我をした人もいないとした。犯人については、複数のグループで人数は彼女が目にした限りで十名。いずれもバラクラバ帽と思われるものを被っている。顔貌はわからない。武器は、銃身が長い銃と拳銃のようなものを目撃。日本語で話をするのは男性と思われる一人だけ。他の者は一切喋らない。

そして旅客は、10階のヒミコ・デッキから6階のグレース・デッキまでの五つのフロアにある自分たちの客室に押し込められ、絶対に客室のドアを開けるな、と命じられている。通路には銃を持った者がウロウロして監視している。

また、船長やホテルマネージャーからクルーまでのすべてが、3階、2階と1階の三つのデッキのバックヤード、つまりクルー居住区に押し込められている——。赤座佐智子の証言は詳細だった。それ以外の情報としても、旅客の全員にボディチェックや手荷物検査をしてスマートフォンを取り上げたという。

ではなぜあなたはここにかけてこられたのかと嵐山上席運用官が尋ねたところ、赤座佐智子は、いつもは使っていない二台目のスマートフォンがバッグの中のポシェット、さらに防水用として鉛の缶がありそこに入れていたので、今、電源を入れて使ってかけているのだと、終始、滑らかな口調で説明した。

「そうそう、もう一つ、思い出したことがあるんです」

赤座佐智子はそう言うなり一方的に話を始めた。

「一度、旅客と乗務員は全員、5階のメイン・デッキに集められたんですが、その時、たまたま隣にいた女性のクルーが私にこう囁いたんです。〝6階のグレース・デッキには間違っても行ってはいけません〟と。なぜ？　って訊いたら、〝そこには武器をいっぱい運んでいて、犯人もたくさんいたんです〟とね」

その情報に現地対策本部は色めき立った。現地の状況が初めて明らかになったからだ。

シーガーディアンの偵察によって、「卑弥呼」の最上階、12階「スカイブルー・デッキ」の船首付近で、犯人グループたちが保有しているSAMらしき武器を捕捉。その画像を本庁警備情報課が分析したところ、ロシア製SA－11の可能性が高いとの鑑定がなされた。その情報はすぐさま、三機のスカウトの機長に伝えられた。

スカウト三機は海面上、わずか五十メートルという超低空飛行を維持したまま「卑弥呼」の船尾へと秘匿接近していった。

〈マスター〉は、那覇空港を目指すサーブ340の機内で、〈グレイト〉から聞かされた話を思い出した。

実は、この戦術については、出動ギリギリまで本庁対策本部において意見が分かれていた。犯人グループがSAMを持っている可能性を排除できない以上、チャフ（ミサイル妨害材料）を持たない海上保安庁のヘリコプターは、SAMで撃墜されるリスクが高いという意見を、磯山次長が強く主張していたのである。

「卑弥呼」の船尾舷側にぶつかろうという直前、スカウト三機は一気に急上昇した。機首を上げたまま最上階である12階「スカイブルー・デッキ」と呼ぶ屋上まで到達すると、スカウト三機はあらかじめ決めたエリアの上空を旋回し、それぞれに分散配置されたSST狙撃手がSR25狙撃銃にマウントした六倍ショートスコープの中でSAMの射手を必死に捜した。

だがSAMの射手どころか人気さえまったくない。

スカウト1の機長が、もう一度、旋回することをヘッドセットに伝えた、その直後だった。

「プールの左舷、射手、現認！」

筒状のものを肩に担いでいる男を発見した狙撃手は頭を狙って照準し直ちにトリガーを引いた。だが狙撃手はその光景も同時に見つめることになった。筒状のものから白い煙が猛スピードで向かってくる——。

機体を大きな衝撃が襲った。テールローターがやられた！　とすぐにわかった。機体が激しく回転し高度を落としてゆく——。

〈マスター〉はその光景をまんじりともせずにキャビンから見つめた。だが身体の奥で激しい怒りが込み上げた。仲間をやりやがって！

〈マスター〉はオペレーターたちを振り返った。どの顔にも自分と同じ感情が湧き立っていることを確認した。

ナックルアロー1が「卑弥呼」の船尾の直近まで迫った。その直後、高原機長は決心した。右手で操縦桿を一気に引いた。さらに同時に左手でピッチレバーも引いて出力を上げてさらに上昇率を上げた。ナックルアロー1は、超低高度から舷側に沿って急上昇した。そして最上階である12階「スカイブルー・デッキ」に到達、操縦桿とピッチレバーを素早く逆に操作し、一瞬で機体を水平飛行に移行した。

ホイストマンがファストロープのポイントへ機長を誘導する。

「この位置にホールド！　SST降下！」

いつもは冷静なホイストマンの声が余りの緊張で震えていた。

モンキーベルトを必死に握る〈バイパー〉がファストロープ用の日本ロープ社製の太く重量感のあるロープを落とした。〈バイパー〉が下を覗く。接地目標の一平方メートルは点にしか見えない。米軍の訓練相手だったらクレイジーだ！　と言うはずだと瞬間的に思った。ファストロープが開始された。猛烈なスピードだった。互いの間隔はわずか五十センチ。誰もが自由落下に近い。着地まで一秒のタイミングで両腕と両足でロープを絞り上げる。摩擦で薄い煙が上がった。

〈マスター〉は六名全員の存在を確認。急いで腕時計を見つめた。ファストロープ、四秒で完了！　そしてダッシュ・アンド・スムース・ムーブ――つまり両足の接着からすぐに膝と股関節をショックアブソーバーのように使い、スムースに急減速しつつそのままシューティング・オンブーム（移動間射撃）に素早く移行するためのテクニックを発揮し射撃態勢に入るまで二秒！——完璧だった。

〈マスター〉は本音では彼らのことを心配していた。部隊の崩壊という状態によって精神的なダメージがどれだけ彼らをダメにしたか、実動に出るまで危惧していたのだ。

〈マスター〉は、右舷、船首方向、五十メートル先に「アンノウン」（正体不明者）を視認した。ＡＫ47小銃を据銃して向かってくる男がこちらに銃口を向けた。〈マスター〉は咄嗟に空調設備の陰に隠れたが右腕上腕を撃たれた。ただアサルトスーツの繊維が吹っ飛んだだけだった。——ＨＫ４１６アサルトライフルを構えてダッシュ。男に接近すると小脳を破壊するイメージで、５・５６ミリ弾を男の鼻腔の真下に叩き込んだ。

つづくオペレーターたちもあらかじめ決めていたエントリーポイントである旅客用階段脇の壁に〝取り付いた〟。

〈マスター〉の合図で、オペレーターたちは行動を開始した。スムースにエリアからエリア、区画から区画へ動きを止めることなく、流水のように、ヘビが進むが如く、クリアリングを行っていく。ＳＳＴが開発した、あらゆる船に適用できる「スネーク」という名の特殊な法執行型クリアリングテクニックだ。各区画のブリーチング（強行突入口形成戦術）↓クリアリングを行いながら進んでいく。

最上階、12階のスカイブルー・デッキのすべてのクリアリングは排除した。そこにはスパ、露天風呂、サウナに加え、レストランやバーもある。だが、それらをすべて検索し制圧するための人数と時間をあらかじめ検討した結果、排除することを戦術会議で決めていた。それよりなにより船橋を確保することこそ最優先のミッションだった。

〈マスター〉たちは船尾にあるクルー用階段を使い、９階に辿り着いた。グリーンフラッシュ・デッキと呼ばれるスイートと同じプライベートな眺望が楽しめる約三十平方メートルのバルコニーが付いた客室フロアである。この船首部分に船橋がある。

〈ゴースト〉は、左右に客室が並ぶ廊下でカッティングパイを実施した。

〈ゴースト〉は〈マスター〉に向かって頭を振った。犯人がいない、というメッセージだった。しかしOICでの情報のやりとりを〈マスター〉は思い出した。各フロアには監視役がいるという、旅客の通報者の証言である。

船橋区画は、この通路の先にある。是が非でもこの通路を通過する必要があった。廊下のドンツキ――船橋前――での脅威もさることながら、客室とて安全ではない。どこに犯人グループが身を潜めているかわからない。監視カメラもこの通路を見ている。〈マスター〉は、船橋での交戦こそが、このミッションの最大の勝負の分け目となる、と意識し、そのための戦術を練りに練ってきた。

オペレーターたちの動きは速かった。先頭を歩き出したのはＨＫ４１６を目線と水平のポジションで据銃する〈スキッド〉だった。そして〈スキッド〉と身体を密着させながら残りの六名が密集し、前後左右を警戒する「スタック」の隊形で進んだ。身体を触れあっているので仲間の鼓動も伝わってくる。汗の臭いも感じる。ヘッドセットと一体化した防音イヤーマフを使っていても、息遣いが耳に響く。

通路の先までの距離がどんどん縮まってゆく。このまま行ける――〈マスター〉はそう思った。

「半分ほどの距離。もう少しだ。警戒しろ」

〈マスター〉はマイクに囁いた。

〈マスター〉は、これまでのアサルトを分析し、犯人グループがＳＦ（特殊部隊）並みの高度なレベルにあることを意識し、それをオペレーター全員にあらためて伝えた。

〈スキッド〉はすぐさま隊形に戻った。そして再びチームで船橋を目指した。

船橋へ通じるドアの前に到着した。テンションキー式のロックを解錠するシステムである。

〈バイパー〉が進み出た。彼はブリーチングの役割を担っていた。背中で固定していた吊り紐《スリング》を手繰り寄せ、モスバーグ社製タクティカル・ショットガンを手にした。

〈バイパー〉は〈マスター〉を見つめた。〈マスター〉は素早く頷き返した。

〈バイパー〉はフラットノーズ弾二発の連続発射で施錠を破壊した。〈バイパー〉と入れ替わりトップマンとして突入したのは、〈スキッド〉だった。目の前にあったのは、人一人がやっと通れるほどの狭隘な通路だった。左右の壁には各国の旅客船と交わしたと思われるレリーフが所狭しと掲げられている。

三十メートルほど先の突き当たりにドアがあった。施錠はなかった。〈スキッド〉はさすがに大きく息を吐き出した。この先に船橋エリアが広がっていることはオペレーター全員が知っている。中から男たちの話し声が聞こえた。

——このドアの先に、間違いなくアサルトがある！

オペレーターたちを見回した〈スキッド〉はサムアップを送った。すぐに全員から同じ動作が打ち返された。〈スキッド〉の腹は決まった。

そっとドアノブに手をやった。

──回った！

〈スキッド〉には何の躊躇《ためら》いもなかった。これまで腐るほどキルハウスで行ってきた訓練通りにやればいい──。

〈スキッド〉がフラッシュバンを投げ入れた。激しい音響、閃光と煙が襲う中、〈スキッド〉が真っ先に左側のコーナーへ突進し、すぐ直後を他のオペレーターたちが間隔を空けずに逆方向へエントリーする。左の角《コーナー》を確保した〈スキッド〉は銃口を周囲へ振り向けた《スイープ》。

船橋には二人の男がいた。オペレーターたちの姿に気づくなり射撃してきた。〈スキッド〉が一人の男のAラインに二発発射し、相手が怯んだ隙に頭部に精密射撃を行った。その直後、もう一人の男がフルバーストで撃ってきた。〈スキッド〉は船橋の片隅にある作業部屋に駆け込んだ。だがすぐに身体を反転し、男にヘッドショットした。他のオペレーターはドアというドアを開け、隣室の小部屋にエントリーしてゆく。クリア！　クリア！　検索を終えたオペレーターたちの報告がイヤーマフに連続する。

「オールクリア！」

そして、オペレーターたちからの最後の報告を受けてそう言ったのは〈マスター〉だった。

さらに〈マスター〉はHK416をローキャリーの銃姿勢のまま船橋内をぐるっと見渡した。

〈マスター〉は〈ゴースト〉と〈スキッド〉を選んで左右を警戒するポイントに配置させた。

「操船の確保！」

オペレーターたちは、船橋エリアの中央に設置された航海コンソールの中にあるコントロールスタンド（操作盤）の前に集まった。

「クソ！」

声をあげたのは〈サン〉だった。

コントロールスタンドのちょうど真ん中には、船の推進力を生み出す左右両舷の可変ピッチプロペラに動力を与える二つのエンジンレバーがある。だが、その両舷のエンジンレバーの根本付近がメチャメチャに破壊されている。緊急停止させるために船を逆進させる「アスターン」（逆進）の位置へハンドルを動かすことができない。緊急停止や非常停止用のボタンはない。アスターンの位置にエンジンレバーを入れることのみが船を緊急停止させるための唯一のシステムなのだ。

しかも、船の速度を示すエンジンレバーの位置は、両舷とも最高速度を意味する「ナビゲーション・アヘッド・フル」にあった。今、この船は時速にして二十二ノット（約四十キロ）の速度で航行していることになる。

〈マスター〉は、何かに気づいた風な表情を浮かべた後、右舷側にある電子海図操作盤へ足を向けた。それは、〝巨大なパソコン〟という形容が相応しいデバイスで、右側のジョイスティックを軽く操作するだけで、地図を移動させたり、拡大・縮小ができる。また、様々な電子的なレイヤー――例えば航海レーダーが捉えた電子図面――を幾つもの情報を映し出すレイヤーを重ねると、周囲を航行する他の船の位置がプロッピング（将来位置予測）されて分かる。

「『卑弥呼』がこのままの針路と速度で行けば――」

〈マスター〉が緊張した声で言った。

この電子海図が優れているのは、航海レーダーで捉えた進行方向に存在する船舶を始めとする物体を避けるための「自動衝突予防援助システム」もレイヤーとして表示されることである。

つまり、将来の位置を予想して衝突の可能性をプロッピングしてくれるのだ。

〈マスター〉は電子海図のジョイスティックを操った。

「約三時間後――。中国海軍と米第7艦隊の水上艦が、互いに肉眼で確認できるまでの距離で〝ランデブー〟（遭遇）します」

〈バイパー〉が言った。

「そこまではまだかなり余裕があるな」

〈マスター〉が安堵の表情を浮かべた。

「いや、そいつは気が早い」

〈マスター〉が振り向くと、〈バイパー〉が電子海図の航海レーダーのレイヤーが被さった画面の一点を指していた。

「『ＡＩＳ』のレイヤーでは存在しないが、航海レーダーには『卑弥呼』を追尾しているとしか思えない三隻の航跡が映っている。しかもものすごい速度です」

「アメリカ海軍のＳＡＧ《サグ》（サーフェイス・アクション・グループ）の可能性がある」

〈マスター〉が言った。

「ＳＡＧ《サグ》？」

〈バイパー〉が怪訝な表情を向けた。

「ＳＡＧは、空母機動部隊の主体である空母《ＣＶ》に先行して行動し、情報収集、欺瞞、陽動などの特殊作戦部隊的な行動を自由自在に実施します」

〈ジョー〉がつづけた。

「したがって僚艦《りょうかん》でさえその姿を視認することはできない。ＳＡＧが本当はどこへ向かおうとしているのか、そのため、PIM《ピム》（空母機動群の移動方向）さえ掴めず、僚機でさえSAGの位置を特定するのに苦労するほどだ」

「そんなヤバイ奴らがなぜここに？」

「これを見てください」

六人の視線が電子海図に集まった。

「このSAGの予想航跡、それらのPIMとこの船が交差するのは、最短ならば三時間後」

「なんてことだ！」

「目的は『SJ』（シージャック）に遭ったこの船の破壊ということも考えられる」

〈マスター〉が言った。

「まさか、旅客と乗務員が八百人も乗っているんですよ！」

〈バイパー〉が慌てて言った。

「『卑弥呼』の存在が、台湾情勢に対するアメリカの戦略的目標にネガティブな影響を及ぼすと判断したならば、ニュートラライズ（消滅）する選択もありえます」

〈ジョー〉が冷静に言った。

「いや、アメリカだけに限らない。事態は極めて深刻だ」

無線機にかかりっきりになっていた〈サン〉が言った。

「本庁警備情報課からの情報が更新された。それによれば、二時間前、中国海軍の北海艦隊に属する五隻で構成された駆逐艦部隊がこちらに向かっている」

〈バイパー〉が目を見開いた。

「それだけじゃない」。〈マスター〉がつづける。「中国の青島から出航したと思われる十隻も

『卑弥呼《こちら》』へ針路をとっている……」

「それらと『卑弥呼』とのランデブー時間は？」

〈マスター〉が〈バイパー〉に急いで尋ねた。

「将来のプロッピングが示す推定によれば、その時間は――」

オペレーターたちの視線が〈バイパー〉に集まった。

「早くて二時間半――」

「しかもその海域は台湾とは目と鼻の先。この『卑弥呼』を巡っての行動が、米中の戦争へと繋がる可能性がある――」

〈ジョー〉が独り言のようにそう言った。

「しかも、事態はより深刻だ」

そう言った〈マスター〉は、コントロールスタンドのエンジンレバーを指さした。

「アスターンが使えない」

そもそも「卑弥呼」は推進用発電機からの電気によって電気推進システムのエンジンプラントが稼働し、大型推進モーターの可変ピッチプロペラで推進するシステムである。だが、それらをすべて止めるだけでは船はすぐに停止しない。エンジンレバーや操作盤によって推進力をアスターンに入れなければ、船はマニューバリング（余力《りよく》）によって、前方へのアドバンス力（推進力）はすぐには落ちないのだ。「卑弥呼」ほどの巨大船では、潮流の状況次第で、一時間近く、二十キロ以上も前へ進んでからやっと停止するケースがあることを、〈マスター〉を含むオペレーターたち全員がこれまでの訓練で知っていた。

「これを見ろ」

〈マスター〉は、左手首にマジックテープ式のベルクロで固定している小型タブレットを起動させて船内配置図をディスプレイすると、右手の指でピッチアウトした。そして、オペレータたちを呼び集め、「機関室機関プラン　卑弥呼　乗組員教育資料」と右上に題された画像をディスプレイした。

「ここ船橋以外でアスターンを操作できるコントロールスタンドがあるのは、ここに示されている通り三ヵ所だ。まず一つ目が、ここ9階のグリーンフラッシュ・デッキの船首側、船長室の隣にある『機関長寝室』。二つ目は、バックヤードである4階のテンダー・デッキの船首寄りにある『エンジン・コントロール・ルーム』。さらに最後の三つ目は、同じテンダー・デッキだが別区画にある『エンジン・コンピュータ室』で、そこにある『電気推進機関士卓』に目的の『アスターン』操作盤がある」

オペレーターたちは緊張した面持ちで〈マスター〉の話を聞いていた。彼らの脳裡にあったのは、4階のテンダー・デッキまでの〝道のり〟だった。そこへは、ここから五デッキを下る必要がある。つまりそこに行き着くまでどれだけの犯人と、何度、アサルトを行わなければならないのか。

〈サン〉が船内交話の受話器を急いで摑んだ。4階のテンダー・デッキのエンジン・コントロール・ルームと直接繫がる回線である。

受話器から大声が漏れ聞こえた。

「大丈夫です、すぐ行きます。待っていてください！」

そう言って受話器を戻した〈サン〉が振り返った。

「エンジン・コントロール・ルームに犯人グループらしき存在が迫っている。ドアをロックして持ち堪えているようですが――」

事前の情報収集で分かっていたが、エンジン・コントロール・ルームには、二十四時間体制で1等機関士、次席1等機関士と2等機関士の三名の日本人エンジニアが四時間ずつ交代で当直に入っているはずだった。

「ちょっと待ってください」

〈スキッド〉が口を挟んだ。

「米中の狙いは本当に、台湾海峡に存在する中国海軍の水上艦艇なんですか。それに本当にサリン弾頭が『卑弥呼《こ こ》』にあるとしても、どうやって中国海軍を攻撃するんです？」

「私も同意見です。それに――」

〈ジョー〉がつづける。

「遺棄サリン弾頭が、野戦砲《やせんほう》の砲弾であることは間違いありません。つまり発射する砲《キャノン》が必要なんです。ですがそんなものが豪華客船にあるはずがない。万が一、搬入を試みたとしても目立ち過ぎて即座に警察へ通報されて一発で終わりのはずです」

「ちょっと待って欲しい」

オペレーターたちの言葉を〈マスター〉は遮った。

「俺たちの任務は、『SJ』（シージャック）という犯罪を解決し、犯人グループを排除し、治安を確立することだ」

〈マスター〉はもう一度タブレット端末にある船内配置図に記された一部の区画をオペレーターに見せつけた。

「ここ船橋を『臨時現場指揮所』として〈バイパー〉が情報統制しろ。八個チームとの連絡役となれ」

そう命じてから〈マスター〉は全員を見渡した。

「まず、9階のグリーンフラッシュ・デッキにある『機関長寝室』は〈サン〉と〈ゴースト〉。4階のテンダー・デッキにある二ヵ所のターゲットまでは全員がスタック隊形（上下左右を警戒し前進）で降りて行く。つまり、ここの『エンジン・コントロール・ルーム』は〈ジョー〉と〈スキッド〉。ここにある『エンジン・コンピュータ室』はオレと〈ニトロ〉。それぞれクリアリングした上で、船の推進エンジンを現在のナビゲーション・アヘッド・フルの推進から逆進のアスターンに切り換えろ。一ヵ所だけでもいい。以上だ」

〈マスター〉のその言葉で〈スキッド〉がフレッシュな弾倉と入れ替えるタクティカル・リロードを行った。銃口が安全な方向にあることと安全装置がかかっていることをまず確認したオペレーターたちは、スライドバックを引き、薬室《やくしつ》及び遊底《ゆうてい》の弾の有無の点検をした。そして自ら完璧にカスタムしたマグポーチからフル弾倉を取り出し、銃の弾倉挿入口に取り付け、止めていたスライドバックを開放して弾の装塡《そうてん》を完了させた。

その時だった。〈マスター〉の隊内系無線に、第2アサルトチームのリーダー、〈ジェット〉から連絡が入った。

「10階の旅客の松浦《まつうら》という女性から、飲み物をもらってくると勝手に部屋を出て行った父親と、それを追って行った母親が行方不明との訴えを受けた。話を聞くに、ご両親は、11階のエトワール・デッキにある『エトワール・グリル』を目指し、通報者も11階にいるらしい。そっちからの方が近いだろ。引き継ぎ頼む」

〈マスター〉は近くにいた〈バイパー〉を振り返った。〈ジェット〉からの話をそのまま伝えた上で、情報統制任務を解除し、対象をすぐに救助し、その後直ちに〈スキッド〉と合流するように命じた。〈バイパー〉は最後まで聞かずに階段へと全速力で走っていった。

左右前後を警戒しながらＨＫ４１６を据銃したまま〈バイパー〉は旅客用階段を慎重に使い、二つのデッキを上がって、11階のエトワール・デッキに到達した。

広い空間に並ぶ幾つもの白い椅子の先で、両腕で上半身を抱き締めてしゃがみ込んでいる一人の女性をすぐに見つけた。駆け寄った〈バイパー〉は、「海上保安庁です」と名乗ってから尋ねた。

「あなたが――」

「松浦《まつうら》、松浦美絵《みえ》です」

「ご両親、いましたか？」

〈バイパー〉が周囲を警戒しながら訊いた。

「いません。すみません、お手数をおかけしまして」

美絵は頭を下げた。

「あなたはここにいてはいけない」

すると美絵は、〈バイパー〉の腕を摑んで立ち上がった。

「父は、もう七十五歳になります。それで初期の認知症の症状が出ていました。で、さきほど私がシャワーを浴びている間に出ていってしまったんです。母も、捜しに行くからとシャワー中の私に勝手にそう言ったきり——ご迷惑をおかけして本当に申し訳ありません」

「いえ、自分の任務ですから」

「あっ、もしかしたら両親は6階のグレース・デッキに行ったのかもしれません。今日は最初、そこでオレンジジュースのサービスを受けたものですから、それを思い出したのかもしれません。いえ絶対に間違いない！」

「自分が捜してきます。あなたは部屋に戻ってください」

「いえ、私も行きます。行かせてください！」

「船内はとても危険な状況です。どうか私に従ってください」

〈バイパー〉はそう語気強く言うと彼女の肩をそっと支えるようにして階段へと強引に向かった。その間もＨＫ４１６の銃口を周囲に向け警戒を維持した。

突然、どこからか大きな音がした。悲鳴を上げた美絵はパニックとなって〈バイパー〉の元を離れて駆け出して行った。


〈マスター〉のイヤーマフ式の無線に声が入った。第3アサルトチームのリーダー〈シャーク〉からだった。

「今さっき、警備室に突入して、犯人グループと思われる二名をニュートラライズした。そこが船内監視カメラの集中管理場所だった。奴らはそこで見てやがったんだ。だが、もはや奴らに目はない。ただ残念なことに、奥の当直用ベッドで、このの船のシップセキュリティオフィサー（保安統括者）の外国人が殺されていた」

「分かった」

それだけ言うと〈マスター〉は腕時計に目を落とした。〈マスター〉の顔が引きつった。階段を降りるのに時間をとりすぎた！

〈マスター〉は階段を警戒して降りながら、すでにファストロープでエントリーしているはずの〈シャーク〉以外のアサルトチームの各リーダーを呼び出して状況を確認していた。ところが予想もしないことが起こっていた。

さきほど6階のグレース・デッキに入ってクリアリングしたとする第4アサルトチームのリーダーによれば、そこにも人気《ひとけ》がないというのだ。

〈マスター〉は訝った。なぜなら6階のグレース・デッキについては、犯人グループが膨大な数の武器を運び入れ、たくさんの犯人たちがいるという、女性の旅客から密やかに提報された貴重な情報があった。そう確か、赤座佐智子という女性からの——。

〈マスター〉は、〈デウス〉から伝えられていた赤座佐智子のスマートフォンの電話番号を書き殴ったメモを探した。アサルトスーツのズボンの腰にあるポケットにそれはあった。呼び出し音が彼女を危険に陥れるかもしれない、という思いがふと頭によぎった。だが、犯人に見つからないことを祈りながら通話を試みた。

彼女はすぐに電話に出た。〈マスター〉が6階のグレース・デッキのことを尋ねると、

「ああ、あなたたち、もう船にいるのね。頼もしいわ！　早く救って！　えっ？　ああ、そのことね。でも、ごめんなさい、あれから部屋から出られなくなったのでもうわからないわ」

とすまなそうに言ってきた。

ただ、こんな話を最後にした。6階のメイン・デッキに旅客たちが集められた時、カジノコ

ーナー「コートダジュール」に大きな何台もの電気機材とパソコン、それに何本ものアンテナみたいなものを運び入れていたと――。

犯人グループはその「コートダジュール」を「指揮所」にしている可能性が高い。〈マスター〉は急いで「第2アサルトチーム」のリーダーである〈ジェット〉に無線で、「コートダジュールが指揮所の可能性大。至急、検索せよ」と伝えた。

〈マスター〉と〈ニトロ〉が6階のグレース・デッキまで降りた時、女性の叫び声が聞こえた。声の主を探したところエレベーターが開いて年配の女性が絨毯の上に倒れ込むのが見えた。〈マスター〉は迷った。目的のエンジン・コンピュータ室へ急がなければならない。だが、すぐに決断した。

〈ニトロ〉をカバーリングファイヤーにした〈マスター〉はエレベーターホールに走り込んだ。女性を介抱したところ、パニックになっているようで上手く話ができない様子である。ふと見ると右手に宿泊証となっている部屋の鍵を握っている。〈1045号室〉。上から降りてきたのだ。

〈マスター〉はその数字をどこかで聞いた覚えがあった。すぐに思い出した。船内の様子について教えてくれている、あの勇気ある赤座佐智子だ。

〈マスター〉は赤座佐智子の目の前にしゃがみ込んだ。予備のミネラルウォーターを与えたからか、少しだが落ち着いてきているように思えた。〈マスター〉はシューティンググラスを外し、穏やかに話しかけた。さきほどは貴重な情報をありがとうございます――。

佐智子はペットボトルをもう一度呷ると、キョトンとした顔で〈マスター〉を見つめた。

「い、いったい……なんの……話ですか……」

彼女は辿々しく言った。〈マスター〉は嫌な予感がした。

「奥さんは、海上保安庁に電話をされたんじゃ……」

「海上保安庁？　どうして私がそんなところに電話しなきゃいけないの？　そもそも携帯電話は全部、犯人たちが持っていったのよ」

「でも、スマートフォンを別に持ってらっしゃるとか――」

〈マスター〉が訊いた。

「それも、犯人たちに見つかっちゃったの」

立ち上がった〈マスター〉は、ついさっき電話をかけた赤座佐智子の電話を鳴らした。

「もしもし、赤座佐智子さんですね？」

〈マスター〉が訊いた。

「なに？　またなの？　あんまり頻繁にはかけてこないで。犯人たちにバレたら怖いの」

「今、私の隣に赤座佐智子さんがいます」

しばらくの沈黙の後、一言だけ低い声で言葉が返ってきた。

「もう遅い」

通話は一方的に切れた。

〈マスター〉は急いで無線機を摑むと、第2アサルトチームのリーダー〈ジェット〉と連絡をとった。

「6階のコートダジュールからすぐに退避しろ！　今、すぐだ！」

〈マスター〉は怒鳴った。

「いったいどうした？」

それが〈マスター〉が最後に聞いた〈ジェット〉の肉声だった。

硝酸アンモニウムと軽油の混合物である「ANFO《アンフォ》」爆弾が炸裂《さくれつ》したのは、6階のグレース・デッキの船首方向、右舷に位置する「コートダジュール」というカジノコーナーの前にあった大きな清掃カートの中だった。

五百キログラムの爆発威力は凄まじかった。6階のグレース・デッキにあるレストラン、セレクトショップや高級宝飾店の窓ガラスと内部は破壊されてガレキとなり、天井のシャンデリアが幾つも落下して膨大なガラス破片が飛散し、複数の場所で火災も起こった。その光景は戦場さながらだった。

待機していた第2アサルトチーム七名もまた近くの調度品やショップの中に叩き付けられた。ただ好運だったのは旅客や乗務員は客室や自室に閉じ込められていたので難を逃れたことである。

轟音とともに船体も大きく揺れ、上階の客室から悲鳴や叫び声が聞こえた。それと同時に地響きを耳にした。いや、地響きではなかった。それが分かったのは階段を駆け下りてくる大勢の旅客が目に飛び込んできたからだ。旅客が通路を走り回り、階段を降りてくる、その足音が地響きとなったのだ。旅客たちの中には慌てすぎて階段を転がり落ちる高齢の男性もいた。しかもグレース・デッキの惨状を目にした旅客たちの中には、大きく口を開けて驚愕の表情を浮かべ、大声で泣き叫ぶ者さえいた。旅客たちには犯人の指示よりも恐怖感が勝ったのだ。

その時、けたたましい警報が鳴り響いた。「ウーン、ウーン」。さらに至るところで天井のスプリンクラーから大量の水が降り注ぎ、〈マスター〉はびしょ濡れとなった。

「この船は沈むぞ！」

旅客の誰かが叫んだ。それがキッカケとなった。

「タイタニックになるのよ！」「すぐに海水で一杯になる！」「救命ボートよ！」「みんな死んじゃうんだ！」――。

〈マスター〉の前で繰り広げられたのは旅客たちのパニックだった。

この事態を〈マスター〉は最も恐れていた。〈マスター〉にとって重要なのは、このコンバットゾーン（戦場）をいかに自分たちが統制できるかであった。銃撃戦が起きてもいい。それよりも銃撃においての〝場所の利〟と〝時間の利〟を得る――その統制ができればいいのだ。

しかし旅客たちがこんなにも溢れ、しかもパニック状態では、敵に対する銃線も確保できないし、撃った場合の跳弾の計算もできない。旅客たちが被弾する可能性が極めて高くなる――。

恐れていたことが起きた。船尾方向五十メートル先で銃撃の音が聞こえた。〈マスター〉はそこへ向かって駆け出した――だが、さらに大きな悲鳴を上げて逃げ惑う旅客たちが邪魔で先へ進めない。声を出して退かそうとした。だがすぐに理解した。旅客たちは誰も聞いていない――。

頭を切り換えた〈マスター〉はオペレーターたちと連絡を取り合うために無線を使った。だが、雑音が激しく使い物にならない。辺りを見回しても〈ニトロ〉の姿は視界に入らなかった。すでに突入しているはずの他のチームの姿も見えない――。

〈マスター〉は、左手首の小型タブレットの電源をオンにした。ディスプレイに幾つかのメニューが現れた。そのうちからオペレーターたちの位置が表示されるリンクボタンをクリックした。数秒のタイムラグの後、「卑弥呼」12階のスカイブルー・デッキの「プラン・ビュー」（平面図）が表示された。そこには第1アサルトチームの存在を示すブルーのドットや、他のチームのオペレーターの位置が分かる赤いドットも見えない。〈マスター〉はディスプレイを操って他のデッキに切り換えて探した。

オペレーターたちの位置を表す無数の赤いドットが現れたのは10階のヒミコ・デッキから7階のプロムナード・デッキまでの客室フロアだった。第2から第5までのアサルトチームが犯人グループの索敵、鎮圧と人質確保のための行動を任務通りに実施していることが一目瞭然で分かった。このシステムを可能としたのは、基地を出発する前に〈ベーダー〉から指示されてヘリコプターに乗った時に呑み込んだ、SSTでは「サプリメント」と呼称される親指大のピルだった。その超マイクロデバイスを体内に入れることで、排泄されるまでの数時間、オペレーターたち一人一人の位置とバイタルデータがリアルタイムで手首の小型タブレット画面に表示されるようになっていた。

〈マスター〉は、ここ6階のグレース・デッキの平面図を選んだ。自分が仕切るべき第1アサルトチームのオペレーターたち、六名全員がいた！　しかし、すべてのオペレーターがバディの隊形も崩れてデッキのあちこちに点在している——。

〈マスター〉は想像した。自分のチームは、それぞれが孤立化した状態でアサルトを強いられている——。

〈マスター〉はブルーのドットを一つずつクリックし〈サン〉を含む六名全員のコールサインを確認した上で、それぞれでポップアップされる血圧と心拍数のバイタルもチェックした。全員が生存している！

〈マスター〉はもう一度、無線で彼らを呼び出した。だが無線だけは調子が悪いままである。だが留まっている時間はなかった。〈マスター〉はすぐさま移動した。もはや〈ニトロ〉と合流するのは諦めざるを得なかった。

孤立化した〈マスター〉の行き先はもちろん、当初の任務である4階テンダー・デッキにあるエンジン・コントロール・ルームとエンジン・コンピュータ室だった。

9階の機関長寝室を目指していた〈サン〉と〈ゴースト〉がクルー用の階段を使って6階グレース・デッキに辿り着いた時、そこから先は、天井のコンクリートが落下して塞がれていた。そこからの〈サン〉の選択は一つしかなかった。エレベーターは使いたくなかった。システムが障害を受け、閉じ込められてしまうことを恐れたからだ。向かうべきは旅客用の階段しかない。だが、そこには犯人グループが待ち構えている可能性が高かった。

しかし躊躇している余裕はない。いち早く機関長寝室へ行かなければならないのだ。

手首の小型タブレットに映し出した6階グレース・デッキの平面図から階段を探した。「宝飾店エステラーラ・ブリランテ」の近くにある。

だが〈ゴースト〉とともに6階に足を踏み入れて目の前に広がる光景に愕然とした。あるはずのその店がない。大きく破壊されているのだろう。平面図を見ながら想像して進む必要があった。

〈サン〉は慎重に瓦礫の中を進んだ。白い埃にまみれた瓦礫の中で仲間を見つけた。第2アサルトチームのリーダー〈ジェット〉だ。彼は目を見開いたまま仰向きで倒れ込んでいた。しかも右足が膝上で切断されて血管と大腿骨が剝き出しになっていた。〈サン〉は手首の橈骨《とうこつ》動脈を測った。呼吸音も聴いた。どのバイタルも反応はなかった。

「ジョーです。マスターと無線が通じません」

イヤーマフ式の無線機に無線が入った。

「状況は？」

突然、通話が切れた。〈サン〉は他のオペレーターも無線で呼んでみた。だが誰とも繫がらない――。

激しい銃撃音が船首方向で聞こえた。さらに右舷方向からも。銃撃戦だとすぐに分かった。さらに左舷からも激しい発砲音――。

「ブレイク！」

〈サン〉の合図で〈ゴースト〉と互いに左右に展開した。だが銃撃は収まらなかった。そして〈サン〉と〈ゴースト〉はそれぞれが孤立化した。


6階グレース・デッキの船尾に位置する「フィットネスエリア」のエクササイズ機材が揃うスポーツエリアには、完全なバリケードが構築されていた。犯人グループはその隙間から〈バイパー〉をターゲットにした銃撃を継続していた。

〈バイパー〉は焦っていた。6階に降りる途中で攻撃を受けたことで松浦美絵と離ればなれになってしまったからだ。階段を遮蔽物としてグレース・デッキを見渡した。犯人たちのバリケードと〈バイパー〉との間のブロンズ像の裏で、松浦美絵が頭を抱えて床に蹲《うずくま》っているのを発見した。

「そこを動くな」

〈バイパー〉はそう大声を上げて美絵に指示した後、フレッシュな弾倉に切り換えた。

もし、今、彼女がいなければ、キルハウスでの訓練を重ねてきた〈バイパー〉にとって、このような状況下における犯人グループの制圧はまったく難しいものではなかった。バリケードの奥に潜む犯人グループを、そのマズルフラッシュの数から二名と〈バイパー〉は計算した。簡単な陽動をかければその二名を一挙に制圧できる自信があった。

美絵は恐怖から逃れるために今にも立ち上がってしまいそうだ。そうなればもちろん、彼女の全身は〝蜂の巣〟状態になることは目に見えている。

だが、突然、美絵がブロンズ像の裏から飛び出した。〈バイパー〉は射撃しながら美絵のところまで猛ダッシュした。ダッシュ・アンド・スムース・ムーブのテクニックを使いつつ、HK416で、犯人グループの一名のAゾーン（顔面から胸部の致命的部位）にダブルタップ（二発）で撃ち込んでからすぐにヘッドショットを一発——というモザンビーク・ショットを実施し、さらに銃口をスイープしてセカンドサイドピクチャー（敵の確認）を行った。

しかし、美絵の前に駆け込む寸前、左大腿部に一発の銃弾を喰らった。それは跳弾だった。〈バイパー〉は緊張した。射入痕が大きい。拍動を伴った出血ではない。大動脈を撃ち抜かれてはいない——。すぐさまアサルトスーツにアタッチメントしたポーチから止血帯を取り出して出血管理を実施した。この効果がどこまで保つか、そのことは頭から排除した。

それでも〈バイパー〉は、美絵の前にニーリングし、彼女に覆い被さってからすぐに身体を反転させ、犯人の指一本や片方の耳が見えただけでも精密射撃を実施した。犯人グループをさらに一名射撃。しかし怯《ひる》まない。三発、四発と指切りで撃ち込んでも突進してくる。六発目でやっとその場に崩れ落ちた。だが三人目が出現した。HK416がマルファンクション（故障）を起こした。〈バイパー〉はグロック17GEN5自動式拳銃にウエポン・トラジションしてその三人目にダブルタップした。だが相手は倒れず、さらに四発も必要だった。

しかし美絵を庇《かば》う形となっていたので身を隠せない〈バイパー〉は、一発、また一発と銃弾を受け続けた。グロックを握る右手にも被弾した。タクティカルグローブともども人差し指と中指が砕け散った。顔面の頬にも被弾した。気が遠くなりそうになったその刹那《せつな》――。「立ち止まるな」という〈モンク〉の言葉が〈バイパー〉の脳裡によぎった。

「葵……」。殺された彼女の名前を口から血を吐き出しながら呟いた。

それでも〈バイパー〉は、犯人グループ側に背を向け、美絵に覆い被さって自らを盾にした。腹部に複数の銃弾を浴びた。プレートキャリア（防弾ベスト）に挿入されているセラミックプレートが粉々に砕け散った。〈バイパー〉の身体から幾度となく被弾とともに血しぶきがあがった。

第4アサルトチームが、ファイアリング&ムーブメントの技能を駆使して駆け付け、バリケードの向こうの〝敵〟を殲滅したのはそれから十分後のことだった。だが〈バイパー〉はすでに放心状態の美絵の上で絶命していた。全身血まみれの最期であった。

7

ＡＮＦＯ爆弾による爆発の直後から、破壊された6階のグレース・デッキでは敵味方入り乱れての乱戦の様相を呈していた。〈サン〉と離れ左舷側に位置する「トランププレイルーム」に飛び込んで、孤立化した〈ゴースト〉は、その状況を手首のデバイスで悟った。隊内系無線通話はいまだに回復しないが、データをやりとりする隊内Ｗｉ－Ｆｉは時折、正常に作動し、オペレーターたちの位置が分かる時があった。

しかも激しい銃撃戦のなか、ＨＫ４１６が被弾で破損した。単独行動となった〈ゴースト〉だったが、銃撃戦に巻き込まれないようにトランププレイルームから脱出すると、与えられた任務通り、単独でも9階の機関長寝室を目指そうとした。バディを組んでいる〈サン〉と合流できそうになかったからだ。

ところが旅客用の階段を目指した瞬間、伏撃に遭遇した。階段の向こう側に隠れて待ち構えていたバラクラバ帽を被った三名の犯人グループと出会い頭にアサルトが開始された。

だが〈ゴースト〉は慌てなかった。ＨＫ４１６を据銃する余裕がないと即断した〈ゴースト〉は、グロック17ＧＥＮ5自動式拳銃のスピードロック（銃を相手の腹部にアッパーをくらわせるように押し付けながら速射する超超近接射撃テクニック）を駆使しつつ三名を射殺するも自らも数発被弾。瀕死の状態となって床の上に仰向けとなったまましばらく動けなかった。

〈ゴースト〉は顔を歪めながら腹の上にあるグロックを触った。弾倉はエンプティ（空っぽ）だった。その直後だった。隠れていたサングラスをかけた大柄の男が大股で近づいてくるのが視界の隅で分かった。〈ゴースト〉は必死に立ち上がった。

すぐに格闘戦となった。揉み合いながらも相手の銃を〈ゴースト〉が格闘術を使ってディスアームした。戦いのモードは対ナイフ格闘へと変わった。男が握ったのは折り畳み式のエマーソンのタクティカル・ナイフだった。

ＳＳＴの対ナイフ格闘で準優勝の経験もある〈ゴースト〉だったが、出血のショックと負傷の痛みによりナイフディスアームに失敗、左手の全指を第二関節から斬り取られた。跪いた〈ゴースト〉はもはや満身創痍で動けなかった。薄れゆく意識の中で、もうこれまでか、と〈ゴースト〉は覚悟した。別れた妻が引きとった四歳の娘の笑顔が脳裡に浮かんだ。

〈ゴースト〉の真上から見下ろす犯人グループの男がナイフを振り翳しながら何かを叫んだ。どの言語かはわからない。しかしそれがＳＳＴの仲間に向けられた、嘲笑う言葉だと理解した。〈ゴースト〉は激しい怒りが込み上げた。全身の激痛や苦しみが怒りによってその瞬間すべて消え失せた。

「テメエ！」

〈ゴースト〉は叫んだ。

だがその直後、男が〈ゴースト〉に馬乗りになった。両手で振り下ろしたナイフが〈ゴースト〉の首に突き刺さった。それでも〈ゴースト〉は死ななかった。最後の力を振り絞った。下から男の襟首を指のない左手でフロントチョークして全力で絞め上げた。男も〈ゴースト〉に刺し込んだナイフを抉り始めた。互いに断末魔の声を上げながらの死闘だった。〈ゴースト〉

の力が勝った。男の首を折り絶命させた。男の巨体が〈ゴースト〉の上にドサッと崩れ落ちた。

それをはね除けた〈ゴースト〉は必死に立ち上がった。

〈ゴースト〉の視界が光を失ってゆく。だが娘の声だけは聴こえた。「パパー！」——永遠の暗闇がすぐそこに迫っていることが〈ゴースト〉にはわかった。

だからその最期の言葉だけは呟《つぶや》くことができた。

「マスター……あとは任せた……」


小型タブレットで近くにいることがわかった〈ニトロ〉を呼び寄せた〈スキッド〉は、互いに死角を補うバックトゥーバックのクリアリングテクニックを使って通路を進んだ。

「ブレイク！」

突然の、アンブッシュ（待ち伏せ攻撃）に遭い、〈スキッド〉は回避動作が遅れてこめかみを銃弾がかすめた。〈ニトロ〉も腰に被弾した。

しかもブレイクした際、通路を挟んで〈スキッド〉だけが反対側となってしまった。通路からは犯人グループの銃撃が継続している。

〈スキッド〉は、〈ニトロ〉の方へ飛び込もうとした。

「来るな！　やめろ！」

絶叫する〈ニトロ〉。しかし躊躇せず通路を横切ってくる〈スキッド〉は左手でＨＫ４１６を撃ち続けた。腰から血を流しながらもカバーリングファイヤーを行う〈ニトロ〉——。

〈スキッド〉の頭から流れる何本もの血筋がシューティンググラスの隙間から眼球に入る。照準が定まらない！

それでも〈スキッド〉は〈ニトロ〉を目指した。〈ニトロ〉も必死にＨＫ４１６でカバーリングファイヤーを行い〈スキッド〉を救おうとした。

〝敵〟を一名排除した。残り二名――。

そう確認した〈スキッド〉は、〈ニトロ〉の傍らにやっと辿り着いた。だが〈スキッド〉の膝と脇の下からは血が噴き出している。

「大丈夫だ、オレが助けてやる」

いつもの台詞《セリフ》を〈スキッド〉は〈ニトロ〉に向けて叫んだ。

〈スキッド〉は背負っているメディカルパックを急いで開けた。

「ここで、お前の外科的処置をする！」

顔を血だらけにした〈スキッド〉が言い放った。

「外科的処置の後、お前は残れ。まだミッションは終わっていない、オレは行く！」

〈スキッド〉は、〈ニトロ〉の腹を捲って出血点を見つけると、その射入痕に外科用タオルを無理矢理に押し込んでパッキングし、止血パッドを貼り付け、包帯で腰をぐるぐる巻きにした。

内臓が損傷し腹腔内出血を起こしている可能性もあるが、事態対処医療で学んだ精一杯の処置を完了させた。

「戻ったら、スヌーピーで奢《おご》れよ！」

そう叫んだ〈スキッド〉は座ったまま、ＨＫ４１６で、自分のためのカバーリングファイヤーを実施した。

五分後、駆け付けた第3アサルトチームたちが目にした光景は壮絶なもので、誰もが声を失った。応急外科的処置をされた〈ニトロ〉――バイタルサインは安定していたが失神している――のそばで、数え切れない薬莢と血だまりの中に胡座をかいている〈スキッド〉がいた。〈スキッド〉はエンプティになってボルトオープンとなっているHK416をハイキャリーで保持している。しかも〈ニトロ〉へと繋がれた輸液バッグを自らの左肩にハンドカフで固定しながら、目はカッと見開き、鬼神のごとき形相で前方を睨みながら絶命していた。

〈スキッド〉の姿を見つめるオペレーターたちの多くが、SSTのシンボルである毘沙門天の勇姿とディゾルブ（二重写し）した。

4階のテンダー・デッキに辿り着いた〈マスター〉は通路の片隅で荒い息を整えながら、手首の小型タブレットを稼働した。他のチームが、複数のデッキをクリアリングしているのに自分のチームの任務だけが滞っているのだ――。

〈マスター〉はもう一度、通路へ視線をやった。上階の客室エリアとはまったく違う光景があった。豪華絢爛な雰囲気は微塵もない。床は傷だらけで灰色にくすんでいる。壁は塗装が剝がれているか、乱暴に重ね塗りしている部分がずっと続いている。通路の両側にズラッと並ぶ乗務員室のドアは塗装が剝げていたり、へこんだ痕もたくさんあり、まさにバックヤードといった雰囲気である。

幾つものうめき声が聞こえた。

——犯人グループ？　それとも人質？

〈マスター〉はそこへ足を向けることを決断した。それは大衆的な雰囲気のクルー用のレストランから聞こえた。ドアは開け放たれている。

〈マスター〉は店内をカッティングパイした直後、ニーリングでそっとレストランに足を踏み入れた。

目の前の光景はまさに血の海という表現が相応しかった。辺りにはビール瓶やトランプが散乱している。シージャックされるまで楽しく遊んでいた光景がイメージできた。しかし今、目の前にあるのは床に転がった十数人の東南アジア系の男性クルーたち。その有様は、もはや彼らには医学が必要ないことが即断できるほど無残な状況だった。

無線が入った。〈ジョー〉からだ。〈マスター〉たちと同じ4階のテンダー・デッキに到達し——エンジン・コンピュータ室とは少し離れた位置にある——エンジン・コントロール・ルームのドアの前に〝取り付いた〟との報告だった。

〈マスター〉は手首の小型タブレットの船内配置図を頼りに進んだ。その場所はすぐに分かった。小さな薄い小豆色をしたドア。「機関制御室　エンジン・コントロール・ルーム」という日本語と英語の併記の標示板がある。事前の情報通り、ドアハンドルと一体化したテンションキー式のセキュリティロックが設置されている。

〈マスター〉はテンションキーの下に跪《ひざまず》いて観察を始めた。

——爆発物とリンクしている可能性がある。基部回路を構成するプリント基板ともども吹っ飛ばすのは危険だ……。

何かを見つけたわけではなかった。もやもやする本能がそう叫んでいる——それだけだった。

〈マスター〉は腕時計を見た。この「卑弥呼」が日中中間線に到達するまでの時間——最短だとしたタイムリミットまであと三十分に迫っていた。

——トーチカ・ブリーチングしかない。

そう思うが早いか〈マスター〉は、〈ジョー〉を呼びつけた。そして到着した〈ジョー〉が背負ったバッグからガスバーナー式トーチセットを取り出してセッティングした。バーナーの視認性に優れたテーパノズルから炎を噴き出した〈マスター〉は、テンションキーの周りを慎重に焼き切り始めた。

その時だった。五十メートルほど離れた船首側で複数のドアが同時に開いた。〈マスター〉はドアが開く瞬間を敏感に察知、即座に近くにあった台車を立てて弾避《たまよ》けとした。ハンドガンを据銃した数人の男たちが発砲してきた。猛烈な射撃が台車を叩き付ける。人数は六名、と〈マスター〉はカウントした。さらに男たちの立ち位置を確認した。〈マスター〉はフラッシュバンを投げつけた。視力を奪う閃光と大音量が男たちを数秒間怯《ひる》ませた。

〈マスター〉はその隙を見逃さず、通路の壁からわずかに身を乗り出してウイバースタンスの銃姿勢をとり、HK416をセミからフルオートに切り換え素早いトリガーワークで弾倉を二本使い切る制圧射撃を加えた。六名全員をディスアームするまでに二十秒もかからなかった。

そして再びエンジン・コンピュータ室のドアの一部をバーナーで焼き切るトーチング・ブリーチングに集中し、一分もかからずに成功。エンジン・コンピュータ室のドアの脇に〝取り付いた〟。

「クリア！」

そう高らかに宣言した〈マスター〉だったが、すぐに大きく溜息をつくことになった。前方推進用の「ナビゲーション・アヘッド・フル」と、実質上、船を緊急停止させるための逆進操作である「アスターン」に関する機材が銃弾によって徹底的に破壊されていたからだ。中には手榴弾と思われる兵器でコンソールごと爆破されたことを窺わせる有様もあった。

〈マスター〉は無線を使った。ここからほど近くにある「エンジン・コントロール・ルーム」に対応しているはずの〈ジョー〉から状況を聞き出すためだ。

〈ジョー〉はアスターンはやはり使用不可能と報告、また、エンジン・コントロール・ルーム各所に設置された監視カメラからの映像を映しているはずの十五台のテレビモニターもすべて壊されており、エンジン関連の全貌を掌握できないと付け加えた。

「気になることがあります」

〈ジョー〉が言った。

「手短に言え」

そう応じた〈マスター〉は腕時計を見た。時間がない——。

「この4階のテンダー・デッキには、生鮮食料品備蓄用の巨大な冷蔵庫があるんですが、その扉が激しく破壊されていました。それも爆発物が使用されたように見えます。しかも、冷蔵庫にあるべき生鮮食料品が大量に通路に無造作に捨てられているんです」

〈マスター〉は、〈ジョー〉と冷蔵庫の前で合流した。

「犯人はなぜここに来た？」

辺りを見回した〈マスター〉が言った。

「自分も今、それを考えていました。犯人グループはここに何かを無理矢理に運び入れてしばらく隠匿した。そして、いよいよ必要になったことで搬出した。そう考えるのが自然です。つまり、それがサリン弾頭！」

〈ジョー〉が目を見開いた。

「これを！」

〈マスター〉はしゃがみ込んで床に顔をつけた。そして少しだけ顔を上げて這《は》い蹲《つくば》ったまま前進を始めた。

「引き摺った痕跡がある。それも相当重い物を——やはり、他に移動させた？」

その痕跡を追って通路に出た〈マスター〉は、さらにそのままの姿勢で進んだ。そして二つの角を曲がって最後に辿り着いたのは、旅客用のエレベーターよりふた回りも大きな、業務用のそれだった。

立ち上がった〈マスター〉はエレベーターの行き先階が表示されたパネルを見上げた。

現在地として12階のスカイブルー・デッキを示す「12」の数字が点灯していた。

——犯人グループは、ここにサリン弾頭を隠匿していたのかもしれない。

〈マスター〉はまず〈ジョー〉に11階のエトワール・デッキへ行け、と命じた。そして「機関長寝室」にいるはずの〈サン〉を無線で呼び出した。やっと通信が確保できた。

〈マスター〉は〈サン〉に、〈ジョー〉が向かっている11階で彼と合流せよ命じた。

クルー用エレベーターホールに辿り着いた〈マスター〉は迷わず上に向かうためのボタンを押した。

「かご」が到着した時、隊内系無線に〈グレイト〉の声が聞こえた。

「撤収しろ。政治が解決策を決めた」

「は？　どういう意味ですか」

〈マスター〉は、〈グレイト〉の言っている意味が分からなかった。

「四大臣会合での決定事項だ。中国政府が、『卑弥呼』には自国民が二十名乗っていることから、中国海軍艦艇が対処する、と外交ルートで言ってきた。もちろんまだ折衝中だが、結論が出るまで行動を停止せよ、との命令だ。ふざけた話だ」

「ちょっと待ってください……」

〈マスター〉の脳裡に、警備情報課「情報統括」の鹿島夏梛との会話とこれまでの様々な情報とが一気に重なり合った。

「中国の本音は、人質救出ではありません」

〈マスター〉は押し殺した声で言った。

「なんだって？」

〈グレイト〉が訝った。

「中国は『卑弥呼《ここ》』で何が行われているのかを知っているんです。知っていながら、遺棄サリン弾頭のことを言わない。なぜか――」

「なにを言いたい？」

「中国は決断したんです。『卑弥呼』を排除する気です」

「排除？」

〈グレイト〉が息を呑んだ。

「武力を使って止める。つまり火力を使って『卑弥呼』を撃沈させる気です」

「有り得るな」

「中国を止めてください！　ここには旅客と乗務員を合わせて八百人もいるんです！　しかも女性と子供も多い！」

「わかった」

〈グレイト〉が語気強く言った。

〈マスター〉は隊内系無線の電源をオフにして、到着した「かご」に乗り込んだ。そして11階のボタンを押し込んだ。

〈サン〉が所持していた標準サイズのタブレットに、十数人の男たちが忙しく駆け回っている姿が映った。その周りには大きなコンテナが数台並べられている。それは、〈サン〉が飛ばした、掌《てのひら》サイズの「ナノＵＡＶ」による映像だった。

11階のエトワール・デッキに到着した〈マスター〉は、〈サン〉と〈ジョー〉とともに同じ画面に集中していた。

「ここを拡大！」

〈マスター〉が画面に映るスカイブルー・デッキの一点を指さした。ちょうど一つのコンテナの扉が開き、中が見えそうだった。

「さらにアップ！」

〈マスター〉が要求した。

〈サン〉が、ナノＵＡＶのリモコンを操作した。画像がズームアップされる。〈マスター〉の目が釘付けとなったのは、正方形のフレームとその四つのコーナーに位置するプロペラだった。

そして全体像が鮮明に確認できた。

「これは――」

〈マスター〉の喉が鳴った。

回転翼航空機タイプの「ドローン」か？　しかも相当大きい。比較するものが映っていないので正確にはわからないが、ウイングの長さは一メートル以上はありそうだ。

〈マスター〉は目を近づけた。オリーブ色をした、先が尖った円錐形の〝物《ブツ》〟が見える――。

〈マスター〉はハッとオペレーターたちを見渡した。

「これがサリン弾頭？」

目を見開いた〈ジョー〉が〈マスター〉と〈サン〉の顔を見比べた。

「ここを見てください」

〈サン〉がそう言って指さしたのは、一基のドローンの前で何か作業をしている者たちの姿だった。

「ちょっと待ってください」

〈サン〉がリモコンを操作した。

「このナノＵＡＶの光学カメラは日本メーカーのＡＧＳガラスゆえ、解像度が〇・一メートルという超高性能で光学ズームの解像度は世界最高。今、フォーカスできました」

画面を見ながら〈サン〉が報告した。

「弾頭の表面にある、日本語のカタカナとアラビア数字の刻印を削って、その上から英語を刻み込んでいる処置が今、行われています」

「つまり、このサリン弾頭は、やはり、あの『ハルピン管理処理中心』での遺棄サリン弾頭の処理事業で奪われたものというわけだ」

「経過はいい。今、目の前の事態だ」

〈サン〉の言葉に〈マスター〉が語気強く反応した。

「まさか……サリン弾頭を載っけたドローンで台湾海峡にいる中国軍艦艇に同時多発的に突っ込む？」

〈サン〉が顔を歪めた。

「いや、それだけでは収まらない。中国は、近づいてくるアメリカ軍艦艇の仕業だと誤認し、先んじてアメリカ軍艦艇を攻撃する可能性が否定できない。それはすなわち全面戦争へのトリガーとなり得る――」


12階のスカイブルー・デッキへの突入戦術を〈マスター〉は急ぎ作成した。〈マスター〉は〈サン〉と〈ジョー〉がプランを理解したかどうか確認してから全員で時計を合わせた。

〈サン〉がズボンのポケットから振動するスマートフォンを取り出した。そして短い通話を終え、耀く目で〈マスター〉を振り返った。

「可変ピッチプロペラを止める方法を発見しました」

〈サン〉がさらにつづけた。

「さきほど『機関長寝室』を制圧した際、監禁先の旅客部屋から脱出してきたという、この船の航海科の主任に遭遇しました。そこで、機関科の主任から電話してくれるよう彼に頼んでいたんですが、今、やっと連絡が来ました」

「説明を」

〈マスター〉は急かした。

「この『卑弥呼』は、トランスフォーマー（変圧器）、サイクロコンバータ（周波数変換装置）、そして推進モーターを組み合わせる電気推進システムが、六千ボルトの高圧電気を作り出し、それによりプロパルジョンモーター（大型推進モーター）を駆動させる——それは〈マスター〉もご存じの通りです」

さらに〈サン〉の説明によれば、危機管理の観点から、『機関長寝室』に一ヵ月前、サイクロコンバータのオンオフを操作する装置を増設していたことを機関科主任は指摘したという。それを操作すれば、アスターン（逆進）はできないものの、プロパルジョンモーターが稼働しないので、可変ピッチプロペラに動力が伝わらなくなる。つまり推進力はゼロになるという。

「それを今から行います。許可を！」

〈ジョー〉とともに移動する準備を始めた〈サン〉が急いで訊いた。

「許可する！」


再び「機関長寝室」に戻った〈サン〉からの無線が入った。

「エンジン停止、成功！」

「よくやった！」

そう言った〈マスター〉だったが喜んでばかりはおれなかった。

「卑弥呼」はエンジンを切っても、アスターン（逆進）しなければマニューバリング（余力《りょく》）で、最大四キロメートル、前方へのアドバンス力（推進力）はすぐには落ちず、航行をつづける。つまり、中国が警告した日中中間線まであと二キロメートルに迫っている。時間にすれば、もうまもなくだ——。

「今、すぐ停める方法はない？」

〈サン〉もそれを理解していた。

「一つだけある」

〈マスター〉は、第3アサルトチームのリーダー、〈シャーク〉を無線で呼び出した。

「7階プロムナード・デッキの船尾《トモ》へ大至急向かえ！」

「7階の船尾——。そこにはアレしか……まさか……」

〈シャーク〉が唾を飲み込む音が電子式イヤーマフ型無線機に響いた。

「そうだ。ドレッチング・オブ・アンカーをやれ」

〈マスター〉が命じたのは、緊急時に行う〝最後の手段〟だった。

7階プロムナード・デッキの船尾には二基の巨大な「アンカー」（錨《いかり》）とそれを海に送り出して支える投錨機があることは事前ブリーフィングで知っていた。つまりアンカーを海に投錨し海底に突っ込ませて物理的に停めることを〈マスター〉は考えたのだ。

だがそれは簡単なことではない。海上保安庁で一度も使ったことのない、緊急時において最後に残っている究極の選択で、〈マスター〉も海上保安大学校時代に座学《ざがく》で学んだくらいなのだ。

「アンカーに到着！　手順、確認したい！」

〈シャーク〉からの要請が無線に入った。

「しばらく待て」

隊内系無線にそう応えてから〈マスター〉は、チャンネルを切り換えて巡視船「おきなわ」のOICを呼び出した。そしてドレッチング・オブ・アンカーの手法を熟知している者と代わってくれ、と言った。

すぐに無線に出たのは航海科主任の高峰銀《たかみねぎん》だった。

「まず、基本を説明します」

そう言って高峰は、ドレッチング・オブ・アンカーのプロシージャー（手順）を話し始めた。

ドレッチング・オブ・アンカーは、船の把駐力《はちゅうりょく》（引っ張る力）を使う必要がある。船を停めるために十分な把駐力を得るためには、アンカーが海底を掻《か》き、かつアンカーと船とを繋げる「錨鎖《びょうさ》」を水深に応じて延ばす必要がある。だが、その鎖に十分な長さがないと船体が流され始めてアンカーの爪が上向きに反転し、海底を掻くことができず、把駐力を得られない。

アンカーの鎖の長さの目安は、過去の経験から作った計算式から、水深のプラス三倍だと高峰は指摘した。

「こちらで『卑弥呼』をずっとプロッピングしています。現在の水深は八十メートル前後。ですので、ドレッチング・オブ・アンカーには、錨鎖は三百二十メートル必要です。しかし、こちらに来てくださっている『卑弥呼』運営会社の有沢《ありさわ》さんから提供された諸元によれば、長さが足りない。よって安全な錨鎖は困難だと判断します。まったく残念ではありますが……」

〈マスター〉は高峰の言葉を遮って言った。

「今、〝経験から作った計算式〟と言いましたね？　だったら絶対の数値じゃない」

短時間で完全に停止させる唯一の方法であるアスターンの操作ができない以上、やれることはもうそれしかないのだ。それによってこの船の旅客やクルーたちにどれくらいの被害が出るかはわからない。しかし人民解放軍やアメリカ海軍から軍事攻撃をされて沈没させられるよりはマシなはずだ、と確信した。

この『卑弥呼』を停めなければ戦争が始まる！　そうなれば、何百、何千、いや何万人の犠牲者が出る可能性もあるのだ。

「途中で切れるかもしれない。しかしやるしかない！」

〈シャーク〉が勢い込んで言った。

「了解！　すぐに動く！」

大きく頷いた〈マスター〉は、自分の仕事が残っていることに頭を切り換えた。

〈マスター〉は両手で頰を叩き、これが「決戦」の合図だ、と自分に言い聞かせた。

11階エトワール・デッキに戻ってきた〈サン〉と〈ジョー〉とともに〈マスター〉は、12階スカイブルー・デッキに足を踏み入れた。

様々な遮蔽物を利用しながら〈マスター〉たちは、発砲を続ける犯人グループへステルスで徐々に接近してゆく。

船尾側にあるエクシード・スパの入り口前に到達したときだった。〈マスター〉たちは犯人グループの男一人と突然コンタクト（接触）した。

〈サン〉と〈ジョー〉はタイミングを合わせ、グロック17GEN5に装着しているシュアファイア社製のウエポン・ライトを男に向けた。直視できない眩い光に視覚を奪われた男はパニックを起こし、銃をやたら滅法に乱射した。

跳弾と、それによって発生した多数の金属片が〈サン〉を襲った。シューティンググラスが吹っ飛び、バラクラバ帽に突き刺さった。〈サン〉を救ったのは〈ジョー〉だった。相手の死角から精緻な射撃を実行して男を無力化した。


船尾側にあるエクシード・スパの一角に〈マスター〉たちが辿り着いた時、その光景に出くわした。犯人グループ五名ほどが一人の男を囲んでいる。しかも信じがたい光景がそこにあった。男たちの足元には、日本人の旅客と思われる三十代の女性とその子供らしい小学校高学年ほどの女児が座らされ、ＡＫ47小銃を突きつけられていた。

犯人グループの中央に立つ、ブッシュハットを目深に被り、サングラスをした男が「エクシード・スパ」の一段高いエリアに立って〈マスター〉たちを見下ろしていた。

「交渉はしない」

男が話す英語をオペレーターたちは完全に理解していた。

「お前たちはこのデッキから消えろ」

隣に立つもう一人の男が手を上げて自分の腕時計を見つめた。

その時、〈マスター〉はハッキリと目撃した。男の右手の甲に何かのタトゥーがあることを
――。

〈ジョー〉は太腿に巻いたホルスターに入れているグロック17ＧＥＮ5の銃床を握って、左足

を前に突き出す。あと十秒――それが突入するタイミングだと〈ジョー〉は決心した。〈ジョー〉は〈マスター〉から少し離れ、彼から止められないだけの距離をとった。

「十五秒！」

〝ブッシュハットの男〟がカウントダウンを開始した。

――よし行く！　あと一回、息を吸ったら！

タトゥーの男は、母と娘の背後に回ったブッシュハットの男に向かって頷いた。ブッシュハットの男は自動式拳銃のスライドバックを引いてから母親に銃口を向けた。

突然、娘が母親と自動式拳銃との間に立ち塞がって両手を広げた。カッと目を見開き、銃を向ける男を睨み付けている。血相を変えた母親が慌てて娘を強く抱き寄せた。そして娘の頭を掻きむしりながら激しく嗚咽した。

髭面の男が苦笑しながらもう一度、銃口を上げた。

突然だった。凄まじい応力《おうりょく》が発生し、「卑弥呼」の巨大な船体が猛烈な勢いで右回転を始めた。〈マスター〉は高峰から教えられたにわか仕込みの勉強でこの意味を理解していた。

錨が海底を掻いただけでは船を停めるまでの把駐力は生み出せない。錨鎖が海底を這い、激しい遠心力が発生したのだ。錨鎖のたわみが船体にかかって想像を遥かに超えるその遠心力に〈マスター〉の全身が簡単に左舷側へ飛ばされた。至るところから船体が軋《きし》む音が重なり合う。

背中から床に叩き付けられた〈マスター〉は、その次に後方の船尾に向かって放り出された。そして船尾へ向かって滑り落ちてゆく。そのまま海に投げ出されそうになったが、船尾にあるポール式のベンチの脚に必死に摑まった。視線の隅では、同じように〈ジョー〉を含む仲間たちがそれぞれで掴むものを探して海への落下を必死に逃れようとしているのが見えた。

犯人グループの数人も目の前を滑ってゆく。何人かは掴むものを探せずにそのまま海へと消えていった。

その直後だった。爆発音と何かが破壊された音が響き渡った。

〈マスター〉は理解した。高峰が心配していたことが起こったのだ。錨鎖の長さが足りなかったせいで、ウィンドラス（アンカーを繰り出す船の設備）が負荷に耐えきれずにぶっ壊れたのだ。

その直後、今度は別の方向への位置エネルギーが発生した。急激に左への回転を始めた。それも激しい勢いだった。〈マスター〉たちは今度は船首方向へと投げ飛ばされた。

船首を海面に叩き付けた船は何度かバウンドした。その度にスカイブルー・デッキにいたすべての者たちがバラバラとなってデッキの隅々まで放り出された。

〈マスター〉は全身を襲う打撲と外傷の痛みに堪えながら必死に態勢を立て直そうと努力した。真っ先にさきほどの親子を救助して安全な場所までなんとか連れて行った後、顔を歪めながら据銃し、スイープ（銃口を周囲に振り向ける）しながら脅威を探した。

だが犯人グループも態勢を復活させ、銃をフルバースト（連射）で撃ってきた。散開した〈マスター〉たちは、余りにも強烈な火力の前でそれぞれの遮蔽物の背後から身動きできなくなった。

その時、八年前の、あのマグロ漁船の船員だった男たちの言葉が脳裡に浮かんだ。

《必死可殺《ヒッシカサツ》は頭から消せ！》

――死ぬことを前提で突進して来る「敵」ほど殺しやすい野郎はない。

〈マスター〉の中で、消え失せそうだった銃声が徐々に大きくなった。そして現実を取り戻した。

そして、今度は〈デウス〉の、新人隊員を前にした訓示で語った言葉が思い出された。

《SSTは絶対に負けられない。我々が負けること、それはすなわち海上保安庁組織の崩壊だけでなく、日本国の敗北を意味するのである》

そして〈マスター〉の思いはそこへ到達した。

――このままゆけば米中の激突、つまり戦争となる！　それを止めるのはオレたちしかいない。もし死ぬのならそれを止めてから死んでゆく。戦争になれば何千、何万人が死ぬことになる。それを防ぐための死なら受け入れられる。しかし、今死んだら戦争が起きてしまう。戦争をさせないために、今、オレたちはここにいる。死ぬことも、負けることも許されない！

「オレたちが最後の砦だ。その魂をみせろ！」

〈マスター〉はマイクに押し殺した声で言い放った。

「了解」

冷静な言葉がオペレーターたちから返された。

「カウント5、4、3、2、1――」

〈マスター〉と彼の元に結集したオペレーターたちは身体を素早く回転させながら遮蔽物の背後に入ることに成功した。

「ムーブ！　カバー！」

〈ジョー〉が叫んだ。犯人グループの前でクロスして展開した。そしてHK416によって〝ブッシュハットの男〟の排除に成功した。そのまま排除する優先度が高い犯人グループの幹部らしき男たちへ接近した〈ジョー〉はもんどりうってそこに転がった。激痛で顔を激しく歪めた。〈ジョー〉は素早くそこへ目をやった。右足の脹《ふく》ら脛《はぎ》を撃ち抜かれている。

だが〈ジョー〉は慌てなかった。バイタルラインではない。腰に括り付けたポーチから救急キットの中をまさぐり止血パッドを手に取りズボンを捲《めく》って血が流れ出している射入口に貼り付けようとした時、突然、〈ジョー〉は何者かに羽交い締めにされた。そこに〈マスター〉が飛び込んできた。その時、男の手の甲に〝涅槃仏〟のタトゥーを見た。〈マスター〉は巧みな身体さばきでホルスターからグロック17GEN5を抜き出した。しかしそれは〝涅槃仏の男〟と奪い合いになった。二人は絡み合いながらデッキの端に到達した。〝涅槃仏の男〟は〈マスター〉の首に腕を絡めた。しかし〈マスター〉も〝涅槃仏の男〟の首に腕を巻き付けて絞め上げた。二人の間から苦悶の声が上がった。どちらかが死ぬまでつづく――〈マスター〉はそう思った。

「死ぬことを恐れず、全力を尽くせば必ず成功に帰着する！」

〝涅槃仏の男〟がロシア語でそう言った。

初級ロシア語を語学研修で学んでいる〈ジョー〉が駆け込んできてその言葉を通訳した。

〈マスター〉の脳裡に、昔、助けられなかった少女の姿が蘇った。

「必死《ひっし》可殺《かさつ》はクソだ」

〝涅槃仏の男〟は一瞬、その言葉に反応した。だが、理解できたわけではなさそうだった。怪訝な表情を浮かべて〈マスター〉を見下ろした。だから微かな隙が生まれた。

〈マスター〉はそのタイミングを見逃さなかった。〝涅槃仏の男〟の首に巻き付かせた腕に、筋肉だけでなく全骨格からの力を一気に集中させた。全骨格の使い方は狙撃訓練で身についており、それを制圧術に利用するのはＳＳＴだけにしかできない技能だ。

〝涅槃仏の男〟は〈マスター〉の腕から必死に逃れようとして顔を真っ赤にさせた。だから上半身に力を集中させ過ぎ、それに伴う血流が腕に集中的に送り込まれ、下半身が不安定となってバランスを崩した。それに気づいた〈マスター〉は、ラグビーのスクラムの体勢で押し込むように満身の力を〝涅槃仏の男〟にぶつけた。〝涅槃仏の男〟の大柄な身体が、よろよろと船の舷側《げんそく》（船のへり）へ流れてゆく。

舷側の落下防止用安全柵の手摺りにぶつかったことで〝涅槃仏の男〟の重心が崩れた。上半身が手摺りの向こうへと傾いた〝涅槃仏の男〟は必死に柵に摑まって、さらに〈マスター〉の腕を外そうとしている。〈マスター〉はそれを利用した。腰に巻き付けた腕をすうっと抜き去った。

それが決定打となった。完全に身体の安定を失った〝涅槃仏の男〟は安全柵を乗り越えて、もんどりうつように高さ四十一メートルから大きく弧を描くようにして頭から東シナ海の海原へと落下していった。

その勢いで〈マスター〉の身体も安全柵の向こうへ投げ出された。その瞬間、〈マスター〉の右手を誰かが捉えた。助けたのは〈サン〉だった。銃撃戦で跳弾によって発生した破片を受けたバラクラバ帽はズタズタになったが、アサルト能力は維持していた。

自分のコールサインを呼ぶ声が聞こえた。だが〈マスター〉は声が出なかった。

意識が薄れてゆく中で、〈マスター〉は遠くの海にそれを見つけた。星条旗と五星紅旗とをそれぞれ翻《ひるがえ》す灰色の水上艦艇が接近してくる——。

だがそこですべての感覚が消滅した。

8

鹿児島《かごしま》の第10管区海上保安本部からの応援も含む十五隻もの巡視船が荒波を乗り越えて「卑弥呼」の左舷へと一斉に急行していた。ＳＳＴが船内における「治安の確保」がなされたことを巡視船「おきなわ」に報告し、第11管区海上保安本部の現地対策本部が接舷、移乗命令を発令したのだ。

集結した巡視船は、「卑弥呼」の左舷舷側にある、唯一の外扉《そととびら》で、主に生鮮食料品を搬入するために使われている「プロペラ・ビジョン・ハッチ」を取り囲んだ。

船内からの操作でプロペラ・ビジョン・ハッチを開いたのはＳＳＴだった。

完全に開くと、一隻ずつ巡視船がそこに接舷する度に、海上保安庁の特別警備隊員、刑事課員と沖縄消防局隊員などが次々と「卑弥呼」に移乗してゆく。

空からはヘリコプターがピストン運行で到着し、12階のスカイブルー・デッキにリペリングした特殊救助隊の救急救命士たちが真っ先に降り立ち、6階のグレース・デッキを中心にして残置されている心肺停止状態の者と負傷者の元へと急いだ。そして心肺が停止した〈スキッド〉〈ゴースト〉と〈バイパー〉のほか、第2アサルトチームのリーダーである〈ジェット〉の計四名がビニールシートに被われて担架で運びだされてゆく。

そこから6階上の12階のスカイブルー・デッキでは、地方のゆるキャラの着ぐるみのような、タイベックスの黄色い化学防護衣に身を包んだＳＳＴのＣＢＲＮ《シーバーン》の二個チームがサリン弾頭の捜索活動を開始していた。サリンが曝露された痕跡はなかったが、慎重な作業を行うよう、本庁警備救難部長が命じていた。

第11管区海上保安本部には、トップの本部長の下に、他の管区とは違って三人の次長が存在する。尖閣諸島を担任海域とするなど〝きな臭い〟海を抱えているからに他ならない。ゆえに三人の次長は、それぞれがオペレーションを総指揮する責任を負っている。

筆頭次長の「総括次長」は、台湾戦争勃発を見据えて、その時、先島諸島をめぐる〝南の海を守るタスクフォースの指揮官〟と命名されていた。

今や、日本にとって厳しい国際関係が一触即発のレベルとなっている南西諸島の中でも、最もホットなゾーンとされている台湾と最も近い「先島諸島」の周辺海域で発生するすべての「治安の確保」を行うだけでなく、台湾戦争においては、中国の海警部隊だけでなく、中国海軍とも直接対峙する任務も本部長から付与された。

だが、その総括次長である六波羅満《ろくはらみつる》は、公務員らしくない人だとしてつとに有名である。役人的な発想をしないという評価もある。役人が出世を目指す王道とは、地雷を踏まないこととよく言われることである。本当の大事なところ、と負けると思ったら噛まない。しかし、六波羅は違っている。敢えて地雷を自ら踏む人だ。しかも踏み抜いて爆発させない人である。

そんなものだから、かつて内閣官房の「事態室」の「対処調整３担当」のナンバー２であった時には、役所の枠を超えて、キャリア、ノンキャリアも構わず、開拓した人脈は幅広く、いつでも鵜飼のように引き出せるチャンネルは与党代議士にいたるまで実に豊富だった。

そのことによって、これまで多くの場面で、表向きの組織の編立《へんだて》ではなく、アンダーの人脈を駆使し、その都度、海上保安庁にそれなりの貢献をしてきたとの自負が六波羅には残された。しかしそのことは誰が知るわけでもない。上司はもちろん、部長や本部長も知ることもなかった。本庁に至っては考えも及びもしない。ただ、歴代の長官だけは知ってくれていたし、それだけで六波羅は一生生きてゆけると自らの人生に満足していた。

だから、今し方、成瀬長官から直々の電話を頂いたことに報いるのは当然だった。

六波羅は、警視総監から内閣危機管理監に就任したばかりの人物で、今では事務担当の内閣官房副長官として官僚組織のトップに君臨している羽毛田《はけた》一郎《いちろう》に電話を入れた。

その結果が表れたのは、早くも一時間後のことだった。警視庁公安部公安総務課第5担当の石川和馬《いしかわかずま》指令は作業班を集めて新たな指示を出した。秘匿視察対象は、総理補佐官の小笠原克明。視察レベルはA。つまり二十四時間の行動確認だった。

9

不安定な気流の変化をまともに喰らった機体が軋む音とともに激しく揺れた。意識を取り戻した〈マスター〉の目にまず入ったのは、ベージュ色の天井からぶら下がる幾つものヘッドセット用のカールコードだった。

半身を起こすために左手を動かそうとしたが前腕部に痛みと抵抗があった。目をやると前腕部に刺されたカテラン針から細い透明チューブが延びて、スタンドに掛けられている赤い血液パックと繋がっている。

ハッキリと現実を取り戻した〈マスター〉はこれがなぜここにあるかをすぐに理解した。自分たちとともに巡視船「おきなわ」に運ばれ、保存されていた「低力価O型」の全血製剤から作った血液なのだ。

そしてこのヘリコプターも対SJ作戦を決行するに合わせ、重傷を負ったSSTオペレーターのための緊急搬送用としてキャビン内を改造し二台のストレッチャーを設置している特別仕様となっていることも思い出した。

「動いちゃいかん！」

叱る声がした。その声は足元から聞こえた。目をやると、オレンジと黒のドライスーツを着た特殊救難隊の隊員がこっちを睨み付けている。彼の腕に貼られたドルフィンの紋章の下に、白地に赤文字の「救急救命士」のワッペンが見えた。

「すべて終わったわ」

その声を聞いて〈マスター〉は驚いた表情で慌てて見渡した。背後から鹿島夏梛が顔を覗かせた。

「終わった？　旅客やクルーに犠牲者は？」

〈マスター〉が真っ先に訊いたのはそのことだった。

「ドレッチングアンカーで二名が重傷、十名が軽傷だけど、大丈夫、誰も命に別条はないわ」

夏梛は微笑んだ。

「良かった……」

〈マスター〉は大きく息を吐き出した。

そして、その言葉を〈マスター〉は振り絞るように口にした。

「海上保安官は？」

暗い表情に変わった夏梛は、一瞬の間を置いてから言った。

「心肺停止状態で那覇へ運ばれているのは、第1と第2のアサルトチーム、計四名――」

〈マスター〉は無言のまま小さく頷き、瞼を閉じた。

「で、サリンは？」

夏梛は首を左右に振った。

「『卑弥呼』にはなかった」

「なかった？　そんなはずはない」。〈マスター〉は気色ばんだ。「搬入した痕跡が『卑弥呼』に幾つもあった――」

「犯人グループ、つまりデゥオ・ステラのグループは、ハルピンで奪ったサリン弾頭を『卑弥呼』に運び込もうとしたが、中国の正規軍である人民解放軍の特殊部隊に奪われて、できなかった」

「なら――」

「そう。犯人グループは、『卑弥呼』に運び込んだ、と偽装した」

「偽装？」

〈マスター〉が苛立って訊いた。

「膨大な数のサリン弾頭は、実際にハルピンの処理施設「ハルピン管理処理中心」へ運ばれる途中の高速道路で事故を偽装した何者か――恐らくデゥオ・ステラのグループ――によって襲撃され、奪取された。実行したのはもちろん、デゥオ・ステラという名の米中軍事コングロマリットの秘密組織で運用されていた多国籍の特殊部隊OBの傭兵グループ。でも、その奪取計画情報を事前に得ていた中国の特殊部隊が対処に出た」

「デゥオ・ステラ？」

頷いた夏栁は、今から話すのは、自分もバックチェアに座っていた、昨夜の本庁対策本部で最高幹部たちの間で共有された極秘情報だが、最終報告ではないので、今後、更新される可能性があると付け加えて話し始めた。

ウクライナ戦争も中東紛争も終わった後、アメリカの巨大な軍事コングロマリット、ならびに中国の裕福な軍事産業体は新たな〝軍需〟、それも膨大なものを開拓する必要に迫られた。特に、中国共産党中央の独裁政権に破壊されそうになっている中国企業の総帥たちにとっては、示威的に実行される粛清の嵐に身の危険を感じており、近い将来、家族ぐるみの海外移住――それも贅沢三昧――の必要に迫られていた。そして、二つの邪悪な欲望が合致した。

この二つの〝邪悪な欲望〟は、ラテン語で二つの耀く星を意味する「デゥオ・ステラ」という名のイニシアチブ・リング（枠組みの輪）を秘密裏に結成した。「デゥオ・ステラ」のエンドステートは、東シナ海で、米中の軍事衝突を作為し、つまり限定的な戦争を起こさせ、新たな軍需を生み出すことだった。

中国の軍事産業体は、ハルピンでの化学剤処理の一連の事業の主体である日本の内閣府の若いキャリアを女と金とで取り込み、遺棄サリン弾頭の処理事業を日本の大手製鉄会社から「長瀬商会」という化学剤の製造専門会社へと徐々に移行させはじめた。

将来的にはこの遺棄サリン弾頭の処理事業のすべてを独占し、本来は完全廃棄しなければならない膨大な遺棄サリン弾頭を、〝作為する米中戦争〟に使う計画を推し進めた。

長瀬は、日本と中国の国家間事業という正業の裏で、この遺棄サリン弾頭の処理事業で発掘された古い化学剤を日本に密輸して、自社の工場で違法に「リアクティヴェーション」（再活性化）した上で、再びハルピンに輸送して保管していた。

ところが、そこに複雑な「係数」が加わった。

ここから先は、成瀬長官に紹介された、長官だけのインテリジェンス・アドバイザー〈アンクル〉からの情報だ、と夏栩は語った。

〈マスター〉は、今や伝説的存在となっているその名前をもちろん知っていた。

第5管区海上保安本部の警備情報課長などを歴任した後、本庁警備情報課に十年以上勤務し、海上保安庁のインテリジェンスの深淵を見続けてきた情報のスペシャリスト〈アンクル〉。関係省庁や民間商社などに幅広いコネクションを今でも持っているほか、アメリカの情報当局にも、公式なルートでは接触できないバックドアのカギを持っている。

五年前に定年退官した後、再任用で、成瀬長官だけに仕えるインテリジェンス・アドバイザーを務めている。しかし平時において〈アンクル〉の存在を知るのは、成瀬長官を含む三代前からの海上保安庁長官だけで、白鳥警備救難部長や本庁警備情報課長はもちろん、鹿島情報統括さえその存在を知らない。

そもそもは海上保安庁にその人あり、という日本政府のインテル関係者の間ではつとに有名な男だった。なにしろ海上保安庁に本格的なインテリジェンス部門を創ったのが〈アンクル〉だった。彼が集めるインテルはいずれもずば抜けたものだった。例えば、中国・瀋陽にある日本総領事館に大量の北朝鮮脱北者が押し寄せる、と国家情報コミュニティに〝通報〟し、日本政府が大騒ぎになったことがあった。

まず、イカ釣り漁船で漁業監督官を襲い、海へ逃げたのは、デュオ・ステラが運用するロシアの元特殊部隊に属していた傭兵たちのリーダーだった。その彼の指揮を受けた傭兵たちは、長瀬康輔の関連会社が契約していた危機管理会社のスタッフで、ロシア太平洋艦隊の本拠地であるウラジオストクにあるルースキー島に配置されたUDT（水中破壊工作分遣隊）の元隊員たちだった。ハルピンでの遺棄サリン弾頭の処理事業で盗み出したサリン弾頭をリアクティヴェーション（再活性化）するため、漁船に擬装した運搬船のセキュリティを担当していた。

しかし、SSTによって、イカ釣り漁船、つまりはミッション・シップが摘発されてしまった。それを端緒として、米中のインテリジェンスはそれぞれ、「デュオ・ステラ」の企みを知ることとなった。そしてその企みを破壊しなくてはならないと、それぞれが独自のオペレーションを起こすことを決断した――。

「それで、サリンはなぜなかった？」

〈マスター〉が銃創の痛みに苦悶の表情を浮かべながら訊いた。

「順序立てて説明するわ」

夏椰は話を再開した。

さっきも言ったとおり、遺棄サリン弾頭がハルピンへ運ぶ途中で奪われた。デュオ・ステラと中国特殊部隊との奪い合いの末の戦闘であったとの情報がある。それを窺わせるものとして、アメリカ政府が運営する国営放送ボイス・オブ・アメリカは、人民解放軍と外国勢力の影響下にある反乱分子との小競り合いが発生したと伝えていた。

「デュオ・ステラによるサリン弾頭の奪取は失敗に終わったはずだ、と〈アンクル〉はそう判断している。でも、デゥオ・ステラは確保した、という〝演出〟をしなければならなかった。あなたが『卑弥呼』で見たものはそのためのフェイクよ」

〈マスター〉は大きく息を吐き出した。

「ただ、中国共産党指導部は、サリン弾頭をすべて奪取できたかどうか、疑心暗鬼に陥った。その結果、次の結論に至った。デゥオ・ステラは一部のサリン弾頭を入手した可能性が高いと――」

〈マスター〉は低い唸り声だけを引き摺った。

「これは私の想像だけど、中国にしてみれば、もしサリン弾頭が『卑弥呼』で使われて多くの旅客やクルーに犠牲が出れば、強固な管理社会である中国で、奪われた、という弁明は説得性がなく、中国は国際的に責任を問われる。そして国家のイメージは失墜、経済への影響どころか、国民の共産党への不満となって政権の危機にまで発展することを恐れた――」

「だから、『卑弥呼』に対しても、軍事力で〝一斉抹殺〟をやろうとした？」

「恐らく。ただ、今は違う」

「違う？」

「『卑弥呼』の周りに米中の水上艦艇が集結しているわ。そして互いに、武装集団によるシージャック事案を日米中の国際連携によって解決した、と発信している。つまり美談で終わらせようとしている」

「美談？　ふざけるな！」

〈マスター〉はさらに何かを言おうとしたが、再び傷の痛みに襲われ顔を歪めた。

だが〈マスター〉はつづけた。

「その先は、オレにはわかる。アメリカにしても〝善意の第三者〟じゃない。旅客と乗員が八百名という大規模なシージャック。サリン弾頭搭載の可能性、ＳＡＭで武装したテロリスト。しかも、最高度の緊迫した海域はまさしく米中が正面で敵意を剝き出しにしているホットゾーン――。こんなハイリスク・ミッションで、中国と軍事的緊張を引き寄せることを忌《き》避《ひ》した。しかし、日本には、軍隊ではない法執行機関であり、高いスキルがあるＳＳＴが存在する。それに期待した。そしてアメリカは血を流さずにして解決ができた。つまりズバリ言えば、ＳＳＴが多くの犠牲を出してクリアリングして〝おいしい〟コンディションを作った後、〝漁夫《ぎょふ》の利《り》〟を得るべく競い合ってアメリカと中国はやってきた――」

〈マスター〉は一気にそうまくしたてた後、頭を左右に振った。

「ちょっと待て。さっきからずっと疑問だったが、君はなぜそこまでディープな情報にアクセスできた？　警備情報課の組織力では到底、無理なレベルだ」

「『卑弥呼』の制圧直前、長官指揮のもと、本庁各部門を統合するタスクフォースが編成されたの」

そこから夏梛が話し始めた内容は〈マスター〉の想像を遥かに超えていた。まず、本庁に四つのワーキンググループから成り立つ新しいタスクフォースが編成された。そのタスクフォースは、一、事件捜査、二、復旧、三、死亡もしくは負傷した海上保安庁職員の家族に対するサポート、そして最後の四つ目として、教訓としての情報分析を開始した。最後の情報分析の責任者には夏梛が任命された。

「私は、すぐに長官との面会をお願いして、〈アンクル〉の運用を自分にさせて欲しい、と要請していたの」

「あんたらしいな」

〈マスター〉は呆れた雰囲気で言った。

「長官から了承を得た後、〈アンクル〉に真っ先にそのことをお願いした。今や全国運用されてまったく余裕のない航空機を何とか手配し、今日の未明、『おきなわ《ここ》』まで彼に来てもらったの。そして、最初からじっくりと話を聞いたわ」

夏栁は、これから話す内容は、自分が運営している複数のソースからの情報に加え、〈アンクル〉が、長年にわたって構築してきた在日アメリカ軍の「SOCOM《ソーコム》」（合衆国特殊作戦コマンド）のバックドアにいる人脈から得た情報とを合わせて解析し、長官も出席した本庁対策本部にも正式に報告されたものと同じだ、と前置きしてから語り始めた。

「すべては、SSTが〝偽のイカ釣り漁船〟を制圧した時点から始まった」

夏栁は詳細を語り始めた。

SSTが〝偽のイカ釣り漁船〟を制圧した直後、SOCOMは密かに動き出した。SOCOMは、独自の情報ルートによって、長瀬康輔の協力を得て、中国がWMDの密輸を図っていて、そのミッションを長瀬康輔が取り仕切っていると警戒した。

SOCOMは、直ちに隷下にある、「JSOC《ジェイソック》」（統合特殊作戦コマンド）に新たなミッションを付与。JSOCは直ちに、ミッションを考慮して、直接行動チームではなく、インテリジエンス・ユニットを編成して北海道入りさせた。

JSOCは、エメラルド・ルナが小樽マリーナを出港した後、急襲して長瀬康輔を拉致し、日本の横田基地からアメリカへ空輸した後、ロッキー山脈にあるセイフハウスへ運び込んで計画通りに尋問を行い——SOCOMを介して連邦議会下院軍事委員会委員長に極秘で作戦計画の承認を求めた。

「しかしさらに予想もしていないことが起こったんだな？」

「ＳＯＣＯＭは愕然としたらしいわ」

夏梛はつづけた。

「当初の計画では、長瀬を拉致して無人となったエメラルド・ルナは、オートパイロットによって〝低気圧の墓場〟オホーツク海へ消えていっていたはずだった。ところが、ＳＳＴが〝爆弾低気圧〟にもかかわらずミッションをやり遂げてしまった。その結果、ＪＳＯＣが焦って行動してしまった痕跡をＳＳＴに知られてしまった――」

足の傷の痛みで苦悶の表情を作った後、〈マスター〉は厳しい目をして夏梛を見つめた。

「だったらその段階ですぐＳＳＴに《こちら》コーオペレーション（共同作戦）を持ちかけるべきではなかったのか？」

「ＳＯＣＯＭは、それを検討した時もあったそうよ。でも、一連の作戦が、極秘の情報源に基づいたものなので反対意見が多く実現しなかったと、〈アンクル〉はそう言っているの」

「じゃあ、長瀬をジャパン・オーシャン号で〝ＩＥＤ男〟にして晒したのはなぜだ？　長瀬は衰弱して死んでしまったんだぞ」

〈マスター〉が勢い込んで訊いた。

夏梛が明らかにしたのは、ＳＯＣＯＭは、長瀬から完全な供述を引き出すことに成功した、という事実だった。

「そしてＳＯＣＯＭはオペレーションに出た。〈デゥオ・ステラ〉に対して、〝お前たちのやろうとしていることはすべてお見通しだ。だから計画を止めろ！〟というストラテジック・アナウンスメント（戦略的情報発信）であり、脅迫でもあった。そのために、〝IED男〟という奇抜な演出をした――〈アンクル〉がSOCOMの人脈から得た情報よ」

〈マスター〉は、最後に訊きたいことがある、とした上でその質問を投げ掛けた。

「『あきつしま』での自爆テロは誰が？」

「刑事事件としてはまだ捜査中だからわからない。でも、インテリジェンスの世界では、デゥオ・ステラによる犯行――それは明らかよ」

夏栂は、説明をつづけた。第3管区海上保安本部が、ジャパン・オーシャン号の旅客の中に紛れ込んでいた共犯者を突き止めて身柄拘束し、供述を得た。「デゥオ・ステラ」の半分のリンクを構成している中国の軍事産業が、高額の報酬と引き替えに、ロシア東部軍区の特殊部隊から傭兵組織を作った。イカ釣り漁船事案と、「卑弥呼」のシージャックもその組織の犯行。桑野と名乗った男もその構成員。

「目的は、『卑弥呼』での作戦を成功させるために、〝真正面の敵〟となる海上保安庁を攪乱《かくらん》すること――」

「しかし、あの事件で、SSTへの批判が高まり、責任をとる流れになることまで予測できたと言うのか？」

〈マスター〉が疑問を口にした。

「それを先導した人物がいた。関係省庁に影響力のある人物――」

〈マスター〉は特別な反応を示さなかった。

「今、警視庁が一人の政府高官を秘密裏に調べている。しかも――」

「もういい」

顔を歪めた〈マスター〉は頭を振って厳しい表情を作った。

「隊《SST》は、今回を教訓とし、さらなる強さを求める。それ以外は関心がない」

「明日、日米中、外務大臣による共同会見がワシントンで行われる予定よ。もちろん、美談として」

「美談——。クソくらえだ」

〈マスター〉は吐き捨てた。

黙って頷いた夏椰は、そのことを思い出した。

「在日アメリカ大使館のSOCOMのリエゾン、グリーン大佐の名は？」

〈マスター〉は無言で頷いた。かつて共同訓練での打ち合わせで顔を突き合わせたことがあった。

「グリーン大佐から、あなたへメッセージを言い付かっているわ」

〈マスター〉は反応しなかった。

夏椰は構わずメッセージを口にした。

「我々のTIER《ティア》 1《ワン》（米国特殊部隊のカテゴリーを表す隠語でティア1は最高レベル）のチームでも今回のミッションは困難だった。君たちのおかげでアジアの平和は保たれた——」

顔を歪めて頭を振った〈マスター〉がその言葉を口にした。

「ところで、前に言っていた〝白鳥警備救難部長は私に逆らえない〟——その意味は？」

夏椰は少し考える風な様子をしてから言った。

「私が今も書道を続けているのは母が書道教室で教えているからです。その教室で最近、一人の六十歳近い男性が生徒になった。熱心な方でね。この間、その彼から食事に誘われたって

――」

大勢の女性たちで一杯となったSST基地第二庁舎にある大会議室は、その中でも六名の女性たちの必死に押し殺した小さな嗚咽とともに、彼女たちに優しく言葉を投げ掛ける低い涙声が入り混じり合っている。大きな悲鳴こそ上がっていないが、異様なまでの静けさによって充満している重苦しい空気は今にも破裂しそうだった。

SST隊員の家族たちを一堂にそこへ集めたのは〈デウス〉の指示だった。オペレーターたちが「卑弥呼」にエントリーした時、本庁対策本部に長官補佐として呼ばれていた〈デウス〉が、基地で待機しているSSTのナンバー2の位置にある「次長」である松本義成《まつもりよしなり》にこう命じた。

「プランWを発動せよ」

それは、オペレーターの家族を一人にさせてはならない。SST基地に全員を集めよ、という暗号だった。一人でいる時に悲しい知らせが来た場合、パニックとなって〝極端な選択〟をしてしまうことを恐れてのことだった。そうでなくても、家族の中には地方出身者ゆえ知り合いがおらず、日々、孤独感に苛まれている女性もいるのだ。

これまで松本次長が集めた家族たちに説明したのは、四名のオペレーターが意識不明の重体で沖縄の複数の病院へ緊急搬送されている――その事実のみだった。どこを撃たれたのか、心肺が停止してもはや死を待つだけなのか、そこまでの詳しい説明はなかった。それは正しい情報が隠匿されたからではなかった。情報が酷く錯綜していることから責任をもった情報提供ができなかったからである。

だが、それでも四人の家族たちは薄々気づいていた。いつもそれぞれの夫や兄から、「意識不明の重体と言われたら覚悟を決めてくれ」という同じ言葉を訊かされていたからだ。

しかしそれでも〈スキッド〉の妹、桜子《さくらこ》は車椅子で項垂れたまま、ずっと低い嗚咽を引き摺っている。〈マスター〉の妻、雪菜《ゆきな》は、桜子の肩を引き寄せて抱きかかえ、その傍らでは、〈ジョー〉の妻、瑛沙《てれさ》が第2アサルトチームリーダー、〈ジェット〉の妻である美月希《みづき》の両手を擦《さす》っている。〈デウス〉の妻である美香《みか》は、今にも床に崩れ落ちそうな桜子の全身を〈サン〉の妻である五月《さつき》とともに必死に支えていた。

ドアが開いて、海上保安庁の出動用作業服姿をした副基地長が手に紙をもって入ってきた。

大会議室は静寂に包まれた。

演台の前に立った松本次長が家族たちを見回してから口を開こうとした時、ドアが開く音がして、ＳＳＴ隊員が四歳ほどの女の子を連れた女性を伴い入ってきた。駆け寄ってきた松本次長はしばらく言葉を交わしてから空いている席へと案内した。だが彼女は、そこへはすぐに座らず、「皆様」と言って集まっている妻たちに向かって話し始めた。

「御無沙汰しております。〈ゴースト〉の元妻、琉奈でございます。皆様のお仲間に入れて頂いてもよろしいでしょうか？」

歓迎する声が幾つもあがった。

すぐに近づいたのは〈デウス〉の妻の美香だった。美香は彼女と娘の肩をそっと抱いて幾つかの言葉をかけながら家族たちのところへと連れていった。

アメリカ・ニューヨークの国際連合で今回の事件が協議されることとなったのは日本外務省の成果だった。だがその協議が開催される数日も前から、「P5《ピーファイブ》」（第二次世界大戦の戦勝国＝アメリカ、イギリス、フランス、ロシア、中国）の会議の、その〝前哨戦〟であるP5の軍将校たちが集結した完全非公式な「軍事参謀委員会」の場で激しい言葉の応酬とともに腹の探り合いが繰り広げられた。そして誰もの予想通り、アメリカと中国との責任のなすりあいとなった。互いの国がフェイクを作為して密かに陰謀を実行に移したと批判しあうこととなった。

しかも今回は、珍しく、自国が事件の背景にいないことを証明するエビデンスを披露しあったりもした。そして事件に関与したとして日本の検察庁から起訴された制圧された十名と負傷して逮捕された二名の自国民については、ロシアと中国はこちらの領内で犯罪を犯して指名手配としたものの海外に逃亡していたと、その証拠書類まで共有した。

ゆえにその報告を聞いた「P5」の国連大使たちは、テレビの前で他国をこっぴどく罵るといういつものパフォーマンスが十分できないことに大いに不満を抱いた。その結果、海洋における安全に関する信頼醸成措置の強化という矮小されたものが国連安全保障理事会のテーマになったのだった。

それからさらに一ヵ月後、中国共産党中央から大規模な人事が発表された。ただ理由について中国政府は、いつものとおり解説は付け加えなかった。

だが、ロンドンのフィナンシャル・タイムズ紙は、中国政府内で軍事産業との汚職関連の容疑にまつわる大規模な粛清人事があったとした上で、中央規律検査委員会が、中国三大軍事産業の一つである北京技術電子集団のトップを身柄拘束したとしてその氏名も掲載した。またその翌日、アメリカ政府が運営する国営放送「VOA」（ボイス・オブ・アメリカ）は、それに関係するニュースを配信した。VOAがその中で指摘したのは、身柄を拘束された北京技術電子集団のトップは、その本名よりも、ロシア沿海州やアフリカ諸国では、「Xi《シー》」というニックネームでこそよく知られている、と報じた。

さらにその二週間後、ニューヨーク市の金融街ウォールストリート界隈で噂されるゴシップを扱う会員制のネットニュース「FACT《ファクト》」から、トピックスとする小さな配信がなされた。

FACTによれば、アメリカの主要な軍事関連産業で構成された「コングロマリット」の中核に存在するセントラルリバー銀行総裁が議長を務める「対外問題評議会」は、大統領や国務長官に絶大な影響力があることはつとに有名であるとした上で、そこでささやかな心配事が起こったという。

その〝心配事〟とは、対外問題評議会及び実質的な権限者であって軍事産業のカンタス・ウインク社の、CEO（最高経営責任者）が病気治療のため一線を退くことになったことだ。

その一週後、テネシー州のノリス湖の湖畔で釣りをしていたところ、自分で足を滑らせて溺死したというニュースがニューヨーク・タイムズなどの有力紙の片隅で報じられた。その時、付き添っていたカンタス・ウインク社専務の娘婿がたまたま近くの草むらで用を足していて、そこにいなかったことからFBIが捜査したが、鑑識活動の結果、争った痕が現場付近にないことから事故死と判断された。

メディアでは取り上げられなかったが、その他にも幾つか奇妙なことがあった。

カンタス・ウインク社のCEOはアメリカの安全保障を長年支えてきたコングロマリットの

経営トップであったにもかかわらず、大統領は外交日程を理由として葬儀に出席しないどころか代理も送らず、またホワイトハウスの報道官はコメントも出さなかった。

その理由は巧妙に隠された。ただ下院軍事委員会の議長が、アメリカ海軍首脳部から耳打ちされたのは、そのCEOは、実質上、国家反逆罪にあたるとした上で、日本の「卑弥呼」事案の時、中国海軍との交戦を作為するためインド太平洋軍隷下の太平洋艦隊司令官に無用な圧力をかけた、ということだった。

カンタス・ウインク社のCEOが、生まれ育ったカンザス州の片田舎にある墓地に埋葬されたのと同じ頃、「ハルピン管理処理中心」を実質的に経営していた「ハルピン化学技術集団」の顧問であって、「雪郷公司」のオーナー「李《リー》」の自宅を人民解放軍の特殊部隊一個分隊が、深夜、急襲した。

特殊部隊はもとより法執行機関でないため、生きて捕らえよ、との命令を受けていなかった。裁判になって中国政府の関与を疑われること、つまり〝痛くもない腹を探られる〟ことは、結果、避けられることとなった。「李」がベッドの横に置いていた引き出しからメガネを取り出そうとしただけで、それを〝攻撃の意志〟とみなした特殊部隊は彼の全身をアサルト銃で蜂の巣にした。「李」はしゃがれ声を発する間もなくベッドの端で絶命した。そして一緒に寝ていた二十代の女が悲鳴を上げるのを身振りで制してから、特殊部隊は「李」の遺体をシーツごとボディバッグに収容すると、それ以外は一切の痕跡を残さず速やかにそこから撤収した。

10

二ヵ月後

桜花爛漫《おうからんまん》の頃にもかかわらず、吐く息が白くなるほどの冷たい雨の午後だった。垂れ込めた銀色の重い雲が海に面した街を暗く包み込んでいる。

〈マスター〉は巨大な白い獣《けだもの》が暴れるような波高い海から視線を外し、千葉県館山市《ちばけんたてやまし》にある小高い丘に開けた霊園の一角にある目新しい墓石を松葉杖で体を支えながら振り返った。

バケツに汲《く》んできた水を柄杓《ひしゃく》で掬《すく》った〈マスター〉は、〈スキッド〉の本名が刻まれた墓石の上から注いだ。そこに春の小悪魔的な小さな突風が桜の花びらを誘って墓石の周りを遊んでいった。

享年二十九。余りにも若い命が散った。

「先々週はゴースト、先週はバイパーに逢いに行ってきたよ。スキッド、お前が一番最後になったな。許せ」

〈マスター〉は、スキッドが生前《せいぜん》好きだった「菊水《きくすい》の辛口《からくち》」のカップ酒の蓋《ふた》を開けると香炉《こうろ》の前に静かに置いた。

墓石の前で〈マスター〉は、頭を垂れて合掌した。

目を瞑った男の脳裡に、SSTを去ることになったその日、第二庁舎の大会議室で、オペレーターたちを前にして行った訓示が蘇った。


「総員、気をつけ！」

〈グレイト〉がそう叫ぶと、オペレーターたちが靴を鳴らして直立不動とした音が響き渡った。

「ひと言だけ残しておきたい」

〈マスター〉は、耀く目をしたオペレーターたちを眩《まぶ》しそうに見渡した。

「二ヵ月前、南西の海で、我々は、三名の重傷者を出し、そして四名もの仲間を失った。その責任はどの海よりも深く、私はその責任を一生負ってゆく」

ふと横を見ると〈グレイト〉が神妙な表情で頷いている。

「しかし、君たちにおいては、これは始まりだ。あのミッションに殉じた仲間たちの遺志と魂を継ぎ、あくなき強さを追求して欲しい。君たちこそがピースキーパーとして、真の意味での平和の『八楯《やだて》』とならなければならない」

降壇《こうだん》した男に、新しい基地長が近づいて握手を求めた。簡単に挨拶をした〈マスター〉は、「どうかご遺族を全力で支えてあげてください」という言葉を最後に、基地を後にした。そして、小さなボストンバッグを肩に掛け、駅までの道をひとり歩いていった。ただ、それをするまいと決めていたが、途中で基地を振り返った。


祈りから顔を上げた〈マスター〉はひとつ、忘れていたことに気づいた。

「実はな、スキッド。正確に言えばお前が最後じゃない。もう一人、行くところがある」

〈マスター〉はそう言ってから線香に火を灯すと立ち上がり、長い間、首を垂れて黙禱をつづけた。

小さな丘に夕闇がそっと近づいていた。〈マスター〉を包んでいたオレンジ色の光の塊もひっそりとそこから消えようとしていた。


桜子は、小笠原《おがさわら》の海から目を逸らした。どんよりとした雲の下で小雨が降り出したからではない。今にも崩れそうな心がそうさせたのだ。

三歳年上の兄に手を引かれて浜辺で遊んだ光景が脳裡に浮かんだ。でも、桜子は、二ヵ月前、その映像をすぐに頭の中から拭い去った。

かつて海が好きだった。兄が愛する海が好きだった。自分を海岸に連れてゆく度に兄はこんなことをよく言っていた。美しい海に囲まれている島国であるこの国に住む自分たちは、海からの恵みによって自分たちは生かされているんだよ、と。

だから私も海が好きだった。兄が好きなものはなんでも好きになった。つまり兄が好きだったのだ。だから兄が海上保安官となって遠く離れていってしまった時は寂しくて何日も泣いた。大学を卒業して働き場所として水族館を選んだのも兄がいたからだった。

しかし、今は、その時と同じ想いは欠片さえもない。それどころか、〝海〟という響きそのものを、桜子の心も体も激しく拒絶していた。兄を奪ったのはあの海だという思いに囚われていた。

実は、桜子は、昨日の夕方までは今日の仕事を休もうと思っていた。大阪を離れてここへやって来て一年。だが二ヵ月前、休職を願い出た。海が主人公である水族館での仕事なんて最悪だと思ったからだ。

だが、何人もの先輩職員たちがSNSなどでサポートしてくれた。

そのうち杏里《あんり》という六歳年上の先輩が、

「一度さ、遊びに来る気分でもいいから来てみれば」

と熱心に説得してくれたことで心を奮い立たせて、今日、やってきたのだった。

車椅子のままメインフロアに辿り着いた時、大小様々な水槽の周りで、たくさんの明るい笑い声が聞こえた。すぐにそれが小学校の児童たちからのものであることがわかった。

桜子が事務所を訪ねた時、駆け寄ってきた先輩職員たちが優しい言葉をかけてくれた。杏里が、「今日は遊んでいけばいいよ」と言ってくれた。

桜子は、先輩たちに笑顔で頷き、感謝の言葉を口にしながらも、来るべきではなかった、と早くも思いはじめていた。やはり、海につながるものすべてを心が拒否しているとあらためてわかったからだ。

メインフロアに再び車椅子を向けると、三十人くらいの児童たちの中で引率の教師の姿を見つけると、桜子はそこへゆっくりと歩いていって挨拶した。そして、子供たちにも声を掛けようとした、その時だった。

桜子の瞳がそこへ向けられたたまま身体が固まった。身体の奥深くに無理矢理に沈め込ませていた激しい感情が桜子の身体の奥底から突き動き、肌を突き破るほどだった。桜子は泣き出しそうな表情で顔がくしゃくしゃになった。

気がつくといつの間にかその男が、桜子のすぐ傍らに松葉杖姿で立っていた。

涙をいっぱいに溜めた目を両手で覆った桜子は、今にも嗚咽を始めそうな気持ちを必死に押し込めながら男を見つめていた。

「お元気にお過ごしのようで安心しました」

〈マスター〉は穏やかな口調で言った。

「もしかして、そのためにわざわざ？」

桜子はそれだけを言うのが精一杯だった。

「亡くなった仲間たちと語ってきました。最後に、あなたがどうしていらっしゃるか、ずっと気になっていました」

「お心遣いを頂きましてありがとうございます」

桜子は頭を下げた。

「実はさっきからあなたをずっと見ていました。それでお願いがあるんです」

「……なんでしょう？」

不安そうな雰囲気で俯いたまま、桜子はそう訊いた。

「あなたのお兄さんは海が大好きでした。だから彼は、その素晴らしい海を守りたいといつも言っていました」

桜子は目尻の涙を指でなぞった。

「あなたにも、どうか、お兄さんが守りたいと思っていた海をもう一度見つめて欲しいんです」

桜子はずっと黙って顔を伏せていた。

「すぐにとは言いません。あなたが、そうしたい、と思ってからでいいんです。来年でも、再来年でも……」

桜子が、ゆっくりと顔を上げた。

〈マスター〉が微笑みながら大きく頷いた。

桜子は、力の入った目をして〈マスター〉を見つめ返した。

挨拶の言葉を投げ掛けてそこから離れた桜子は、大急ぎで事務室へ車椅子を向けた。再び姿を現した時には手にスケッチブックを抱えていた。

だが、不思議そうな表情をして辺りをきょろきょろ見渡した。その姿はどこにもなかった。

しばらくそこにいたが、瞳を輝かせた桜子は、子供たちの前に向かった。

「皆さん、こんにちは。どうか、サクラコちゃんって呼んでくださいね」

傍らに立つ杏里は、微笑ましい表情で桜子を見つめることとなった。

「外は、天気になりましたよ。こんなところにいたらもったいないね。さあ、皆、海を見に行こう」

そう言うが早いか桜子は先頭になって車椅子で進み、海を望むテラスと繋がったドアを開けた。後ろでは、戸惑う引率の教師や水族館のスタッフが慌てていたが、杏里がそこに足を向け、微笑みながら、「彼女なら大丈夫ですから」と優しく声をかけた。

子供たちがテラス席のガーデンチェアに揃ったのを、引率の教師や杏里たち先輩職員と一緒に確認した桜子は子供たちを見渡した。

「今日のお話はね、日本という島国は、『海』という自然の恩恵に恵まれてきた、そのことです。地球儀で見ると、日本なんて、ちっぽけな島国ですよね。でもね——」

桜子は急いで画用紙に書いた日本地図を広げて見せた。

「私たちの海の広さは約四百四十七万平方キロメートル！　なんと世界の第六位！　この広い海から、日本人は昔から大きな『恵み』を受けてきました。ですから、私たちには〝守るべき海がある〟――そんなことも一度考えてみてくださいね」

松葉杖でようやく辿り着き、海岸に面したベンチに腰を下ろした〈マスター〉は、降り注ぐ強い日射しを片手で遮《さえぎ》りながら、子供たちに囲まれる桜子の姿を遠くから見つめた。

事件から一ヵ月後のことを思い出した。

政府主催による慰霊祭が都内で実施され、自爆テロの犠牲者である「あきつしま」の乗員を含めた殉職した海上保安官たち――ＳＳＴ隊員は所属は伏せられて――を弔うべく、その妻と子供も参列し、また成瀬長官を始めとする幹部のみならず、日本政府から総理大臣を始め、国土交通大臣を含む政府関係者が多数参列した。同じ頃、ＳＳＴ基地では、ささやかな弔いの時間が設けられただけで、慰霊祭にオペレーターたちが参加することはなかった。それどころかその日も実動をこなすこととなったのである。

太陽が雲に隠れた時、〈マスター〉はハッとして思わず上半身を海へ向かって乗り出した。〈マスター〉の目は、桜子と子供たちがいるその向こうに広がる波間に注がれた。

〈マスター〉には見えた。穏やかに寄せては引く磯波に、殉職した四名のアサルトスーツを着たオペレーターたちがサムアップを〈マスター〉に向けて立っている――。

突然、突き刺すような陽光が現れた。〈マスター〉は激しく瞬きをして顔を背けた。

再び目の前を見据えた時、そこにあるのは美しい海辺の耀きだけだった。

時間が経ってから〈マスター〉はその言葉を海に投げ掛けた。

「死ぬのは海——。オレだってそうさ」

〈マスター〉は一人呟いた。

——格好つけるなよ、マスター。

どこからかそんな声が聞こえたような気がした。

海上保安庁の成瀬幸彦長官は、殉職した海上保安官たちの公葬式が営まれた翌日、辞任を表明。一週間後、彼のたっての希望によって本庁前で拍手のない中、悲痛な表情の職員たちに無言で見送られて、民間タクシーで去って行った。

ＳＳＴ総指揮官である基地長の〈デウス〉は、新しい海上保安庁長官など最高幹部たちから強い遺留がなされたにもかかわらず、成瀬長官が海上保安庁を去ったその一週間後、ちょうど五十一歳の誕生日のその日、海上保安官を退官。退職金は生活に使うようにすべて家族に渡し、自らは亡くなった部下たちの供養のため、出家して仏門に入った。ＳＳＴ基地に広まった噂では、彼は残りの人生を毘沙門天を祀る寺で過ごすことになるだろうと伝えられている。

負傷から短期間で復活を果たしたＳＳＴ第1アサルトチームのリーダー〈マスター〉は、ＳＳＴのオペレーターを退き、教育隊の責任者として後進の育成を担当することとなった。ただ一部の噂では、ごく近い将来、彼もまた退官するかもしれない。

東南アジアの某国政府がコーストガードの特殊部隊創設に向けて準備を急いでおり、そのスーパーバイザーとして招聘《しょうへい》されるからだとの話もあるが、その真偽は定かではない。

退院したばかりの〈ニトロ〉はＳＳＴを去り、リハビリに専念するため、兵庫県神戸市にある第5管区海上保安本部でのデスク仕事が与えられた。

重傷だったが驚異の回復をみせた〈ジョー〉と唯一、負傷なしで帰還した〈サン〉は、現役を続けている。今夜もまたＭＨスーパーピューマで実動に出動し、漆黒の闇に包まれた太平洋へと急行した。

本書は書き下ろしです。
また本書はフィクションであり、
実在の個人・団体等は一切関係ありません。

〈著者紹介〉
麻生幾　大阪府生まれ。1997年、政府の危機管理システムをテーマにした小説『宣戦布告』で小説家デビュー。主な作品に映像化され反響を呼んだデビュー作および『外事警察』、知られざる警察組織を描いた『ZERO』、陸上自衛隊特殊部隊を描いた『瀕死のライオン』をはじめ、『秘録・公安調査庁 アンダーカバー』『トッ！』『救急患者X』『スカイマーシャル』『リアル　日本有事』などがある。

装幀／welle design
カバーイラスト／サイトウユウスケ

ピースキーパー
SST　海上保安庁特殊警備隊
2024年9月25日　第1刷発行

GENTOSHA

著　者　麻生 幾
発行人　見城 徹
編集人　森下康樹
編集者　高部真人

発行所　株式会社 幻冬舎
〒151-0051 東京都渋谷区千駄ヶ谷4-9-7
電話：03（5411）6211（編集）
03（5411）6222（営業）
公式HP：https://www.gentosha.co.jp/

印刷・製本所　中央精版印刷株式会社

検印廃止

ISBN978-4-344-04343-5 C0093

この本に関するご意見・ご感想は、
下記アンケートフォームからお寄せください。
https://www.gentosha.co.jp/e/